書下ろし

傭兵の召《しょう》還《かん》

傭兵代理店・改

渡辺裕之

JN153822

祥伝社文庫

目次

『傭兵の召還』関連地図

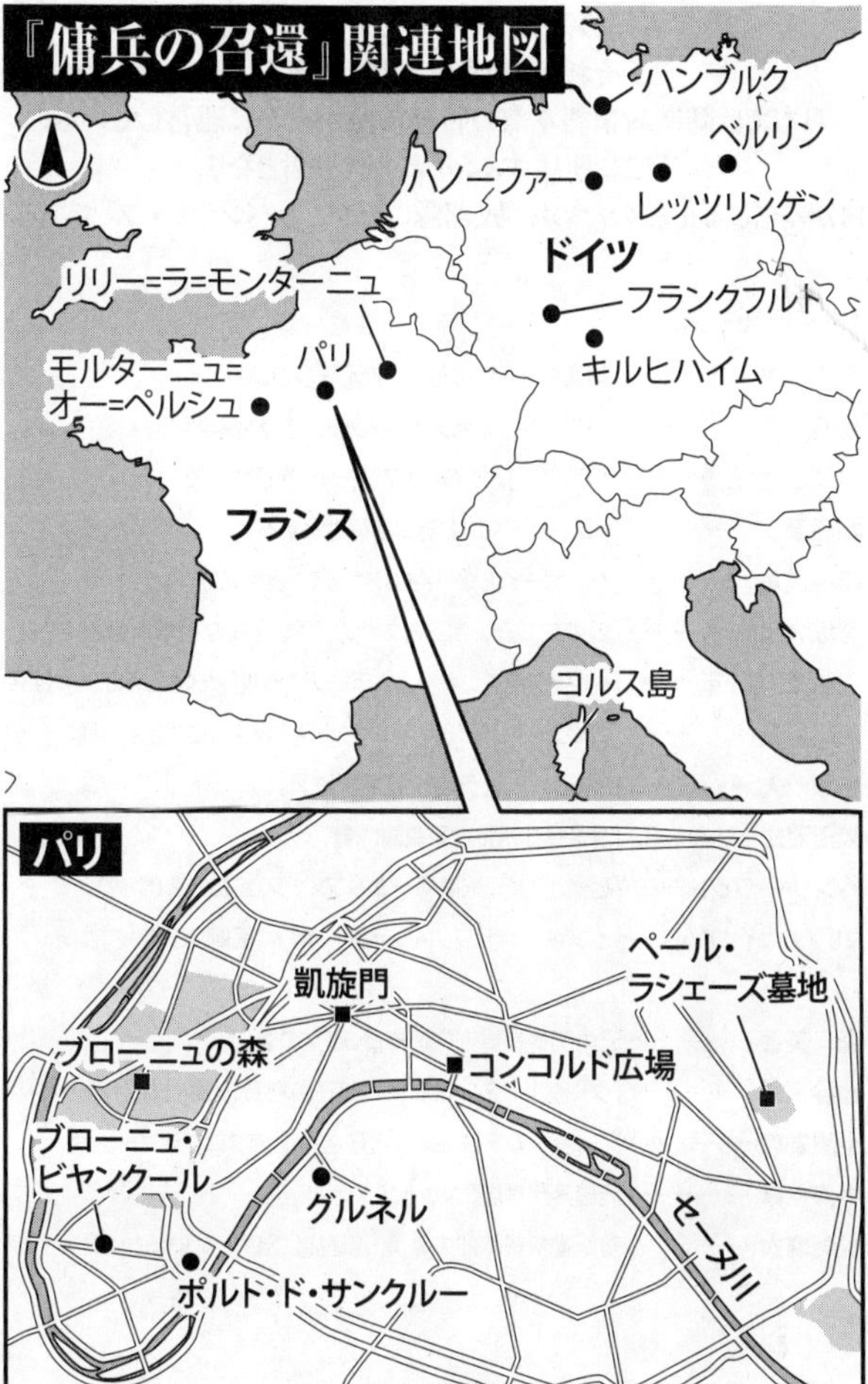
ハンブルク
ベルリン
ハノーファー
レッツリンゲン
ドイツ
リリー=ラ=モンターニュ
フランクフルト
キルヒハイム
モルターニュ=
オー=ペルシュ
パリ
フランス
コルス島
パリ
凱旋門
ペール・
ラシェーズ墓地
ブローニュの森
コンコルド広場
ブローニュ・
ビヤンクール
グルネル
ポルト・ド・サンクルー
セーヌ川

各国の傭兵たちを陰でサポートする。
それが「傭兵代理店」である。
日本では防衛省情報本部の特務機関が密かに運営している。
そこに所属する、弱者の代弁者となり、
自分の信じる正義のために動く部隊こそが、"リベンジャーズ"である。

【リベンジャーズ】

藤堂浩志 ……………… 「復讐者（リベンジャー）」。元刑事の傭兵。
明石柊真 ……………… 「バルムンク」。元フランス外人部隊訓練教官。
浅岡辰也 ……………… 「爆弾グマ」。浩志にサブリーダーを任されている。
加藤豪二 ……………… 「トレーサーマン」。追跡を得意とする。
田中俊信 ……………… 「ヘリボーイ」。乗り物ならば何でも乗りこなす。
宮坂大伍 ……………… 「針の穴」。針の穴を通すかのような正確な射撃能力を持つ。
寺脇京介 ……………… 「クレイジーモンキー」。Aランクに昇級した向上心旺盛な傭兵。
瀬川里見 ……………… 「コマンド1」。元代理店コマンドスタッフ。元空挺団所属。
村瀬政人 ……………… 「ハリケーン」。元特別警備隊隊員。
鮫沼雅雄 ……………… 「サメ雄」。元特別警備隊隊員。
ヘンリー・ワット …… 「ピッカリ」。元米陸軍デルタフォース上級士官（中佐）。
マリアノ・ウイリアムス … 「ヤンキース」。ワットの元部下。黒人。医師免許を持つ。

森　美香 ……………… 元内閣情報調査室情報員。藤堂の妻。
池谷悟郎 ……………… 「ダークホース」。日本傭兵代理店社長。防衛庁出身。
土屋友恵 ……………… 「モッキンバード」。傭兵代理店の凄腕プログラマー。
中條　修 ……………… 元傭兵代理店コマンドスタッフ。
岩渕麻衣 ……………… 防衛省情報本部の職員。代理店に出向している。

プロローグ

二〇一八年十月六日、イラク北部モスル。

イラク政府は二〇一七年七月に、イスラム国（ＩＳＩＬ）最大の拠点だったモスルが解放されたと発表した。ＩＳＩＬの戦闘員は確かに街から一掃され、空爆で道路に散乱した瓦礫《がれき》は片付けられた。だがＩＳＩＬの残党による犯罪は未だに頻発しているため、住民はテロの恐怖に怯《おび》え、復興も遅れているというのが現状である。

街には失業者が溢《あふ》れ、貧困ゆえに学校にも行けずに市場や工事現場で働く子供の姿を見かけることも珍しくはない。それでも救いは、難民キャンプや他の都市に逃れていた住民が街に戻りつつあることだろう。復興にはなによりもマンパワーが必要なのだ。

午後一時半、ベージュの戦闘服を着た明石《あかし》柊真《しゅうま》は、モスル旧市街の路地を歩いていた。銃はイラク連邦警察から許可を得ているグロック17Cを携帯している。

モスルには藤堂《とうどう》浩志《こうじ》が率いる傭兵特殊部隊、〝リベンジャーズ〟の一員として着任していた。任務は旧市街の病院で医療活動をしている〝国境なき医師団〟の警護であった。とはいえ、彼らに直接警護を頼まれたわけではなく、医師団の活動をバックアップする英国の慈善団体から依頼を受けてチームは七月から任務に就《つ》いていた。

〝リベンジャーズ〟は浩志が十二年前に創設し、現在のメンバーは十二人になっている。チームはこれまで様々な任務を受けてきたが、今回のような長期にわたる警護活動をするのは、はじめてのことである。

報酬は微々たるものだが、任務の趣旨に賛同した浩志が手弁当覚悟で引き受けた。そのため、仲間の参加は自由としたが、全員が志願したために浩志はチームを二つに分け、一ヶ月ごとの交代で全員が入れ替わるようにした。

柊真は二番目の組に選ばれており、今月で二度目の当番となる。非番の月は他の仲間もそうだが、普段の職に戻る。柊真は古巣であるフランスの外人部隊の臨時教官として働いていた。退官する昨年まで外人部隊最強と言われた偵察戦闘支援中隊の空挺《くうてい》コマンド小隊〝GCP〟に所属していたので、部隊で仕事にありつくのは簡単なことであった。

「恐ろしく静かだな」

並んで歩いている寺脇《てらわき》京介《きようすけ》が首を捻《ひね》った。

顔つきはどう見ても凶悪犯だがチーム創設時からのメンバーである。傭兵としての経験は豊富にあり、二〇〇一年の高校卒業後にアフガニスタンの反タリバン勢力である北部同盟に義勇兵として参加したことにはじまり、中東で傭兵として長年働いた経験をもつ。

そのため、アフガニスタンの公用語の一つであるダリー語だけでなくペルシャ語、アラビア語にも精通していた。それだけでなく高い戦闘力を持つがヘマをすることも多いため、仲間からは〝クレイジー京介〟と呼ばれている。彼は最初の組だったが、非番月に個人で受けた仕事で負傷したために、九月の任務に就けなかった。そのため、ローテーションが変わり、柊真と同じ当番月になったのだ。

「復興が遅れているからでしょう」

裏路地を歩いているとはいえ、柊真も異常な静けさが気になっていた。首都バグダッドなら街の至る所から建設工事の騒音が響いている。それだけ、モスルは復興が進んでいないのだ。

二人が歩いている通りには、有志連合の空爆で廃墟と化したアパートが並んでいる。これだけの建築物の残骸《ざんがい》を片付けるのは、先進国でも容易ではないだろう。

「そういうことか」

京介はつまらなそうに返事をした。

〝リベンジャーズ〟の十月の当番の六人は、二チームに分かれて三時間交代の勤務をこなしている。非番の三時間は睡眠や食事だけでなく自由に使うことを許されていた。柊真と京介は同じチームで、もう一人は爆弾のスペシャリスト、〝爆弾グマ〟こと浅岡辰也《あさおかたつや》、別のチームは元陸上自衛官の瀬川里見《せがわさとみ》、それに海上自衛隊の特殊部隊である特別警備隊出身の村瀬政人《むらせまさと》と鮫沼雅雄《さめぬままさお》である。

辰也は買い物があるため別行動をしており、柊真らはティグリス川を日指している。連日最高気温は四十八度前後と、うだるような暑さが続いていた。湿気はないのでなんとか耐えられるが、〝リベンジャーズ〟が使っているホテルは水が出ないので川で行水《ぎょうずい》するのだ。気晴らしも兼ねて、地元の住人のように毎日川に飛び込んでいる。

「むっ！」

柊真は右手の廃墟に人影が過《よぎ》るのを見た。三階から上が空爆で跡形《あとかた》もなく吹き飛んでいる建物である。

「どうした？」

突然立ち止まった柊真を見て、京介が訝《いぶか》った。

「二時の方角、百メートル先の廃墟に人がいました」

傷《いた》み具合にもよるが、爆撃があった建物は危険なため人の出入りは通常ありえない。

「子供が隠れんぼをしているんじゃないのか？」

京介は気にする様子もない。

七月に任務に就いた当初、ＩＳＩＬの民兵に襲撃されたこともある。だが、この二ヶ月間、トラブルはまったくない。浩志も引き揚げ時だと思っているようだ。

「子供だとすれば、余計、注意しないと危ないですよ。このあたりの建物は、いつ崩れる

「――分かりませんから」

柊真はホルスターのグロックの上に右手を載せて、注意深く歩き始めた。

左手から銃声。

柊真はグロックを抜き、左の建物に向かって発砲しながら後退した。

「何！」

柊真は、叫び声を上げた。京介が左胸を撃たれておびただしい出血をしているのだ。

柊真は京介の肩口を摑《つか》むと、引きずって瓦礫の陰に隠れた。

「しっかりしてください」

ポケットから出したバンダナで、京介の胸を両手で押さえた。だが、バンダナは瞬《また》く間《ま》に血に染まり、柊真の指の間から血が滲《にじ》んでくる。

「また、ドジを踏ん……」

咳《せ》き込んだ京介は、口から血を吐いてがっくりと首《こうべ》を垂《た》れた。

「京介さん！」

柊真は悲痛な叫び声を上げた。

傭兵の試練

一

パリ18区、グット・ドール、十一月十七日。

着古したアーミージャケットに擦《す》り切れたジーンズというスタイルの柊真は、メトロ2号線のバルベス・ロシュシュアール駅前の高架下で開かれている市場の人混みを縫《ぬ》って歩いていた。

果物や野菜の屋台、雑貨店、アフリカ系の軽食の屋台など、様々な種類の露店が三百メートルほど続く。共通するのはどの店も激安ということだろう。水曜日と土曜日という二日限りの市場にもかかわらず、大変な賑《にぎ》わいを見せていた。

グット・ドールは治安が悪いため敬遠するべきエリアとガイドブックには書かれているが、パリでも一、二を争う安市場は、毎回芋《いも》を洗うような人出となる。もっとも昼過ぎの時間帯は、生鮮食品を扱っている店の叩《たた》き売りを目当てにする客が多いせいだろう。人種はアフリカ系、中東系、アジア系など様々で、白人はむしろ肩身の狭い思いをしている。グット・ドールの外国人の比率は四十パーセントだが、実際にはそれよりも上回っているようだ。

柊真は市場の東の端であるトンブクトゥー通りに出ると、立ち止まって腕時計を見た。午後零時四十八分になっている。市場は午前八時から午後一時までで、終了するのにまだ十分以上あった。

振り返って市場の雑踏を見た柊真は、溜息《ためいき》を漏《も》らした。

北部イラクのモスルで柊真と一緒にいた京介が狙撃されてから一ヶ月半近い。翌日から柊真は任務に戻らずに狙撃犯を見つけるべく、一人で捜査をしていた。

十月の護衛を担当しているチームのリーダーである辰也から、狙撃は事故のようなもので、誰の責任でもないと言われた。だが、柊真は納得することができなかった。怪《あや》しい人影に気が付いた柊真がもし深追いせずに道を戻っていれば、京介が撃たれることはなかったからだ。

狙撃された現場は徹底的に調べ、八百メートル離れたティグリス川の対岸にある五階建てのビルの屋上から狙われたことは分かっている。

事件当時、柊真が最初に見た人影は、おそらく見張りだったのだろう。八百メートル先のターゲットを狙《ねら》うには、狙撃銃でも相当な技術が問われる。見張りから事前にターゲットの情報を得ていたに違いない。

狙撃手がいたと思われる場所には、七・六二×五四ミリR弾の薬莢《やっきょう》が落ちていた。薬莢から考えられることは、ロシア製のドラグノフ狙撃銃か、ライセンス生産された中国のノリンコ社の79式、あるいは85式狙撃歩槍《ほそう》かもしれない。

京介の葬儀は、二日後に浩志をはじめとした〝リベンジャーズ〟の残りのメンバーと傭兵代理店の社長である池谷悟郎《いけたにごろう》にスタッフの土屋友恵《つちやともえ》と中條修《なかじょうおさむ》がモスルに集合してから行われた。

葬儀といっても現地で花を調達することができないため、京介の棺桶《かんおけ》を火葬するだけの簡易なものであった。池谷は友恵と中條を伴《ともな》い、遺骨を抱いて葬儀の翌日には帰国している。京介は孤児で遺族はないため、遺骨は戦死を遂げたリベンジャーズの仲間の墓がある雑司《ぞうし》が谷《や》の寺に収めるそうだ。

葬儀後、柊真は浩志に護衛の任務の辞退を願い出て、狙撃犯の捜査を続けた。仲間に迷惑を掛けることは分かっていたが、犯人探しを諦《あきら》めることはできなかったのだ。

だが、狙撃兵はモスルから姿を消したらしく、何の手掛かりも得ることができず、柊真は廃墟の街を当てもなく探し回った。

京介が殺害されてから一週間目のことである。柊真は宿泊しているホテルの浩志の部屋に呼び出された。

午後九時、モスル、アル・ジャムヒューリヤホテル。

柊真は電気も通じていないホテルの廊下をハンドライトで照らし、浩志の部屋のドアをノックした。

このホテルが客に提供しているのは、鍵が掛かる部屋とスプリングが壊れたベッドとペットボトルの水だけであるが、この街では屋根の下で眠れることだけで充分であった。

ドアを開けた浩志は無言で柊真を部屋に招き入れると、なみなみと八年もののワイルドターキーを注《つ》いだグラスを柊真に渡し、自分のグラスにもターキーを注いだ。

柊真はしばらく琥珀《こはく》色のグラスを見つめたまま立っていた。京介が殺された日から酒は絶っている。

「座れ」

ベッドに座っている浩志は、柊真に木製の椅子を顎《あご》で示した。

「はっ、はい」

頷《うなず》いた柊真は、椅子に腰を落とすように座った。

「おまえは、京介の死を防げたと思うか？」

浩志は射るような視線を向けてきた。

彼は若い頃警視庁の刑事であったが、犯罪組織に殺人の罪を着せられて退職を余儀なくされた。その後犯人がフランスの外人部隊にいるという情報を得て入隊し、傭兵になったという異色の経歴の人物である。

十五年という歳月をかけて犯人を見つけ出し、犯罪組織まで壊滅させて、傭兵の世界では伝説的な存在になった。そのため、彼はいつしか復讐者〝リベンジャー〟と呼ばれるようになり、彼が立ち上げた傭兵チームにも〝リベンジャーズ〟というコードネームが使われるようになったのだ。

浩志は柊真の祖父で武道家である明石妙仁《みようじん》と親しかったが、それが仇《あだ》となり浩志と背《せ》格好《かっこう》が似ている柊真の父親が犯罪組織に誤認殺害された。以来、浩志は柊真にとって父親のような存在となった。柊真が高校を卒業してすぐにフランスの外人部隊に入隊したのも、浩志のような傭兵になりたいと思ったからで、いつか彼を超えたいという目標があったのだ。

「……不審な人影を見た時点で引き返すべきだったと思います」

しばらく間をおいて、柊真は答えた。

「おまえはその時点で身の危険を感じていたのか？」

浩志はグラスのターキーを口にすると、首を傾《かし》げた。

「いえ、それを調べようとしました」

あの時の判断が正しかったのか、未だに自分でも分からない。

「京介は何をしていた？」

「かっ、確認していません」

柊真ははっとした。もし、柊真が確認行動を取るなら、京介に援護を頼むべきだったからだ。

「あいつのことだから、何もしなかったのだろう。非番ではあるが、おまえらはタンデムで行動をしていた。おまえが確認行動をとるのなら、見通しがいい場所だっただけに京介は物陰に隠れ、銃を抜いておまえを援護する必要があった」

「私は、京介さんに援護を要請しないで行動しました」

「自惚《うぬぼ》れるな。あいつは、おまえがガキのころから傭兵だったんだぞ。戦場での死は、偶発と思われることでも何か理由があるのだ。京介は心臓に近い動脈を撃たれた。助けることは誰もできなかった。その生死を分けるのは、たった数ミリの違いだ。生き抜くことは運かもしれない。だが、戦場の経験が豊富な京介が死んだ理由は、自ら招いた不注意だ。おまえは歩いていたが、京介は立ち止まっていた。狙撃兵が狙うのは、動かない標的だ。それが、戦場の道理というものだ」

浩志はグラスのターキーを飲み干すと、再びグラスにターキーを注いだ。

「そうかもしれません。しかし、私には京介さんを死なせたことの道義的責任があります。狙撃犯をどうしても見つけ出したいんです」

柊真は首を左右に振った。京介には学生時代から世話になっている。犯人を捜し出し、復讐しなければ仕事が手につかないのだ。

「任務を放棄して捜査活動を続けるのなら、今、おまえの手にしているグラスを空《あ》けろ。別れの盃《さかずき》にしてやる」

浩志は険《けわ》しい表情で、言った。

「リベンジャーズは、首ということですか？」

眉《まゆ》を吊り上げた柊真は、浩志を見返した。

「どうとるかは、おまえの勝手だ」

浩志はターキーを満たしたグラスを掲げた。飲めという催促である。

「分かりました」

一気にターキーを飲み干した柊真は、席を立つと空《から》になったグラスを椅子に置いた。

「待て」

「止めても、私は出て行きます」

柊真はドア口まで進んだ。

「止めはしない。これを持っていけ」

立ち上がった浩志は、ポケットから折り畳《たた》まれた紙を出して柊真に渡した。

四人の男の顔写真と名前が印刷されている。

「これは？」

柊真は首を捻《ひね》った。

「事件当時、イラク北西部にいたと思われるＩＳＩＬの狙撃兵だ。現場の状況からして、かなり腕が立つ。顔ぶれは自《おの》ずと限られる。ワットが国防総省の知り合いに調べさせて得た情報だ」

リベンジャーズのサブリーダーの一人でもあるヘンリー・ワットは、米陸軍最強の特殊部隊であるデルタフォースの指揮官だっただけに国防総省に未だに顔が利くようだ。

「わざわざ調べてくれたんですか？」

「メンバーは、家族のような存在だ。京介を死なせて悔《くや》しい思いをしているのは、おまえだけじゃないぞ。四人の男は、簡単には見つからないだろう。狙撃兵は、身を隠すことに長《た》けているからな。だが、そいつらの居場所を知っていると思われるファイセル・アブドゥラという男がいる。その男をまず捜すんだな。責任を感じるのなら、おまえ一人で犯人を捕まえろ」

浩志は表情も変えずに冷たく言い放った。

「はっ、はい。もちろんです」

柊真は大きく頷いた。

柊真は市場に戻る前に、ポケットからスマートフォンを出し、ファイセル・アブドゥラの顔写真を表示させて改めて頭に焼き付けた。浩志から提供されたデータである。モロッコ系フランス人であるファイセル・アブドゥラは、ISILの四人の狙撃兵と一緒に訓練を受けたそうだ。ファイセルは半年ほど前まで彼らと活動していたが、弱体化したISILを見限り、帰国したことはフランス当局に確認されている。だが、帰国後の足取りは摑《つか》めていない。

ファイセルの両親はモロッコ人で、彼が生まれる前にフランスに移住したらしい。両親はグット・ドールのアパルトマンに暮らしている。柊真はグット・ドールにアパルトマンを借りて生活し、この一月余り、ファイセルの両親を監視しているのだ。だが、両親のアパルトマンをひたすら見張っていても怪しまれるため、この近くのエリアで人が集まりそうな場所をさりげなく捜すことにしている。

「さて、またはじめるか」

柊真は市場の雑踏に再び身を委《ゆだ》ねた。

二

十一月十九日午後四時、豊島《としま》区雑司が谷。

浩志は、雑司が谷でタクシーを降りた。

イラクのモスルで数ヶ月に及ぶ警護の仕事に就《つ》いていたが、モスルの安全は連邦警察に任せて大丈夫だと判断し、五日前にリベンジャーズを現地で解散した。普段の生活拠点を国外に持つ仲間もいるからだ。

浩志は昨日帰国し、妻である森美香《もりみか》が待つ渋谷《しぶや》の家に戻っていた。彼女は渋谷の文化村《ぶんかむら》の近くにある〝ミスティック〟というスナックのオーナーであるが、それはあくまでも表の顔で、長年日本の情報機関で働いている。そのため、お互いにすれ違いの生活ではあるが、仕事柄それがうまくかみ合っている。帰国すれば二人は毎日顔を合わせていたように接することができるのだ。

何年も日本に住んでいないが、帰国したら自宅以外に必ず立ち寄る場所がある。浩志は狭い坂道を上り、昔からある花屋で五つの花束と線香を買うと、また坂道を上った。

この道を歩くときは、いつも複雑な気持ちにさせられる。浩志は数十メートル先の寺の墓地に入った。朝からどんよりと曇《くも》っている空のように、心は重くなる。墓地の片隅にある墓の前で立ち止まった。

これまで京介も含めてリベンジャーズの仲間で亡くなったのは七人、そのうちの身寄りのない五人の墓が池谷によってこの寺の墓地に建てられ、遺骨が納められている。

浩志は線香に火を点《つ》けると、それぞれの墓に花束とともに手向《たむ》けた。古い墓から順に手を合わせ、最後に京介の真新しい墓の前で深々と頭を下げた。京介は傭兵としては決して優秀とは言い切れなかったが、陽気でチームのムードメーカーであった。仲間の死はいつでも耐え難い苦しみと悲しみを味わうことになるが、憎めない男だっただけに仲間の落胆《らくたん》は大きく、誰しも打ち拉《ひし》がれた。

長年傭兵を生業《なりわい》としていると、仲間を失うことは避けて通れなくなる。仲間の死は受け入れ難いものであるが、それを乗り越えて彼らの死を無駄にしない生き方を身につけることで前に進むことができる。誰にでもできることではない。むしろ、多くの兵士は、心に重い傷を受けて精神を病む。その重みに耐えきれずに自ら命を絶つ者もいる。

手を合わせていた浩志は、振り返った。微《かす》かに足音が聞こえたのだ。

墓地の入口に左右の瞳の色が違う異相の男が、右手に花束を持って立っていた。身長は一八三センチ、胸板も厚く、首回りの筋肉も盛り上がっている。朝倉《あさくら》峻《しゅん》暉《き》という男で、外見はプロレスラーのようだが、警察庁と防衛省が共同で運営する〝特別強行捜査班〟のリーダーである。

彼は沖縄で起きた連続殺人事件の捜査で、米軍内にある麻薬の密売組織の存在を知ることとなり、NCIS（米海軍犯罪捜査局）に協力する形でアフガニスタンの米軍基地の潜入捜査を行っている。その際、通訳兼護衛として京介は、朝倉と一緒に仕事をしたのだが、捜査を妨害しようとする一味に二人は拉致《らち》されてしまった。

京介と朝倉は敵のアジトから逃げ出し、砂漠を縦断してからくも脱出に成功したのだが、京介は追手の銃撃で負傷し、翌月のイラクでの任務に就けなかったのだ。二人は何度も危機を乗り越えて絆《きずな》を深めていたらしい。浩志は朝倉に直接電話で京介の死を伝えたのだが、かなり衝撃を受けていたようだ。

浩志はチームを率いてイラクからアフガニスタンまで飛び、追手と交戦中の二人を救出している。朝倉とは三ヶ月ぶりの再会となった。

京介が死んでから一ヶ月以上経つが、朝倉から墓参りする際は是非誘って欲しいと言われていたので、事前に連絡しておいたのだ。

浩志に一礼した朝倉は、京介の墓の前まで進み、花束を手向けると両手を合わせた。

「京介が亡くなったと聞きましたが、未だに信じられない気持ちです」

朝倉は沈んだ面持《おもも》ちで言った。

「我々も同じだ。あいつがふと声を掛けてくるような気が今でもする。もっとも、あいつなら幽霊になっても、ドジ踏んだと笑っていそうだがな」

「あいつの笑顔は、悪相ですから、驚かされますよ」

朝倉は低い声で笑ってみせた。京介との付き合いは短かったはずだが、あの男のことをよく分かっているようだ。

「確かに」

浩志も屈託《くったく》なく笑った。京介の顔が脳裏を過《よぎ》り、笑いが込み上げてきたのだ。あの男の役回りは、いつもくだらないジョークで仲間を笑わせることだった。

「事件は片付いたのか？」

浩志は近くの楠《くすのき》にもたれ掛かり、腕組みをして尋ねた。

「詳しくは話せませんが、米軍内の麻薬組織の捜査は、NCISがしています。国防総省にまで組織は広がっているので、捜査は難航しているようです。また、沖縄で起きた殺人事件の捜査は、実行犯は逮捕しましたが、指揮をしていた主犯格の男に逃げられました」

朝倉は声のトーンを落として答えた。捜査情報を外部に漏らすことはできない。だが、おおまかに教えてくれたようだ。

「NCISに捜査権があるのなら、何もできないな」

浩志は小さく頷いた。

「ところで、京介を狙撃した民兵はどうなりましたか？　もし見つかったのなら、俺も銃弾をぶち込んでやりたいと思っています」

朝倉の表情が硬くなった。感情を出さないようにしているようだが、怒りを抑えているのだろう。彼は若い頃陸上自衛隊の空挺団に所属し、訓練中の事故で頭部を負傷してオッドアイになったという。そのため、右目がシルバーがかったグレーなのだが、一瞬光を帯びたように見えた。負傷したことで退官を余儀なくされ、警察官になったという変わり種である。浩志と共通する経歴があるせいか、古くからの知り合いのように思える。

「俺もそう思っている。捜査は、狙撃された際に一緒にいた男に任せている」

「たった一人で？」

朝倉は首を傾げた。

「優秀な男だが、犯人を見つけることはできないかもしれない。それだけ難しい捜査だということは分かっている。だが、一人でやり遂げなければ、仲間の死を乗り越えられない。まして傭兵として、というか人間として成長できないだろう」

「責任感の強い男なのですね。京介の死を自分のせいだと思っているのですか？」

朝倉は察しがいい男である。

「そういうことだ。俺はあの男を信じる。それだけのことだ」

浩志は遠い目で答えた。

三

午後八時、グット・ドール、レオン通り。

柊真は人通りの少ない通りの歩道を北に向かって歩いていた。パリではよく見かける光景であるが、通りの右側の駐車帯にはびっしりと車が停められている。

車の陰から三人のアフリカ系の男が、闇から抜け出すように現れた。この界隈《かいわい》はアフリカ系の居住者が多いエリアである。

男たちは道を横切り、柊真の前に立ち塞《ふさ》がった。三人とも一九〇センチ近い長身で、一八三センチある柊真を見下ろしている。

「おまえは、馬鹿なのか、それとも俺たち三人じゃ役不足とでも言うのか？」

歩道の中央に立つ男が、ポケットから煙草《たばこ》を出し、ジッポーで火を点《つ》けながら尋ねてきた。残りの二人は、彼の後ろに控えている。日が暮れてからグット・ドールを一人歩きする者は、地元民でもいない。命知らずの柊真を訝《いぶか》っているようだ。

「もっと、ダイレクトに言ったらどうなんだ？」

柊真は正面の男の視線を外さずに質問で返した。グット・ドールに限らないが、パリで生活するのにはルールがある。それは夜間の一人歩きはしないことだ。破れば、こうなる。

「ここを通るには謝礼がいる。それぐらい分かるだろう?」

正面の男は、煙草の煙を柊真の顔に吹き付けた。この手の連中は、いきなりナイフをちらつかせて金をせびってくるものだが、柊真の体格がいいので多少躊躇《ちゅうちょ》しているのだろう。力を誇示しない方が、かえって効果的だと思っているのかもしれない。

「それぐらい分かっている」

柊真はポケットに手を突っ込むと、三人の男たちにコインを投げ渡した。

「十セント!　何のつもりだ?」

男はコインを歩道に叩きつけた。

「おまえたちの価値だ」

柊真は平然と言った。パリに来てから、何度もこの手の男たちに遭遇している。最初は穏便に済ませようと、金を払った。それで引き下がる連中もいれば、暴力を振るう輩《やから》もいる。そういう連中は、金の問題ではないのだ。そうかと言って、最初から暴力で対処するのも大人気ない。

「ふざけるな!」

正面の男が柊真のジャケットの襟《えり》を摑んできた。

柊真は男の手首を摑んで捻りながら体を左に入れた。

「いてて！」

男はたまらず跪《ひざまず》いた。古武道の籠手《こて》折りである。古武道は武道家である祖父の妙仁から子供の頃より、厳しく仕込まれた。おかげでフランスの外人部隊でも実力を買われて特殊部隊に所属することができたのだ。また、退役後も格闘技の臨時教官をしているのは、そのためである。

背後にいた二人の男が、ポケットからナイフを出した。

「やめておけ」

柊真は首を左右に振った。実力の差を見せつけても悪あがきをするのなら、思い知らせる必要がある。

左前方の男がナイフを突き出してきた。

右に体を捻って掴んでいる男の腕でナイフを受け止める。

「ぎゃあ！」

ナイフがまともに腕に刺さり、跪いていた男が悲鳴を上げた。

柊真はすかさず足刀蹴《そくとうげ》りで右奥の男の鳩尾《みぞおち》を蹴り抜き、数メートル先に飛ばして昏倒《こんとう》させた。

「まだやるか？」

腕組みをした柊真は、仲間をナイフで刺して呆然《ぼうぜん》と立っている男に尋ねた。

「ノン、ノン！」

男は両手を振って後ずさりした。柊真は男の右腕を摑んで捩《ね》じ伏せると、右手に五十ユーロ紙幣を握らせた。日本円にして六千円ほどだが、怪我《けが》の治療代には事足りるだろう。

「チップだ」

柊真はそう言うと何事もなかったかのように歩き出した。

五十メートルほど歩き、レオン通りとドゥドーヴィル通りの交差点の角にある、壁がブルーとオレンジに色分けされた〝オマディス〟というミュージック・バーに入った。店の奥のステージで、八〇年代のポップスを生演奏している。外壁も派手なら、店内も原色のペンキで奇妙な絵が描かれている。だが、居心地はいい。柊真は毎日のようにこの店に足を運んでいる。

「セーズだろう」

カウンターのマスターが柊真の顔を見るなり、１６６４と記されたビールの小瓶をカウンターの上に載せた。それだけ常連ということなのだ。

「メルシー」

柊真はカウンターのボトルを受け取ると、店内が見渡せる壁際に立った。１６６４（セーズ・ソワサントキャトル）は、フランスのクローネンブルグ社が製造する、柊真のお気に入りのビールの一つだ。

ポケットからスマートフォンを出すと、ビデオカメラのマークのアプリを立ち上げた。画面に四つの異なった映像が映る。店から六十メートルほど離れたドゥドーヴィル通り沿いにあるアパルトマンの出入口と廊下と階段、それにそこに住むファイセル・アブドゥラの両親の部屋の窓を撮影したものだ。〝オマディス〟に毎日のように通うのは、ファイセルが両親に会うためにに現れたらすぐに対処するためである。

一ヶ月ほど前に電気工事と偽って、小型の監視カメラを設置したのだ。監視カメラは市販品だが、本体は一・五センチ四方ほどと小型で、夜間は自動的に暗視モードに切り替わる優れものである。

機材はパリ市内の専門店でも購入できるが、パリの傭兵代理店で買い揃《そろ》えた。代理店に登録されている傭兵なら割引価格で購入できるからだ。パリに来てすぐに代理店で買い物をしたが、銃はまだ購入していない。紛争地では常に携帯しているが、街中で持ち歩いたことがないため戸惑《とまど》いがあるのだ。それにファイセルは情報源であったとしても、狙撃犯ではないため、武器は必要ないと思っている。

四台のカメラは、アパルトマンの玄関の天井近くに設置したモバイル通信機に繋《つな》がっていた。この手の作業は、外人部隊でも特殊な作戦を実行するGCPで訓練を受けているので、得意としている。

アパルトマンの近くの路上で監視を続けることは不可能であり、マンパワーの不足を補うためでもある。だが、映像を二十四時間見守ることも、一人ではできない。

そこで柊真は保険の外交員を装って両親の元を訪れた。そして、受取人が両親となっている死亡保険にファイセルが加入しており、確認作業には本人と面談する必要があると伝えてある。両親を納得させるため偽の書類も見せた。その上で政府から監視されているため、本人には内緒で連絡するよう念を押してある。両親はＩＳＩＬのテロリストになった不肖《ふしょう》の息子の行為を理解できていない。そのため、柊真は両親を味方につけるべく、何度も彼らの自宅に通っている。

スマートフォンの画面が切り替わり、電話モードになった。

電話の相手を確認した柊真は、慌《あわ》てて店を出て通話ボタンを押した。

「ムッシュ・アドナン、どうされましたか？」

柊真は柔和な声で対応した。相手はファイセルの父親である。

――さきほど、ファイセルから電話がありました。

両親と接触して三週間になるが、はじめての反応だ。

「どんな内容でしたか？」

――変わりはないかと、聞いてきただけです。

ファイセルは実家に警察の監視が入っていないのか、確かめたのだろう。ファイセルは五年前にＩＳＩＬに参加しており、その間、一度も両親に連絡を取っていない。もし、両親の元に帰るつもりがあるのなら、帰国してすぐに連絡をするはずだ。警察の動きを知るためだけに電話を掛けてきたのなら、ファイセルは親元に帰る可能性は少ないのかもしれない。

「困りましたね。今どこにお住まいなのか、聞かれましたか？」

――パリ市内のホテルを渡り歩いているらしいのですが、具体的には言いませんでした。

「それでは、私の方から直接連絡をしますので、かかってきた電話番号を教えてもらえますか？」

――それが、非表示でした。

「そうですか。それは残念です。また、電話があったら、ご連絡をお願いします」

溜息を漏らした柊真は、店に戻った。浩志が警察官を退職してまで追い続けた殺人事件は、実に十五年の歳月を掛けて解決している。それに比べたら一ヶ月半という期間は、無きに等しい。結果が出ないからと、焦《あせ》ってはいけないのだが、それでも溜息は出てしまう。

「アキラ、ビールのお代わりは、どうする？」

カウンターのマスターが声をかけてきた。外人部隊にはアノニマ（偽名制度）があり、入隊時に与えられた名前を隊員は使うことになっている。柊真は影山明《かげやまあきら》という偽名を与えられていた。長年名乗っていたので、普段から本名ではなく偽名を使っているのだ。

「メルシー」

柊真はマスターからセーズ・ソワサントキャトルの小瓶を受け取った。

四

〝オマディス〟を出た柊真は、ドゥドーヴィル通りを東に向かって歩いていた。道路幅の三分の一が一方通行の車道に過ぎず、残りは歩道である。おかげで歩行者はゆったりと歩ける。

午前二時半で〝オマディス〟が閉店し、帰宅するのが日課になっていた。気温は四度ほどか、冷え込んでいる。寒い上にこんな時間でも路上で煙草を吸いながらたむろしている連中はいる。二、三人のアフリカ系かアラブ系のグループだが、近くを通ると柊真と目を合わさないようにそっぽを向くか、露骨に中指を立てる者もいるが、基本的には無視される。

柊真は彼らを歯牙《しが》にもかけずに歩く。この三週間でこの辺りをうろつく連中のほとんどから柊真は恐喝《きょうかつ》され、すべて軽く叩きのめしている。もっとも彼らは失業中の小悪党に過ぎない。柊真も彼らがかかわってこない限り、相手をするつもりはないのだ。

フランス国鉄の鉄道橋を渡ってすぐに左へ曲がり、ジャン・ロベール通りに入った。小さなレストランやバーが多い路地だが、午前二時前には通りのすべての店は閉店している。

通りの中ほどにあるカフェバーの隣りに、六階建てのアパルトマンがある。その玄関先で柊真は立ち止まった。周囲をさりげなく見渡して尾行の有無を確認し、セキュリティボックスに暗証番号を打ち込んで玄関の赤いドアを開ける。エレベーターはないので階段で四階まで上がり、廊下の突き当たりの部屋に入った。２Ｋのトイレ・シャワー付きで、月五百ユーロで借りている。

小さなキッチンが付いた十四畳ほどのリビングの隣りにはシャワールーム付きの八畳程度のベッドルームがあり、一人で住むには充分過ぎる広さだ。狭くてもいいからもっと安い物件を探したが、見つけることはできなかった。もっとも、グット・ドールで線路際なので、この辺りでも最低価格なのだろう。とりあえず三ヶ月の賃貸契約を結んでいる。オーナーは個人で、インターネットの賃貸物件の紹介サイトで見つけた。

高校を卒業後にフランスの外人部隊に入り、昨年の退役後はリベンジャーズに参加し、傭兵として活動している。普通の社会人としての生活を送ったことがまったくなかったので、アパルトマンを借りることはもちろん、駐屯《ちゅうとん》地以外の街中で一人暮らしをするのも初めての経験である。

これまで軍人として熟練の域に達しているという自負はあったが、社会人としてはあまりにも未熟だということを一人暮らしの中で嫌というほど思い知らされた。

浩志から捜査は一人でするように命じられた。その意味は単純に京介の仇《かたき》を取ることだと思っていたが、未熟な柊真に様々な経験をさせる目的もあるのではと今では思っている。

柊真はリビングの窓際に置いてある小さな木製のワークデスクの前に座ると、ノートPCを立ち上げた。

まずはニュースのチェックである。パリでは現政権の政策に対して大規模なデモが頻発している。そのため、市民がデモに参加しないようにと、集会が行われるエリアの地下鉄駅や周辺道路が封鎖されることがあった。目を通しておかないと、思わぬ場所で足止めをくうことがあるのだ。

マクロン大統領は、経済の立て直しを図るべく、燃料税と中間層の一般福祉税の増税を発表した。だが、ガソリンや軽油の値上げは交通費の値上がりに直結するため、物価の高いパリの中心部に住むことができない労働者にとってダメージが大きい。二つの法案で中間層と低所得者層に打撃を与えた。

また、とってつけたように最低賃金の引き上げを発表するが、労働条件を上げることでかえって雇用機会を失うとして反発を呼んだ。さらに富裕税の廃止は、抗議デモの火に油を注《そそ》ぐ結果となる。

これまでもフランスでは大規模な抗議デモがあったが、政府の政策に対して右派か左派のどちらかが行うものであった。だが、今回のデモで市民は、右派左派に関係なく黄色い作業ベストを着て参加している。彼らから言わせれば、マクロン政権の政策は富裕層を優遇し、中間層以下の労働者を犠牲にするもので、デモは階級闘争であると断言する。

柊真はこれまで軍人として世界情勢を見ることはできたが、一市民の立場から世の中を見たことはなかった。そういう意味で今回の捜査は人生経験に厚みを加えていると言って過言ではない。

画面に今日行われたシャンゼリゼ通りのデモの様子が映っている。縦長の画面なので、報道カメラではなく、個人のスマートフォンで撮影されたものを報道機関が買い取ったのだろう。

凱旋門《がいせんもん》を背にした警官隊がバリケードを築き、プラカードを持ったデモ隊がシュプレヒコールを上げている。今のところデモ隊の抑制は効いているが、規模が大きくなれば箍《たが》が外れ、暴動に発展する可能性もある。

「うん？」

首を捻った柊真は映像を巻き戻すと、拡大した。

「……似ている」

柊真は眉間《みけん》に皺《しわ》を寄せた。シャンゼリゼ通りの歩道にはデモ隊の様子を窺《うかが》う一般市民の姿が映っており、その中の一人がファイセル・アブドゥラに似ているのだ。

ニュースの静止画をキャプチャーし、画像編集ソフトで立ち上げて拡大してみた。だが、動画だけに解像度が足りず、似ているとしか言いようがない。顔認証ソフトで解析すれば、本人かどうかは分かるかもしれないが、それができるのは捜査機関か情報機関だけだろう。だが、動画ではなく写真なら、解像度は高いはずだ。それを手に入れれば、目視でも確認できるかもしれない。

「とりあえず、撮影者を探すしかないな」

柊真はＰＣのキーボードを叩いた。

五

翌日の午前十時二十五分、パリ15区、セーヌ川沿いのグルネル通り。
フランス語では〝Quai de Grenelle〟と表記され、〝Quai〟は川沿いを意味する。また、セーヌ川に架かるビル・アケム橋の袂《たもと》で交差する〝Boulevard de Grenelle〟の〝Boulevard〟は大通りを意味するが、日本語の地図では訳されてはおらず、こちらもグルネル通りと表記されている。あえて分類するなら〝グルネル川沿い通り〟と〝グルネル大通り〟と訳せばよいのだが、道路で住所表記をしない日本人にとっては少々厄介《やっかい》である。

6号線のビラケム駅で降りた柊真は、スーツにネクタイという格好でセーヌ川左岸のグルネル通りを歩いていた。

よく「パリの左岸」、あるいは「セーヌ川の左岸」と言われるが、セーヌ川はパリ市内を東から西へ蛇行《だこう》しながら流れている。「左岸」とは川の流れと同じ方向を見て左手、つまり南のエリアでパリ5区、6区、7区、13区、14区、15区のことである。左岸は観光地が少ない代わりに治安はいい。逆に右岸は北側だが、フランス人は右岸とはあまり言わないようだ。

GCPでは兵士としての訓練だけでなく、敵地の情報収集をするための諜報《ちょうほう》活動の訓練も受けた。ファイセルの実家であるアパルトマンの監視カメラの設置や保険外交員の扮装も、GCPでの訓練の賜物《たまもの》である。

グルネル通りにはホテルやデパートもあるが、駅寄りには日刊紙である〝ル・パリジャン〟などの報道機関が入るオフィスビルが並んでいた。

柊真は2ブロック先にあるガラス張りのビルのエントランスに入り、ホテルのフロントのような受付カウンターの前に立った。カウンターの横には、〝日刊ラ・エッフェル〟という社名が記されたパネルがはめ込んである。

「アロー、ムッシュ」

　パソコンに向かって仕事をしていた受付の女性は、柊真に気が付くと笑顔を浮かべた。受付のほかに彼女は別の仕事もしているようだ。

「アロー。私は日本のジャーナリストの明・影山と申します。ネットニュース担当のムッシュ・ダビッド・ミッシェルに取り次いでもらえますか？」

　柊真は昨夜見たデモの映像を流したラ・エッフェ社の担当者に、打ち合わせがしたいとメールのやりとりをしていた。フリーのジャーナリストということにしてある。

「十時半の予定ですね。№３のミーティングルームでお待ちください。廊下を進んで、右手です」

「メルシー」

　柊真は指示された通り、廊下の先にあるミーティングルームに入る。六畳ほどの部屋に四人掛けのテーブルが一つあった。ガラス張りだが、ロールスクリーンが下ろされているため、廊下から室内は見えない。部屋の広さが違うミーティングルームが、他にもいくつかあるようだ。

　ガラスドアを開けて、デニムのジャケットを着た男が入ってきた。身長は一七〇センチほど、フランス人としては小柄な方だろう。

「ダビッド・ミッシェルです。ダビッドでいいよ」

ダビッドは気さくに握手を求めてきた。昨夜から彼とデモの映像の件でメールをやり取りしていたので、初対面ではない気がするのだろう。

「アロー、明・影山です。今日はスケジュールを入れてくれてありがとう」

柊真は立ち上がって握手に応えると、名刺を渡した。

「どうぞ座ってください」

ダビッドも柊真に名刺を渡すと、椅子に腰掛けた。

「さっそく本題に入るが、メールの件、大丈夫かな？」

柊真はダビッドにデモ映像を提供したユーザーを紹介して欲しいと、メールで請求していた。

「ユーザーに会わなくても、デモの映像なら二次利用ということで当社が窓口になれる。それじゃ駄目なのかな？」

ダビッドは首を傾げた。メールのやり取りでも答えは同じだったため、直接会うことにしたのだ。

「日本の新聞社に、印刷に耐えられる解像度の高い写真が欲しいと頼まれているんだ」

「確かに映像の静止画では、解像度が低いが、小さく掲載すれば問題ないんじゃないか？」

ダビッドは訝しげな目を向けてきた。映像を買い取ったユーザーは貴重な情報源のため、教えたくないのだろう。もっとも合理性を重んじるフランス人としては標準的な対応である。

「日曜版で大きく掲載するらしい。頼むよ。フリーのジャーナリストにとって、クライアントの依頼は絶対なんだ」

柊真は大袈裟《おおげさ》に両手を振ってみせた。

「おいおい、そんなに熱くならないで、落ち着いてくれよ」

「私は、冷静だよ」

柊真は姿勢を正した。

「少し聞いてもいいかな。君は元軍人なのかい？」

腕を組んだダビッドは、目を細めて尋ねた。

「私が、軍人？」

柊真は溜息を漏らした。ファイセルの両親にも同じことを言われていた。そのため、保険外交員の前は、外人部隊にいたと答えたら納得された。軍人としての癖が抜けきらないのだろう。

「話し方が最初は日本人だからだと思ったけど、違う気がする。随分前にフランス陸軍の将校にインタビューしたことがあるんだけど、どことなく話し方が似ているんだよね。どういうのかな、硬いというのか歯切れがいいというのか、要は軍人っぽいんだよね」

ダビッドは鼻先で笑った。裏を返せば、ジャーナリストっぽくないということだろう。

「実を言うと昨年までフランスの外人部隊に所属していたんだ。軍事ジャーナリストじゃ食えないから、日本の報道機関に勤める友人から仕事を貰《もら》っているんだ」

柊真は苦笑いをした。普通に話しているつもりでも誤魔化《ごまか》せないらしい。GCPで諜報活動の訓練を受けたが、所詮《しょせん》座学に過ぎなかったということなのだろう。

「どうりで。だが、あなたは日本人ジャーナリストと聞いたが、退役してフランス国籍を取得しなかったのか？」

「フランス人というより、今のフランスが、いいとは限らないでしょう。デモを見るまでもないけど」

柊真は小さく首を振ってみせた。

外人部隊で五年間勤め上げれば、フランス国籍を取得することができる。だが、柊真は日本国籍のままであった。外人部隊に入隊する際には、絶対的なフランスへの忠誠を誓わされる。だが、柊真は日本人としてのこだわりがあった。国籍を変えるために入隊したのではない。

「言えている。今なら日本国籍の方が幸せかもしれないな」

ダビッドは大きく頷いた。

「助けると思って、ユーザーを紹介してもらえないか。個人的にマージンを支払うから」

「……分かった。あなたの熱意に免じて、教えよう」

マージンという単語に頰《ほお》をぴくりとさせたダビッドは、スマートフォンをポケットから出した。

六

午後八時、ジャン・ロベール通りのアパルトマン。

欧米では通りの名前と番地で住所は分かるので、日本のように集合住宅に名前を付ける習慣はあまりない。

アパルトマンの自室に戻った柊真はキッチンの冷蔵庫からボルヴィックのボトルを出すと、リビングのソファーに深々と腰を下ろした。欧米ではよくある備え付けの家具で、擦り切れたクッションはだいぶへたっている。ネクタイを外し、ボルヴィックを飲むと、大きな溜息を吐いた。

柊真は〝日刊ラ・エッフェル〟のダビッドから、デモ映像を投稿したマニュエル・アンリという名のユーザーを紹介された。すぐにデュカリと連絡を取ったところ、彼は動画しか撮っていないが、一緒にいた彼女が静止画を撮っていたという。また、彼の提案で柊真が夕食をご馳走《ちそう》すれば、写真を提供してもいいと言われた。

写真を手に入れるためと気軽に対応したが、待ち合わせに指定されたのは、パリ1区のヴァンドーム広場近くの二つ星レストラン、〝キャレ・デ・フォイヨン〟であった。おかげでアンリの彼女の分も含めて、一人二百四十ユーロのディナーと八十ユーロの赤ワイン、それに写真のデータ代として二百ユーロも請求されてしまった。

フランスで捜査をするにあたって、浩志から活動費として一万ユーロ貰っている。軍資金を惜《お》しんでは捜査に支障をきたすと無理やり受け取らされた。断ったが、柊真の口座にすでに振り込まれていたので、拒《こば》むこともできなかった。使うのは最後の手段だと決めているので、別の口座にある貯金を崩して捜査に充《あ》てている。だが、こんな浪費をしているようでは、先が思いやられる。紛争地で銃撃戦をしている方が、よほど気が楽だ。

ソファーから立ち上がった柊真は、ワークデスクの椅子に座ると、ノートPCにアンリの彼女から渡されたUSBメモリを差し込んだ。

USBメモリには、三十枚ほどの画像データがある。アンリの彼女が持参したタブレットPCで確認して、データをコピーしてきた。ビューアーで立ち上げると、シャンゼリゼ通りのデモが画面に写し出された。彼女はアンリの近くでデモの様子を写真モードで撮っていたのだ。

二人は学生で、暇に任せて事件や事故現場に駆けつけて動画と写真を撮影し、〝日刊ラ・エッフェル〟などの報道機関にデータを売りつける小遣い稼《かせ》ぎをしているそうだ。プロとは言えないが、ニュースとして提供するだけの腕を持っている。

「見つけたぞ」

柊真はファイセル・アブドゥラに似た男を発見した。ニュース映像とは若干《じやっかん》異なるアングルで撮影されており、その男の斜《なな》め横からの写真もある。写真だけに解像度はそれなりに高いのだが、ピントがデモ隊に合っているため、数メートル先のその男は少しボケていた。

ファイセルらしき男が写っている画像データを三枚選び、日本の傭兵代理店のスタッフである土屋友恵にメールで送った。


午前四時十分、市谷《いちがや》。

防衛省の北門近くに〝パーチェ加賀町《かがちょう》〟というマンションがある。地下一階は駐車場でエレベーターの行き先ボタンもない地下二階に、傭兵代理店があった。

社長である池谷は二十年近く前に当時の防衛庁を退職し、先祖代々大地主という資金力と防衛庁とのコネを使って下北沢《しもきたざわ》に傭兵代理店を開業したが、数年前に市谷の加賀町にマンションを建て、その地下に代理店を引っ越して現在に至る。傭兵の仲介業者であり武器も取り扱う代理店は、表立って営業できない裏稼業であるが、池谷は防衛省とパイプがあるため政府から極秘の仕事を引き受けることがあった。

代理店のスタッフである友恵は池谷から子供の頃に才能を見出され、日本屈指のハッカーとなり、その腕を買われて防衛省のサイバー防衛隊のアドバイザーもしている。

友恵は代理店の自室で、いつものようにヘッドホンをしてヘヴィメタルを聴きながら六台のモニターに向かって仕事をしている。

正面のモニターの片隅にメールの到着を知らせるアイコンが表示された。

「これね」

到着したメールを確認した友恵は、添付されていた画像データを開いた。柊真からのメールである。彼は日本の傭兵代理店に登録されているため、代理店の様々なサービスを受けることができる。もっとも、彼の場合、学生時代から浩志を通じて池谷や友恵とも付き合いがあるので特別な存在であった。

友恵は柊真から、あらかじめ顔認証ソフトが使えるか聞かれていた。最新のソフトはもちろん持っていたが、重要なのはどこのデータを使って解析するかであった。柊真によれば、イラクに潜伏するISILのスナイパーのデータは、ワットを通じて米国防総省から得たそうだ。ただし、フランスに帰国したファイセル・アブドゥラのデータは、米国防総省だけでなく、フランスの情報部や警察機関にもあるらしい。

友恵はメールに添付されていた画像データを画像処理ソフトにかけて鮮明にした。

「充分ね」

画像を拡大して出来栄《ば》えに頷いた友恵は、顔認証ソフトにデータを取り込み、参照するデータベースにアクセスした。彼女ならその気になれば米国防総省のサーバーもハッキングできるが、今回は手っ取り早くフランス国家警察本部のサーバーをハッキングして利用することにした。

柊真から送られてきた男の顔写真が、左上に表示されている。右下の〝解析〟のボタンをクリックした。右側にはデータベースから送られてくる顔写真が、一枚につき、一、二秒で解析が行われ、次々と入れ替わる。最初からデータベースに入っているファイセルのデータを呼び出して比較すれば早いのだが、友恵は客観性を持たせるためにあえて顔認証ソフトに任せたのだ。どのみち、処理速度が速いため、時間は掛からないだろう。

友恵はデスク脇に置いてある空のコーヒーカップを手に取り、立ち上がった。彼女の部屋の隣りに作戦司令室と呼んでいるスタッフのオフィスがあり、その入口に豆から作る本格的なコーヒーメーカーが置いてあるのだ。

背後でパソコンがビープ音を鳴らした。

「コーヒーを淹《い》れる時間もなかったわね」

振り返った友恵は、椅子に腰掛けた。モニターには解析結果がすでに表示されている。柊真が送ってきた写真の男が、ファイセル・アブドゥラである確率は九二パーセントであるという結果が表示されていた。友恵はすぐさま解析結果をメールで柊真に送った。作業をはじめてからほんの二、三分の話である。

午後八時十四分、ジャン・ロベール通りのアパルトマン。

柊真のノートPCに友恵からメールが届く。

「もう、来たのか」

友恵からのメールだと確認した柊真は、両眼を見開いた。数分前にデータの解析を頼んだら間髪《かんはつ》を容《い》れずに戻ってきたのだ。友恵が敵でなくてよかったと思うほかない。

メールを開くと、「ビンゴ！」と書かれている。柊真が送った画像の男は、ファイセルで間違いないようだ。友恵は、今度はパリの監視カメラのネットワークにアクセスし、顔認証ソフトで解析をすると追記してあった。ファイセルが発見されたシャンゼリゼ通りを中心に範囲を絞れば、顔認証ソフトが効果的に使えるそうだ。

友恵は五台の高性能パソコンを並列に繋いでカスタマイズし、民間では考えられないほどの処理速度を出せるようにしている。それでも、膨大な監視カメラの映像データを解析するには処理能力を問われるため、パリ全域の監視カメラのデータを扱うのは効率が悪いようだ。

「よっしゃ！」

柊真は右拳《こぶし》を握りしめて声を上げた。

反政府デモ

一

パリ、グランド・アルメ通り、午前十一時十分。

凱旋門の東に伸びるシャンゼリゼ通りは、洒落《しやれ》たブティックやレストランが多い。一方、西側のグランド・アルメ通りは大小様々なバイクショップが並ぶ、走り屋には堪《たま》らないバイク通りである。

翌朝、柊真はグランド・アルメ通りのバイクショップで、店員とホンダの中古バイクXR125Lの値段交渉をしていた。これまでパリ市内の移動手段は地下鉄かウーバーであった。だが、ファイセルの捜査で自由に移動可能な足が必要になってきた。というのも、市内の監視カメラにファイセルがバイクに乗っている姿が映っていたからだ。

「分かりました。それでは、千六百ユーロで手を打ちましょう」

店員は肩を竦《すく》めて見せたが、走行距離が千四百五十キロのＸＲ１２５Ｌなら日本円にして二十万円というのは、妥当な価格だろう。

契約書にサインして現金で支払いを済ませると、柊真はＸＲ１２５Ｌにまたがった。

柊真はフランスの外人部隊で落下傘《らっかさん》連隊とＧＣＰに所属していたため、連隊の基地があるコルス島で六年間過ごしている。島だけに本土よりも駐車場問題は深刻なため、車ではなくオフロードバイクのＸＲ２５０に乗っていた。だが、退役した際に、仲間に二束三文で譲っている。

ＸＲ１２５Ｌにしたのは、同じシリーズに乗りたかったこともあるが、２５０に比べて半額近くに出費が抑えられるからである。排気量が少ないため、燃費も１２５Ｌの方がいい。

エンジンを掛けた柊真は、アクセルを開けてエンジン音を改めて聞いた。購入を決める前にも確認しているが、問題はなさそうだ。１２４ｃｃ空冷単気筒エンジンは少々パワー不足だが、街中を走る分には充分だろう。

フルフェイスのヘルメットを被《かぶ》った柊真は販売店の前の側道を西に進んで次の角で右折し、１ブロック先の交差点をまた右折してカルノ通りに入る。東に向かって２ブロック先の凱旋門のラウンドアバウトを回って、マルソー通りに曲がった。

三百メートルほど進み、ニュートン通り、ガリレ通り、ウレー通りが交差する六差路の角の歩道の上にバイクを停めた。パリではバイクの駐車帯も結構あるが、歩行者の邪魔にならない場所なら歩道にバイクを停めても文句は言われない。

この交差点の監視カメラは、ニュートン通りとガリレ通りが交差する歩道の角に設置してあった。街灯のような形をしており、交差点を三百六十度監視している。

ヘルメットを小脇に抱えた柊真は、監視カメラの下を通り、交差点角にあるオープンカフェ〝アッパー・クレムリ〟のテーブル席に座った。交差点には二軒のビストロカフェが並んで営業しており、左側の〝アッパー・クレムリ〟は白い椅子、右側の店は赤い椅子を使用しているので、客を間違えることはない。

「チーズバーガーと水」

ウェイターに渡されたメニューを見た柊真は、すぐ出来そうなものを選んだ。昼飯には早いが、食べられるときに食べる。それが兵士の鉄則である。

ポケットからスマートフォンを出すと、今朝友恵から送られてきた映像を表示させた。目の前の監視カメラの映像である。

〝アッパー・クレムリ〟の近くにバイクを停めたファイセルがヘルメットを外し、スマートフォンを手に周辺を歩いている映像である。スマートフォンの持ち方から見て、写真かムービーの撮影をしていたに違いない。二分ほどのムービーだが、ヘルメットを取った瞬間のわずか一、二秒だけファイセルの顔が映っていた。友恵が顔認証ソフトで見つけてくれたのだ。時刻は今日の午前七時半とタイムカウンターには表示されている。

「チーズバーガーです。他に何かありますか？」

ウェイターが、プラスチックの串が刺さったハンバーガーとサラダが載せられたプレートを持ってきた。

近くの席の女性客が、柊真をちらりと見た。旅行者らしく、彼女もハンバーガーを注文しており、ナイフとフォークでステーキを食べるように小さく切って食べている。ファーストフードのバーガーと違い、具材もバンズも厚みがあるのだ。

「大丈夫だ。ありがとう」

柊真はプラスチックの串を抜くと、ハンバーガーを潰《つぶ》しながら豪快にかぶり付き、スマートフォンの映像を見た。

ファイセルがどうしてこの交差点をスマートフォンで撮影していたのか理解できない。だからそれを確かめるためにここにやって来た。彼が一昨日《おととい》いたシャンゼリゼ通りは、この交差点から二百メートルほどの距離である。単にデモを見ていただけかと思ったが、何か関係あるのだろうか。ファイセルの行動の意図を知るには、この映像だけでは足りない。

あっという間にハンバーガーを平《たい》らげた柊真は、スマートフォンを手に取ったが、腕時計で時刻を確認して首を左右に振った。友恵に電話を掛けようとしたのだが、時差が八時間ある日本は、現在午後七時四十分である。

　彼女がファイセルの映像をメールで送ってきたのは二時間半前のことだが、日本時間で午後五時十分であった。彼女は休むことなくパリ市内の監視カメラの映像を顔認証ソフトでリアルタイムに解析しているはずだ。

　だが、柊真の欲しいデータは、ファイセルがフランスに帰国してからの足取りであった。それには、過去の監視カメラの膨大な映像データを解析するほかない。ファイセルの情報が極度に少ない現状をなんとか打破したいのだが、現段階でも彼女のパソコンの処理能力が限界に達しているらしいので無理は言えない。

　食事を終えた柊真は、先ほど見たムービーのファイセルと同じように交差点の歩道に立ちスマートフォンでムービーを撮り、写真モードでも撮影したものの首を捻《ひね》った。パリ生まれのファイセルが観光目的で出歩くとは考え難い。また、パリの街角の写真ならインターネットで簡単にダウンロードできるからだ。

「何か意味があるのか？」

　柊真は溜息《ためいき》を吐《つ》くと、バイクに向かって歩き出した。

二

午後九時半、柊真はジャン・ロベール通りのアパルトマンに戻った。

バイクは通りの交差点近くにある二輪車用の駐車帯に置いてきたが、盗まれる心配があるので頑丈なバイク用のロックを前輪に掛け、後輪は道路に設置してある逆U字ポールに鎖《くさり》で繋《つな》いである。

柊真は昼食後、パリ市内を走り回った。捜査のためということもあるが、活動するにはパリの地理を頭に叩き込んでおく必要があったからだ。インターネットの地図サイトのストリートビューで街並みを擬似的に見ることもできるが、やはり自分の目で確認した方が確実である。また、ファイセルはスズキのバイク、Vストローム250に乗っており、ナンバーも分かっているので運が良ければ見つけることができるという淡い期待もあった。

ソファーに腰を下ろした柊真は、小脇に抱えていた紙袋を床に置いた。

ファイセルの両親の監視は、昨日からしていない。彼から父親に確認の電話があったということは、逆に接点がないと判断したからだ。

二ヶ月前に帰国したファイセルは、ＩＳＩＬに参加していたために警察から事情聴取を受けている。だが、出入国は正規に行っており、イラクでの犯罪行為を警察は立証することができなかったためにすぐに釈放されていた。国内で罪に問われないのであれば、両親に会うことに問題はない。だが、警察の目を逃れて潜伏しているということは、犯罪にかかわっているのか、巻き込まれたかのどちらかだろう。

フランスの傭兵代理店からの情報だが、警察は彼をブラックリストに載せたものの、警戒レベルは低いらしい。彼以上の危険人物が国内に大勢いるために、手が回らないのだろう。フランスの代理店の本社はパリ西部近郊のビジネス街であるラ・デファンスにあった。柊真は日本の代理店で登録されているので、提携しているパリの代理店でも同じようなサービスを受けられる。

フランスは米国ほどの軍事大国ではないが、中東やアフリカなどの紛争地に兵士を送り込んでいる。地理的にも紛争地に近いため、傭兵の需要が高く、仲介する代理店が繁盛《はんじょう》するのだ。そのため、フランスの代理店は、米国の軍事会社や代理店と肩を並べる規模であった。また、警察からの情報を裏ルートで得ており、金さえ払えば代理店に登録されている柊真でも入手できた。

柊真は床に置いた紙袋から、フランス産のウィスキー〝アルモリック〟のボトルを出した。紛争地に限らず任務中に酒を飲むことはない。捜査も任務と考えれば酒は慎《つつし》むべきだ。だが、長引く捜査と、京介の死がもたらす苦痛を少しでも和《やわ》らげるために飲まずにはいられないのだ。

封を切った柊真は、ボトルの口からそのままウィスキーを流し込んだ。独特の甘い芳香が口の中に広がる。フランスのウィスキーは、フルーツブランデーの蒸留所で造られており、ワインの古樽《ふるだる》で熟成させるからだろう。柊真はアルコールに強いので、ボトル一本飲んでもさほど酔わないが、少しはストレスを緩《ゆる》めることができる。

外人部隊に入隊してから厳しい訓練に耐え、激しい戦闘にも強い意志で打ち勝ってきた。だが、京介の死で、これまで味わったこともない強烈な精神的なダメージを受けている。

柊真はウィスキーのボトルを床に置くと、両手をしげしげと見つめた。

脳裏に一ヶ月半前の狙撃現場の記憶が浮かんだ。

柊真はひたすら京介の胸の傷口を両手で押さえている。

「大丈夫か！」

無線で呼び出した辰也と瀬川が、AK74で武装して駆けつけてきた。

「京介さん、しっかり！」

柊真は二人に気付かずに必死で呼びかけていた。

辰也が肩から提《さ》げていたファストエイド（救急医療品）を下ろして京介の首に指先を当てると、首を左右に振った。

「もういい、柊真。手を離せ、離すんだ」

辰也が柊真の背後から抱きつき、京介から引き離した。一緒に駆けつけた瀬川はＡＫ74を構え、警戒している。

「離してくれ、京介さんを助けないと」

柊真は辰也の腕を振り払って京介の胸を再び両手で押さえた。

「諦《あきら》めろ。京介は死んだ。もう助からないんだ」

辰也は柊真を羽交《はが》い締《じ》めにした。

「死んでない！」

「馬鹿野郎！　京介は、死んだんだ！」

もがく柊真を辰也は突き飛ばし、顔面を殴《なぐ》った。

柊真は力なくその場に尻餅《しりもち》をつき、京介の血で染まった両手を呆然《ぼうぜん》と見つめていた。

「俺のせいだ！」
蘇《よみがえ》った記憶を掻《か》き消すように言うと、ウィスキーのボトルを摑《つか》んで浴《あ》びるように飲んだ。毎晩飲むわけではない。そこまで追い詰められてはいないのだが、精神的に限界に近づいていると自覚したときは、ボトル一本のウィスキーでリセットすることにしている
――リセットできればの話だが。

「くそっ!」

柊真は、空《から》になったボトルを床に叩《たた》きつけた。

三

十一月二十四日、午後六時十分、市谷。

友恵は傭兵代理店の作戦司令室と呼ばれているオフィスのソファーで、コーヒーを飲んでいた。

オフィスには、古くからのスタッフで元自衛官の中條修と新たな顔ぶれで現役の自衛官である岩渕麻衣《いわぶちまい》が仕事をしている。彼女は池谷の古巣である防衛省情報本部の職員で、代理店には出向という形で六月から赴任していた。現段階では出向であるが、来年の一月からは正式なスタッフとして採用される。

傭兵代理店は海外の代理店とネットワーク化されており、世界中から様々な情報が入るため、日本政府としても重要な情報源としていた。裏組織ではあるが、半官半民の会社なのだ。そのため、現役の自衛官が代理店には出入りする。

また、リベンジャーズが、専守防衛の自衛隊に代わって海外での任務をこなすのは、浩志ら傭兵が他国に拘束《こうそく》ないし殺害されても政府は一切責任を負う必要はないからである。

「土屋くん、ここにいたのですか」

書類を手にした池谷が、出入口に立っていた。

「気分転換です」

友恵は小さな溜息を吐いた。

「パリの状況はどうなっていますか？」

池谷はコーヒーメーカーのボタンを押して、自分のマグカップにコーヒーを注いだ。スタッフの要望で、キリマンジャロとブルーマウンテンの豆がセットしてある。

「昨日以来、反応していません。パリは古い建物に監視カメラがあまり設置されていないので、死角が多いようです。交差点カメラも同じです。ファイセルはそれを知っているのかもしれませんね。ただ、一時間前からナンバー自動読取システムは機能しています」

答えた友恵は、コーヒーを啜《すす》った。

「ナンバー自動読取システム？　フランスにも日本の〝Nシステム（自動車ナンバー自動読取装置）〟のようなものがあるのですか？」

池谷は首を捻った。

米国はＮＳＡ（米国家安全保障局）が運営するエシュロンで、ありとあらゆる通信情報を傍受している。これは同盟国により世界的なネットワークとして構築されており、欧米だけでなく、日本を含むアジアも例外ではない。また、同盟国でなくとも、米国は敵対する国家の情報もハッキングにより、取得していると言われている。

だが、フランスでは強力な個人情報保護法があり、国家による個人の監視が問題視されている。そのため、フランスはエシュロンの共用を認めていない。もっとも、フランスはファイブアイズ（ＵＫＵＳＡ協定）と呼ばれる米国、英国、カナダ、オーストラリア、ニュージーランドの五カ国の情報機関の協定から外れているため、エシュロンも活用できないのかもしれない。池谷が首を捻ったのは、フランスの国内事情を知っているためだろう。

「フランスは極秘に監視システムを構築していますが、〝Ｎシステム〟のような合理的なシステムは運用されていません。もっとも、フランスの監視システムは脆弱《ぜいじゃく》なので、フランス国内に張り巡らされたエシュロンをハッキングし、私のナンバー自動読取システムに掛けています」

　友恵は涼しい顔で答えた。

「エシュロンをハッキング！　大丈夫ですか？」

　声を上げた池谷は、困惑した表情になった。世界一厳重なセキュリティを誇るＮＳＡのシステムをハッキングしているだけに不安なのだろう。

「もちろん大丈夫です。ハッキングした痕跡すら残していません。ただ、私のマシンがパワー不足になったので、会社のパソコンにも仕事をさせています」

「それで、珍しく、作戦司令室でコーヒーを飲んでいたんですね」

池谷は小さく頷《うなず》いた。

「顔認証システムかナンバー自動読取システムのどちらかで、ファイセルは見つかるでしょう。どちらかのシステムがヒットしたら、ファイセルなら〝ファイセル、発見‼〟、バイクなら〝バイク発見！〟というタイトルで私のスマートフォンにメールが自動的に届くようにセットしてあります。ファイセルを発見した場合、自分でも驚かないようにビックリマークを二つにしました」

友恵は右手に持ったスマートフォンを振って見せると、ソファーの前のテーブルに置いた。

「さすがです。あなたの働きはきっと柊真さんの役に立つはずです。昨日も徹夜したんですよね。疲れが顔に出ていますよ。少しは休んでください」

池谷は満足げに頷いた。

「仮眠は取りますが、他にも柊真さんを助けられる方法はないか考えてみます」

「彼の後方支援は、私も惜《お》しまないつもりですよ。できることがあればなんでも言ってください」

「後方支援？　ちょっと待ってください。一体、みんなどうしちゃったんですか！」

友恵は立ち上がると金切り声を上げた。

オフィスで働いている中條と岩渕が驚いて振り返った。

「友恵くん、落ち着いて」

池谷は友恵の前の椅子に座ると、彼女にも座るように右手を伸ばした。

「京介さんが殺されたんですよ。リベンジャーズが総力で、犯人探しをしてもいいんじゃないですか。それを柊真さん一人にやらせて、冷たすぎませんか！」

友恵は立ったまま捲《まく》し立てた。

「冷たいんじゃなくて、逆に思いやりですよ。柊真さんは、京介さん殺害事件の当事者です。藤堂さんの受け売りですが、仲間の力を借りて犯人を処刑することができても、柊真さんのためになりません。確かに今、彼は苦しんでいるでしょう。でもそれを乗り越えなければ、彼は傭兵というより、人間として成長できないんですよ」

首を横に振った池谷は、落ち着いた声で言った。

「……そうかもしれませんが、柊真さんが可哀想《かわいそう》で」

友恵は溜息を漏《も》らすと、ソファーに座り込んだ。

「誰しも京介さんの仇《かたき》を取りたいと思っているんです。それを我慢し、あえて柊真さんに託しているんですよ。皆さんの気持ちも察してください」

池谷は立ち上がると友恵の肩を軽く叩いた。

テーブルの上に置いてある彼女のスマートフォンが振動し、ハードロックを奏《かな》でた。メールの着信音である。

「バイク発見！　やった！」

メールのタイトルを見た友恵は、右拳《こぶし》を握りしめて叫んだ。

四

小雨降るリヴォリ通りを柊真のXR125Lが、疾走している。

友恵からファイセルのVストローム250を発見したとメールで連絡があったのは、数分前の午前十時二十一分のことである。

連絡を受けた際、柊真はルーブル美術館脇のフランソワ・ミッテラン通りを東に向かって走っていたため、アミラル・ド・コリニー通りからリヴォリ通りに左折して西に方向を変えた。

監視カメラに映っていたVストローム250のライダーはフルフェイスのヘルメットを被《かぶ》っているため、顔認証はできなかったが、ジョージ・ワシントンの騎馬像があるイエナ広場の交差点カメラがバイクのナンバープレートを捉《とら》え、ファイセルのVストローム250と確認したのだ。

ヘルメット用ブルートゥースヘッドセットが、電話のコールを知らせている。ジャケットのポケットに収めてあるスマートフォンとペアリングされているのだ。

「はい、柊真です」

柊真はヘルメットの下に伸びているヘッドセットの通話ボタンを押し、電話に出た。

——友恵です。Vストロームがガリレ通りとマルソー通りの六差路に停められました。友恵は交差点の監視カメラをリアルタイムで見ているようだ。

「昨日と同じ場所ですか？」

——ええ、〝アッパー・クレムリ〟のすぐ近くの歩道よ。

「本人ですか？」

——今、ヘルメットを取ったけど、確認できない。ガリレ通りをシャンゼリゼ通り方向に向かって歩き始めた。周辺の監視カメラで確認してみるわ。

ファイセルは極力顔が映らないようにしているに違いない。

「了解！　ありがとう」

通話を終えた柊真は、アクセルを開いた。すでにリヴォリ通りからコンコルド広場を経由してシャンゼリゼ通りに入っている。〝アッパー・クレムリ〟まで一・五キロほどの距離だ。

「むっ！」

シャンゼリゼ・ロータリーに入ったのだが、その先のシャンゼリゼ通りが通行止めになっている。通りは黄色いベストを着たデモ隊で埋め尽くされている。ラウンドアバウトを回り、モンテーニュ通りからフランソワ・プルミエ通りに右折した。遠回りになるが、南から迂回《うかい》するのだ。

電話のコール。

「はい！」

――ターゲットがシャンゼリゼ通りの群衆に紛《まぎ》れました。

友恵から連絡だ。

「了解！」

柊真はジョルジュ・サンク通りの交差点に出てバイクを停めた。一方通行の道なので、右折してシャンゼリゼ通りに向かうことはできない。交差点にバイクを停めて歩くのならここから行くのが早い。だが、群衆に紛れたファイセルを闇雲《やみくも》に追っても意味がないだろう。彼を見つける前にすることがある。

「よし」

頷いた柊真は、バイクを進めて交差点を渡るとクリストフ・コロン通りを抜け、クプレ通りからガリレ通りに右折した。パリは放射線状の道が多く、一方通行の道ばかりだ。しかもシャンゼリゼ通りに向かうと思われる黄色いベストの人々が道の真ん中を歩いている。裏通りを迂回した柊真は、なんとか目的の六差路に入った。

エンジンを停めた柊真は、バイクを〝アッパー・クレムリ〟近くの歩道の端に停めた。柊真のXR125Lも含めて、六台のバイクが停めてある。ファイセルのVストローム250は、一台隣りに置いてあった。

周囲を窺《うかが》った柊真は、Vストローム250のヘッドライト下のカバー裏にGPS位置発信機を貼り付けた。マンパワーを補うべく、傭兵代理店で買い揃えた小道具の一つである。発信機を取り付けたバイクを追えば、ファイセルをシャンゼリゼ通りで見つけられなくても問題はないだろう。

柊真はヘルメットを小脇に抱えると、ガリレ通りを走った。2ブロック走り、シャンゼリゼ通りに出ようとしたが、黄色いベストを着た人垣に阻《はば》まれた。一週間前のデモと違って圧倒的に人が多いようだ。

人びとは拳を振り上げ、シュプレヒコールを上げている。のんびりムードの先週とは違って、殺気《さっき》立っていた。翌日の報道では、フランス全土で約八万一千人もの人々が黄色いベストを着てデモに参加し、パリでは八千人、そのうち五千人がシャンゼリゼ通りに繰《く》り出したという。

「くそっ」

舌打ちをした柊真は耳に小型のブルートゥースイヤホンを入れて、スマートフォンで友恵に電話を掛けた。

「人が多すぎて、ターゲットが確認できない。どんな服装をしていましたか？」

柊真は人ごみをかき分け、シャンゼリゼ通りに出ると、凱旋門に向かって歩き始めた。一週間前のデモの映像でファイセルが映っていた場所に行こうと思っている。

――上下黒っぽい服、それに黄色いベスト、特徴はないわね。それから、黒いバックパック、野球帽も黒。役に立たない情報でごめんなさい。

友恵の声がか細くなった。彼女がいくら有能なハッカーでも、情報がなければ分析できないのは当然のことである。

「顔認証はできませんか？」

――シャンゼリゼ通りの監視カメラからの映像はすべてチェックしているけど、今のところ反応なしね。

友恵の溜息が聞こえた。

「そうですか……」

通話を切ろうとした柊真は、両眼を見開いた。ニュース映像で見た場所に、黒い野球帽にバックパックを担《かつ》いだ男が立っているのだ。周囲にいる人びとは、凱旋門側に立ってバリケードを築いている警官隊に向けて拳を上げて叫んでいる。だが、野球帽の男は落ち着きなく周囲を窺っており、完全に浮いていた。

柊真は男の顔が見えるように、人ごみを縫《ぬ》って進んだ。

「やつだ」

男の正面に移動した柊真は、ファイセルの顔を確認した。

五

デモ隊は声高《こわだか》にマクロン大統領を批判し、隊列を組んでいる警官隊に迫る。シャンゼリゼ通りをこのまま進んでも、その先にあるのは凱旋門である。だが、警官隊とあえて衝突することで権力と闘う姿勢を示そうとしているのだろう。

ファイセルはデモ隊の動きに合わせて移動している。柊真は群衆に紛れながら彼のすぐ後ろに回り込んだ。

周囲を窺うファイセルは、相変わらず落ち着きがない。こんな場所で誰かと待ち合わせでもないだろう。人捜しでもないはずだ。数メートル先では警官隊がスクラムを組んでいる。対峙《たいじ》しているデモ隊が後ろから押される形で群衆の密度が増している。

やおらファイセルがバックパックを下ろして手ぶらになると、人ごみを押しのけながら後方に移動しはじめた。

「まさか！」

柊真はファイセルが残していったバックパックのトップポケットを開いて中を覗《のぞ》いた。

料理用の圧力釜から配線が伸びてその先にタイマーが付けられている。手製の時限爆弾に間違いない。圧力釜の中に爆薬と起爆装置、それに殺傷能力が増すように爆薬の周りに釘などの金属片が詰め込まれているのだろう。しかもタイマーは作動しており、残り五分を切っている。この場所で爆発したら、数百人の死傷者が出るはずだ。デモ隊の先頭集団にいたのは、被害を大きくするためだったに違いない。

腕時計で時間を確認した柊真はバックパックを担ぎ、なるべく人が少ない歩道へ向かって進んだ。現在時刻は、午前十時三十六分である。十時四十一分には爆発するということだ。

「どいてくれ、急ぐんだ！」

必死にデモ隊から抜け出してシャンゼリゼ通りからガリレ通りに入った。

二百メートルを走って2ブロック先のマルソー通りの六差路に出ると、立ち止まって腕時計を見た。すでに三分経過している。デモ隊を抜けるのに時間が掛かりすぎた。バイクに乗ってセーヌ川に爆弾を捨てようと思っていたが、そんな時間はない。

「くそっ！」

柊真は南に向かってガリレ通りを再び走り出した。通りの突き当たりにエタ・ユニ広場という公園がある。そこなら被害は最小限に抑えられるはずだ。

耳元でヒュンと鋭い音がした。

柊真は咄嗟《とっさ》に歩道に転がり、駐車してある車の陰に隠れた。常人には分からないだろうが、銃撃された経験がある者なら、銃弾の風切り音だと分かる。斜《なな》め右横の壁に銃弾がめり込んでいた。背後から撃たれたらしい。頭を狙《ねら》ったのだろうが、柊真が走っていたので外れたようだ。

腕時計を見た。十時四十分、残り一分である。こんなところでぐずぐずできない。狙撃手の顔は見ていないが、ファイセルに違いない。爆弾を持ち出した柊真の足止めをしたいのだろう。六差路の近くにはまだ人通りがある。この辺りで爆発しても人的被害は大きい。

意を決した柊真は、低い姿勢で走った。通り過ぎたドラッグストアのウィンドーが銃弾で砕《くだ》け散っていく。

「くっ！」

銃弾が左肩を掠《かす》め、つまずきそうになる。だが、頭を下げたまま1ブロック走り切った。

ガリレ通りとジャン・ジロドー通り、それにイエナ通りが交わる六差路に出た。ここからエタ・ユニ広場は二百五十メートル先だ。追手はかわしたらしいが、残り三十秒もない。

三本の道が交差する中心に一辺が二十メートルほどの小さな三角形の広場があった。周囲は雨が降っているせいで人通りはない。それにシャンゼリゼ通りからも離れているので、デモの影響もないようだ。

柊真はバックパックを広場の真ん中に置いた。爆薬の量にもよるが、圧力釜を内側から吹き飛ばせるのなら半径四、五十メートルは殺傷能力があると思った方がいいだろう。

「まずい！」

一台の車がイエナ通りを広場に向かって走ってくる。このまま進めば爆発に巻き込まれてしまう。

「停まれ！」

広場を出て車に駆け寄った柊真は、両手を広げて車の前に立ち塞《ふさ》がった。

甲高《かんだか》いブレーキ音を立てて車が直前で停まる。

轟音《ごうおん》！

柊真は、爆風でなぎ倒された。

周囲は粉塵《ふんじん》に包まれ、火薬と焦《こ》げ臭い匂いが立ち込める。

一瞬気が遠くなったが、柊真はよろめきながらも目の前で停まった車に摑まって立ち上がった。背中が焼けるように痛い。爆弾の破片が刺さったのかもしれない。

粉塵が雨で収まってきた。

目の前の車のフロントガラスはヒビが入り、凹《へこ》んでいる。振り返ると広場の周囲の建物のガラスがすべて割れていた。爆弾は想像通りの威力があったらしい。シャンゼリゼ通りで爆発していたら、デモ隊だけでなく警官隊にもかなりの負傷者が出たはずだ。

パトカーのサイレンが近付いてくる。デモ鎮圧のために近くで待機していたのだろう。目の前に二台のパトカーが急停車し、交差点の広場の反対側にも一台のパトカーが停まった。サイレンは他にも聞こえるので、ガリレ通りとジャン・ジロドー通りにもパトカーが急行したに違いない。

パトカーから数人の警察官が降りてきた。

「大丈夫ですか?」

若い警察官が、粉塵に塗《まみ》れ、背中から血を流している柊真に話しかけてきた。

「なんとか……」

柊真は立ちくらみがし、こめかみを右手で押さえた。

「両手を上げろ!」

別の年配の警察官が銃を抜き、銃口を向けてきた。

「どういうことだ?」

柊真は肩を竦めて見せた。

「いいから手を上げろ。おまえが広場から出てきた直後に爆発したと、彼が証言している。おまえは容疑者だ」

年配の警察官は銃を向けたまま柊真が停めた車の運転手を顎《あご》で示した。

「それは事実だが、事情は説明できる。私の話を聞けば、納得するはずだ」

柊真は首を振りながらも、両手を上げた。

「そうだといいがな」

年配の警察官は鼻先で笑うと、若い警察官が柊真に手錠を掛けた。

逃亡者

一

パリ8区、グラン・パレ。

グラン・パレは、一九〇〇年のパリ万国博覧会のために建設されたアール・デコの装飾を施された宮殿のような建築物である。

グラン・パレの正面玄関がある東側は、シャンゼリゼ通りからセーヌ川に架かるアレクサンドル三世橋に繋《つな》がるウィンストン・チャーチル通りに、北側はジェネラル・アイゼンハワー通り、南側はセーヌ川沿いのラ・レーヌ広場にそれぞれ面している。

午後十時、柊真は窓もない部屋の簡易ベッドに座っていた。

グラン・パレは、常設展示がされている美術館、パリコレなどのイベントに使われる本館の特別展示エリア、正面玄関とは反対側の科学技術博物館がある〝発見の殿堂〟などの文化施設のほかに、レストランや映画館なども備えた複合文化施設である。だが、唯一異質なのは北側の一部がパリ8区警察署として使われていることであり、柊真はその留置場に入れられていた。

ファイセルがシャンゼリゼ通りのデモ隊を狙《ねら》った時限爆弾は、柊真がガリレ通り、ジャン・ジロドー通り、イエナ通りの六差路にある広場まで運び、午前十時四十一分に爆発させた。

周囲のビルの窓ガラスは割れ、飛び散ったガラスの破片で負傷した被害者は八人いたが、いずれも軽傷であった。

本来なら柊真は大勢の命を救ったヒーローになるべきところだが、広場の近くで被害を受けた車の運転手以外にも数人の目撃者は爆弾を仕掛けたのは柊真だと証言したのだ。

しかも身元を確認した警察は、柊真が外人部隊に所属していたことを突き止め、爆弾を作ることが可能だと判断した。外人部隊では顔写真だけでなく指紋もデータベース化されており、情報は軍だけでなくフランスの警察や情報機関でも共有されているため柊真を特定するのは簡単だったようだ。

「まいったなあ」

溜息《ためいき》を吐《つ》いた柊真はベッドに横になり、背中に激痛を覚えた。

銃撃された際の左肩の傷は、六針縫《ぬ》う程度の軽傷だった。だが、爆弾の破片が背中に四ヶ所も刺さり、摘出手術を受けている。致命傷にはならなかったが、全部で二十五針前後縫ったらしい。背中だけに自分では見えないが、医師に尋ねたところ「だいたい二十五針」といい加減に言われたのだ。

救急病院で治療後に警察署に移送され、尋問《じんもん》を受けた。柊真は爆弾を見つけてから、広場で爆発させるまでを具体的に説明したが、爆弾を所持していたのがファイセルだと具体的に名前を挙げることは避けた。一ヶ月半近くも彼を追っていたことなど、説明できないからだ。

また、真実を話したところで、柊真がイラクから来たと言えば、テロリストだと思われるのが関の山である。また、この一年ほどは傭兵としてイラク以外の中東諸国へ、数度入出国している。パスポートは見せていないが、入国管理局の記録を調べられたらますます怪《あや》しまれるはずだ。かなり窮地《きゅうち》に陥《おちい》っているといえよう。

パスポートは素肌に密着させてある防水のベルトポーチに、偽造パスポートとともに隠してある。ベルトポーチは一見コルセットのような作りになっており、柊真を治療した医師には、腰痛のコルセットだと言って誤魔化《ごまか》した。また、ベルトポーチのおかげで爆弾の破片から腰を守ることができたが、パスポートの一部が破損してしまった。

傭兵代理店では、登録したAランクの傭兵にはGPSチップを埋め込んだ正式なパスポートと偽造パスポートを提供している。紛争地で連絡が途絶えても、位置を割り出せるようにするためだ。また、ベルトポーチには、米国百ドル札が十枚とピッキングツール、それに縫合針《ほうごうしん》と糸と抗生物質も隠してあった。これは、代理店が提供する基本セットである。逮捕された際に財布は、スマートフォンや時計とともに没収されているが、なくても困ることはない。

――そうだ。

体を起こして顔をしかめた柊真はベッドから下りると、鉄格子の前に立った。

「だれかいないか？　こっちに来てくれ！」

大声を張り上げ、廊下に設置してある監視カメラに向かって手を振った。留置場は三階の二重の鉄格子で仕切られたエリアにあり、出入口脇にある看守部屋には留置場に設置してある監視カメラのモニターがあるのだ。

「うるさい。静かにしろ！」

年配の夜勤の看守が二重の鉄格子のドアを開けて、怒鳴《どな》った。不機嫌なのは、仮眠中に起こしたからかもしれない。

「電話を掛けさせてくれ。俺には、弁護士を呼ぶ権利がある。不当逮捕で訴えられたいのか！」

柊真は鉄格子のドアを両手で揺すった。留置場は建物と同じで年代物だが、鉄格子のドアは電子ロックになっており、中から開けることはできない。また廊下側は全面鉄格子だが、金網が張ってあるので中から看守を襲うことは不可能だ。唯一、ドアの中ほどに食器トレーを出し入れできる小さな窓があった。

「私を脅《おど》すのか？　そんなことをしてもなんの得にもならないぞ。フランスは人権国家だが、テロリストにまで寛容じゃないんだ」

看守は柊真の前に立つと、嘲《あざけ》り笑った。権利を主張すれば少しは臆《おく》するかと思ったが、この男には通じないらしい。

「それじゃ、これで、なんとかしてくれないか」

柊真は百ドル札を格子の隙間から見せた。監視カメラに映らないようにベルトポーチから抜き取っておいたのだ。

「身体検査したはずなのに、どうして金を持っているんだ？」

看守は監視カメラを見上げると、百ドル札に手を伸ばした。

「ポケットの奥に紛《まぎ》れ込んでいたのだ。おまえは、この札を生真面目《きまじめ》に没収することもできる。だが、それより俺に電話を掛けさせて、手に入れる方が賢《かしこ》いと思うんだがな」

柊真は手を引っ込めて札をひらひらとさせた。

「……もちろん、あなたは弁護士を呼ぶ資格がある。だが、尋問室で電話を掛けるには手数料がいるんだ。分かるだろう？」

看守は急に言葉遣《づか》いを改めると、腰に下げてある小型の革ケースから手錠を出した。

「感謝する」

柊真は両手をドアの食器用の窓から出し、看守に手錠を掛けさせた。

二

十一月二十五日、午前六時四十分、傭兵代理店。

友恵は、自室のソファーでクッションを抱えて眠っていた。柊真をサポートするために彼女は連日徹夜が続き、仮眠を取っているのだ。

地下二階に代理店があるマンション、パーチェ加賀町は、竣工《しゅんこう》してから数年経っているが、代理店の機密を守るため、完成当時からオーナーの池谷と友恵、瀬川、中條など関係者のみが住んでおり、一般人の入居者はいない。

スタッフはエレベーターで自宅である部屋に一分とかからず帰れるのだが、友恵は仕事が忙しくなると、仕事部屋のソファーで寝泊まりすることも珍しくない。

ソファー脇のサイドテーブルに置かれているスマートフォンが、振動しながら着信音を鳴らした。

「……もしもし」

横になったままスマートフォンを手に取った友恵は、眠たげな声で電話に出た。

——柊真です。


「柊真さん！　連絡が取れなくて心配していたんですよ」

跳《は》ね起きた友恵は、甲高《かんだか》い声を上げた。彼女はシャンゼリゼ通りにほど近い交差点で爆発があったことを、ニュースよりも早く監視カメラの映像で知った。爆発直後、柊真と連絡が取れなくなったので彼女はエシュロンをハッキングし、爆発の犯人と思われるアジア系の男が病院で治療を受け、パリ8区警察署に収容されたことまでは突き止めている。それが柊真ではないかと心配していたが、情報不足で確認できなかったのだ。

傭兵代理店が所持しているはずのパスポートに埋め込まれたGPS位置発信チップの信号は、パリの爆発事件後に途絶《とだ》えていた。爆発時にチップが破損したのだろう。

——8区警察署に爆弾犯として留置されています。ちゃんと説明しても犯人だと疑われて困っています。それにイラクやアフガニスタンへの渡航歴を調べられたら、さらに立場が悪くなるでしょう。

「藤堂さんに連絡してみる。彼ならなんとかしてくれるはずよ」

——それは絶対止めてください！

柊真は強い口調で言い返してきた。

「藤堂さんは、以前フランス政府の仕事をしたことがあるでしょう。だから藤堂さんのフランス政府関係者のパイプを使えば、助けになるかもしれないと思うんだけど」

――俺がシャンゼリゼ通りに向かう監視映像をスマートフォンに送ってください。それを警察に見せれば、納得するでしょう。それで充分なはずです。

「……確かに、いいアイデアね。柊真さんが手ぶらでシャンゼリゼ通りに行ったこと、それに爆弾入りのバックパックを持ち込んだのはファイセルだという映像も見せれば、警察も納得するわね、きっと」

友恵は頷《うなず》くと、立ち上がってパソコンに向かった。


午後十時四十二分、パリ8区警察署。

尋問室で友恵に電話を掛けていた柊真は、スマートフォンの通話ボタンを切った。百ドルで買収したマルセルという看守は、尋問室の電話ではなく、意外にも柊真のスマートフォンを五分という制限付きだが一時的に返してくれた。とはいえ、親切心からではない。署の電話を使えば通話記録が残り、勝手に使わせたことがばれるからだろう。

友恵に無実を証明する映像を送るように頼んだ。彼女は浩志に頼るように勧めてきたが、それでは彼の庇護《ひご》を受けたことになり、柊真は半人前だと自ら証明するようなものである。

彼女なら期待した映像を探し出して送ってくるだろう。むろん、映像の出所は問われるだろうが、柊真の無実を知るハッカーが勝手に送ってきたように偽装してくれるらしい。

それを証拠として浩志に頼らず、なんとしても困難を克服したいのだ。

柊真は尋問室のドアを薄く開けて、廊下を挟んで向かい側にある看守部屋を見た。よくある守衛室のように廊下側に受付用の窓がある。そこから法律では禁じられているが、煙草《たばこ》を吸いながら新聞を読んでいるマルセルが見える。夜勤の看守は二人いるが、もう一人は隣りの部屋で仮眠を取っているそうだ。

ドアを閉めた柊真は、スマートフォンの追跡アプリを立ち上げた。赤いシグナルがパリの南西近郊のブローニュ・ビヤンクールで点滅している。ファイセルのVストローム250に仕掛けたGPS位置発信機の位置である。現時点では停止しているようだ。発信機が捨てられていないのなら、ファイセルの隠れ家という可能性がある。

柊真は思わず右拳《こぶし》を握りしめた。この一ヶ月半で初めて得られた有益な情報と言っても過言ではない。捜査状況は浩志に知らせていない。彼に報告するのは、京介を殺した犯人を見つけ出して抹殺《まっさつ》するとき以外にないと思っているからだ。ただ、友恵から情報を得るため、彼女だけには捜査の進捗《しんちょく》状況を教えている。

スマートフォンをポケットに入れた柊真は、尋問室を出た。

「弁護士と話ができたんだろう？　スマートフォンを返せ」

看守室から出てきたマルセルは、柊真に横柄《おうへい》に言ってきた。すでに百ドルを渡しているので、用を済ませた柊真を特別扱いするつもりはないらしい。

「頼みがある。もう百ドル渡すから、明日の朝までスマートフォンを貸してくれ」

柊真は笑みを浮かべて言った。尋問室でまたベルトポーチから抜き取っていた。友恵なら証拠となる映像をすぐに送ってくれるはずだ。明日の朝にでも事件捜査をしている責任者に証拠となる映像を見せれば、爆弾犯の濡《ぬ》れ衣《ぎぬ》は晴れるだろう。

「そいつは、高く……」

百ドル札を取ろうと前に出たマルセルの額《ひたい》から血が吹き出た。

柊真は咄嗟《とっさ》に屈《かが》んだ。空《くう》を切った銃弾が、頭上を抜ける。廊下の反対側の階段から銃撃されたのだ。銃撃音は聞こえなかったので、サプレッサーを取り付けた銃を使っているに違いない。

銃口が廊下の角から覗《のぞ》く。

「くそっ！」

柊真は看守部屋に飛び込んでマルセルの死体を引きずり込み、そのポケットから手錠の鍵を取り出した。手錠を外すと、奥の金属製のロッカーを開けた。ポンプアクションのショットガンが三丁立てかけてあった。イタリアのベネリ社製ベネリＭ３　スーパー90で、勾留《こうりゅう》中の犯人を制圧するためのものである。柊真はＭ３を掴《つか》み、ショットシェル（散弾）が入った箱を近くの机の上に置いた。

箱の中からショットシェルを掴んだ柊真は、Ｍ３のローディングポート（銃の下部）にとりあえず三発込めると、ボルトを引いて安全装置を外し、ポケットに予備のシェルを数発入れて出入口に張り付いた。足音が近付いてくる。

ドアの隙間からショットガンを出して発砲すると、ハンドグリップを素早く引いてショットシェルを装填《そうてん》した。威嚇《いかく》射撃だが効果はあったようだ。足音が遠ざかっていく。

低い姿勢になった柊真は廊下に飛び出した。途端《とたん》に銃弾が襲ってくる。反撃して走りながら装填すると、階段前で水平に飛んで廊下に滑《すべ》り込み、隠れていた男をショットガンで撃った。

「何！」

立ち上がった柊真は、散弾を浴《あ》びて階段を転げ落ちた男を見下ろして呆然《ぼうぜん》とした。

男は警察官の制服を着ているのだ。

慌《あわ》てて階段を降りた柊真は男の制服のポケットを探り、警察官バッジを取り出して彼のIDを確認した。

「どういうことだ？」

柊真は、険《けわ》しい表情になった。IDではポール・バチストンという名前で、写真は間違いなく本人のようだ。もっともバッジとIDが本物か調べる必要はある。この男が偽警察官かどうかは関係なく、柊真を殺すために送り込まれたことは確かだろう。だが、もし、本物の警察官なら爆弾のテロリストというだけでなく、警察官殺しの嫌疑が掛かることは目に見えている。

階下が騒がしくなった。ショットガンの銃撃音で夜勤の警察官が騒いでいるのだろう。

舌打ちをした柊真はショットガンを投げ捨てると、階段を駆け上がってきた三人の警察官を叩《たた》きのめし、階下に姿を消した。

三

午後十一時十五分、パリ8区警察署。

三階の留置場と廊下、それに階段では鑑識課の警察官が作業をしている。

フランク・ジョフカエフは書類を手に階段の踊り場で跪《ひざまず》き、仰向《あおむ》けになっている死体を見つめた。彼はパリ8区警察署の刑事部殺人課の係長で現場のトップである。署内で殺人事件が起きたと連絡があり、自宅から車を飛ばしてきた。

「チーフ、こいつ、うちの警官じゃないですよ」

自分のスマートフォンで死体の写真を撮っていた若い刑事が首を捻《ひね》った。ジャン・カンデラ、ジョフカエフの直属の部下である。

「見たことがないな。そもそも、フランスの警察官はサプレッサーを付けたグロック17Cを使わない。本当の警察官かどうかも怪しいな」

ジョフカエフは、死体の傍に落ちている銃のトリガーガードにボールペンを挿《さ》して持ち上げ、ビニールの証拠品袋に入れると、鑑識課の警察官に渡した。

「チーフ」

制服の警察官がジョフカエフにメモを渡した。

「この警察官は、本物のようだ。ポール・バチストン、11区の警察官だ」

メモを読んだジョフカエフは首を左右に振った。彼は死体が所持していた警察官バッジのIDで、部下に身元を確認させていたのだ。

立ち上がったジョフカエフは階段を上がり、廊下の奥にある看守部屋にうつ伏せで倒れている看守の死体の前で立ち止まった。

「こいつは、どうして爆弾犯を檻《おり》から出したんでしょうか？　脅されたんですかね？」

ジョフカエフの後についてきたカンデラは、独り言のように呟《つぶや》いた。

「おいおい、現段階で日本人は被疑者であってホシじゃない。まともな刑事なら、言葉遣いに気をつけるんだ。それに調書で被疑者は、デモ隊を狙った爆弾を命がけで運んだと供述したらしい。それがもしも本当なら、ヒーローを誤認逮捕したことになるんだぞ。そいつのポケットを探ってみてくれ」

渋い表情になったジョフカエフは、持っている書類を振って見せた。彼は柊真の調書を読みながら現場を見ていた。たまたま地方に出張し、８区警察署には戻らずに自宅に夜遅く直帰している。柊真を尋問したのは留守を預かる主任クラスで、彼からは電話で報告を受けていた。だが、事件現場を見るため、改めて調書に目を通していたのだ。

「分かりました」

首を捻ったカンデラは、ラテックスの手袋をはめて看守の死体のポケットを探った。

「おっ？」

カンデラは死体の右ポケットから折り畳まれた百ドル紙幣を取り出した。

「百ドル紙幣を裸でポケットに入れるのは、それなりに理由があるはずだ。そもそも米国紙幣を持っていること自体おかしい。そう思わないか？」

ジョフカエフは、紙幣を見て頷いた。

「でも、たった百ドルで、被疑者を脱獄させるつもりだったんですか？」

カンデラは肩を竦《すく》め、首を振った。

「脱獄させるほど馬鹿じゃないだろう。もっとも馬鹿だから、殺されるようなはめになったんだろうがな。せいぜい無断で外部と連絡させたぐらいさ。百ドルでできる範囲は限られている。夜間の尋問室と看守部屋の通話記録を調べてくれ。それから、被疑者から没収した持ち物とリストとを照合するんだ。ひょっとすると携帯電話がなくなっているかもしれないぞ」

ジョフカエフは低い声で笑った。

「なるほど、看守は被疑者の携帯を一時的に返して、尋問室か看守部屋で使わせた可能性があるんですね。被疑者の持ち物は証拠品ですが、刑事部にはまだ上げられていませんでした。抜き取ってもばれませんね」

「そういうことだ」

ジョフカエフは小さく頷いた。

「それにしても、バチストンは、被疑者を脱獄させるために看守を殺したんでしょうか？　それとも被疑者を殺害する目的だったんですか？」

カンデラは百ドル札を証拠袋に入れると立ち上がった。

「監視システムの電源が切られていたから、今は状況証拠で推測するしかない」

ジョフカエフは、尋問室の壁と看守部屋のドアにある銃痕を観察すると、看守部屋に入った。鑑識課の警察官がまだ作業を続けている。

「銃撃された被疑者はショットガンを取りに、看守部屋に飛び込んだのだろう。この行動で被疑者と銃撃犯が仲間でないことは分かる。看守が手錠を外したのか、自分で外したのかは分からないが、ショットガンを撃つには両手が自由じゃなきゃだめだ。少なくとも看守から鍵を盗んで手錠は外したはずだ。そして、被疑者はショットガンにショットシェルを込めて、ドアの隙間から発砲した」

そう言うとジョフカエフは、部屋の奥にあるロッカーからショットガンを取り出し、薬室が空であることを確認すると、看守部屋を出て廊下の壁についている散弾の痕《あと》を指でなぞった。

「バチストンは被疑者の威嚇射撃で慌てて階段まで逃げ戻り、反撃したのだろう。至近距離のショットガンの威力は半端じゃないからな。被疑者はバチストンの銃弾を掻《か》い潜《くぐ》り、ここで発砲した」

ジョフカエフは看守部屋から数歩進み、階段際の壁にある散弾の痕にショットガンの銃口を向けてトリガーを引いた。

「こんな狭い場所で銃撃戦をしたんだとしたら、二人ともとんでもない度胸をしていますね」

カンデラは口笛を吹いて見せた。

「被疑者は、外人部隊出身だったな。実戦経験があるに違いない」

ジョフカエフは階段と廊下のコーナーの壁がショットガンで吹き飛ばされているのを見て、大きく頷いた。

「銃を発砲することにまったく躊躇《ちゅうちょ》がありませんね」

カンデラも散弾で変形した壁を見て首を左右に振った。

「それはバチストンにも言えることだ。ショットガンを相手に、拳銃で対処しようとしている。彼も軍人だったのかもしれない」

ジョフカエフは階段の壁に残った散弾の痕を見ながら、後ろ向きに廊下を進んだ。散弾の痕は人型に切り抜かれている。

「バチストンの経歴も洗います」

カンデラはスマートフォンのメモに記入した。彼は二十代後半、手帳を使うような世代ではないらしい。

「この位置から発砲したようだ」

階段を通り過ぎたところでジョフカエフは、跪いて銃を低く構えた。壁に散った無数の弾丸の痕の角度に、銃口を合わせたのだ。

「低すぎませんか？　銃口は腰より下ですよ」

カンデラは首を傾《かし》げた。

「まさかとは思うが」

ジョフカエフは仰向けになって廊下に横になり、ショットガンを階段の壁に向けた。

「銃口の角度は合いますよ。被疑者は廊下を走って階段の前を飛んで、ショットガンを撃ったんじゃないですか？　だとすれば、人間業《わざ》じゃありませんよ」

傍で見ていたカンデラは壁の傷とジョフカエフのショットガンを交互に見て言った。

「被疑者は、外人部隊でも精鋭の落下傘《らっかさん》連隊だったんだろう。いや、それ以上かもしれない。ひょっとすると、ＧＣＰに所属していた可能性もあるぞ」

「GCP！　なんてことだ。だからやつは、警察官を撃ち殺し、しかも署員を六人も叩きのめして逃亡できたんですよ。やつは、テロリストに違いありません」

カンデラは苦々しい表情で言った。

「決めつけるな。事実関係を突き止めなければな。もし爆弾を処理した被疑者を暗殺するための犯行だとすれば、相当きな臭い事件だぞ、これは」

「私はあの男は、凶悪なテロリストだと思います。すぐに非常線を張ります」

カンデラはスマートフォンで電話を掛けはじめた。

「とにかく、被疑者の確保だ！」

ジョフカエフは険しい表情で指示を出した。

四

午後十一時二十分、パリ18区、ジャン・ロベール通りのアパルトマン。

柊真は四階にある自室のドアをピッキングツールで開けて中に入ると、ドアロックとチェーンロックも掛けてドア越しに廊下の様子を窺《うかが》った。異常がないことを確認すると、冷蔵庫からボルヴィックのボトルを出して喉《のど》を潤《うるお》す。室内は暗いが、夜目《よめ》が利《き》くため街灯のわずかな光だけでも不自由なく動ける。

警察署を脱出し、監視カメラがある大通りを避けて裏通りを縫うように戻ってきた。最短距離なら五キロ程度だが、入り組んだ裏通りを選び十キロ近くを三十分掛けて走ってきたのだ。

ボルヴィックを飲みながら柊真は寝室に入り、ベッドのマットの下からショルダーポーチを引き出して肩に掛けた。留守中の空き巣対策として、貴重品やアパルトマンとバイクの予備の鍵などを入れて隠しておいたのだ。一階の玄関のセキュリティもそうだが、部屋の鍵はピッキングで簡単に侵入することができる。ホテルならまだしも、フロントもない安アパルトマンに泥棒が入ったところで誰も驚かない。柊真が特別用心深いというわけではないのだ。

没収されたスマートフォンは、賄賂《わいろ》を渡した看守を使って取り返したが、財布や腕時計、それに自室とバイクの鍵は取り戻すことはできなかった。そのため、アパルトマンの自室に戻ってきたのだ。ファイセルのVストローム250に取り付けたGPS位置発信機は、パリの南西部近郊のブローニュ・ビヤンクールを示しており、交差点に置いてきたバイクを使う必要があるからだ。

ベッドにバックパックを載せた柊真は、サイドチェストから着替えや下着を出した。警察がこのアパルトマンを特定するとは思えないが、指名手配されたら部屋のオーナーが通報するだろう。一刻も早く、この部屋を引き払わなければならない。

「うん？」

手を止めた柊真は足音を立てないように寝室を出ると、出入口のドアの脇に立って耳を欹《そばだ》てた。同じ階の住人が帰ってきたのかもしれないが、微《かす》かに物音が聞こえたのだ。建物が古いため、どんなに足音を忍ばせても階段の軋《きし》み音がする。

軋み音は、間隔を開けながら聞こえてくる。音を立てないようにしているのだろう。このアパルトマンの住人なら他人に気を遣わないので、もっと騒々しく断続的に聞こえるはずだ。しかも音から判断して、数人が階段を上がってくるようだ。

柊真はバックパックのサイドポケットから革の巾着《きんちやく》袋を出すと、その中から直径十ミリの鉄球を取り出し、ズボンの左右のポケットに入れた。鉄球は古武道の印地《いんじ》に使う鉄《てつ》礫《つぶて》である。印地は、どこにでもある石を投擲《とうてき》することで敵を倒す技を発展させて生まれた。現代では印地の使い手は絶滅したと言っても過言ではない。

古武道研究家でもある祖父の妙仁は、古文書に書かれている印地の方法を解読して研鑽《けんさん》を積んだ。幼少より祖父に印地の手ほどきを受けた柊真は、中学生のころには免許皆伝《めんきよかいでん》の腕前に達している。久しく稽古《けいこ》をしていなかったが、外人部隊を辞めて傭兵になってからは、勘を取り戻すために暇を見つけては練習してきた。古武道の飛び道具は弓や小柄《こづか》など他にも習得しているが、印地は小石でも稽古ができるため場所も選ばず、気晴らしにもなったこともあり、一番の気に入りである。

バックパックを背負った柊真は、窓を開けて下を覗いた。アパルトマンの近くに二台のベンツのミニバンである黒のV260が停まっている。階段を上がってくる連中が乗ってきたのだろう。ジャン・ロベール通りは一方通行で、アパルトマンの反対側は住民の車が駐車帯にびっしりと停まっているために、ベンツは道を塞《ふさ》いでいた。

窓には転落防止の錆《さ》びついた鉄製の柵がある。窓から後ろ向きに身を乗り出して柵の上に立った柊真は、飛び降りて三階の柵にぶら下がった。ドアを突き破る音がする。部屋に突入されたらしい。再び手を離して二階の柵に摑まると、壁を蹴って体を反転させ、音もなく歩道に飛び降りた。

身を屈めて二台のベンツの後方から近付いた。車の運転席には男が座っており、アパルトマンの玄関を見張っているらしい。柊真の部屋は玄関から離れているため、脱出したことに気が付いていないようだ。

柊真は後方の車のバンパーの裏側にGPS位置発信機を取り付けた。狙われているのなら、敵の正体を知る必要があるからだ。パリの傭兵代理店で手に入れた発信機はこれで最後になる。これからも必要になるかもしれないが、警察に指名手配されている可能性がある以上、代理店に寄ることはできない。代理店はそれぞれの国の警察や情報機関と裏で繋がっているからだ。

「なっ！」

突然柊真にライトが浴びせられた。

見上げると、柊真の部屋の窓から何者かがハンドライトを向けている。部屋に突入した連中が柊真の姿がなかったために、窓から下を覗いて見つけたのだろう。アパルトマンから脱出したら、すぐに立ち去るべきだった。

二台の車からコートを着た男が、降りて来た。

「動くな！　両手を上げろ！」

二人の男が左右から銃を向けてきた。一人は後方のベンツの左側、もう一人は右側だがベンツの陰に隠れて銃を構えている。

「武器は持っていない。撃つな！」

両手をポケットに突っ込んでいた柊真は、ゆっくりと後ろに下がった。

「手を上げろ！」

右側の男が柊真につられてベンツの陰から出てきた。

「分かった。今、手を上げる」

柊真は勢いよく両手を振り上げた。

「うっ！」

二人の男の銃が、同時に弾《はじ》き飛ばされた。柊真は両手に隠し持っていた鉄礫を左右同時に放ち、男たちの銃に当てたのだ。すかさず左の男の鳩尾《みぞおち》に正拳《せいけん》を入れて崩し、右の男の強烈なパンチをかわした。男は戦闘訓練を積んできた機敏な動きをしている。両の拳を上げてガードの構えをすると、左右の鋭いパンチを繰り出してきた。だが、柊真から見れば緩慢な動きにしかみえない。

柊真は軽くあしらうように男のパンチを払うと、男の顔面に正拳を叩き込み、首を摑んで膝《ひざ》蹴《げ》りをくらわして昏倒《こんとう》させると、腹を押さえながらも立ち上がろうとする左の男の側頭部を、後ろ回し蹴りで蹴り抜いて気絶させた。

柊真は路上で倒れている二人のポケットから財布を抜き取った。

「動くな!」

建物に侵入していた男たちが、銃を構えながら玄関から飛び出してきた。

柊真は駐車帯に停まっている車のボンネットを飛び越え、駐車している車に隠れながら反対側の横断歩道を一方通行とは逆の北に向かって走った。

「追え! 追え!」

男たちは車を諦《あきら》めて走り出した。

オルドゥネ通りに出た柊真は、鉄橋の袂《たもと》にあるビルの壁を蹴って二メートル以上ある鉄道橋のフェンスを軽々と飛び越えた。こうした事態を想定し、アパルトマンの周囲は確認してある。柊真は数メートル下の国鉄の線路脇の土手に飛び降り、線路脇まですべり下りると、停められている貨物車の陰に隠れた。

頭上の鉄道橋を男たちが走っていく。

「くそっ！　見失ったぞ！」

立ち止まった男たちは、橋の上で右往左往しているようだ。二十メートル先を走っていた柊真が、角を曲がった途端に忽然《こつぜん》と姿を消した――驚くのも無理はない。だが、不思議なことに、柊真に警告してきたときはフランス語だったが、彼らは今、英語で話している。フランス人ではないらしい。

彼らが遠ざかるのを確認した柊真は、さきほど奪った財布から男たちのＩＤカードと免許証を抜き取ると、財布を捨てた。金が目当てではない。二人の身元を確認しようと思っている。

柊真はスマートフォンを出し、友恵に電話を掛けた。

五

浩志は〝パーチェ加賀町〟のエントランスに立つと、天井の監視カメラを見上げた。

玄関のガラスドアが、音もなく開いた。監視カメラで顔認証され、自動的にドアが開くようになっているのだ。浩志のこれまでの活躍があってこそ、池谷の傭兵代理店は成り立っていると言っても過言ではない。そのため、池谷は浩志が代理店に自由に出入りできるなど、特別な待遇をしている。

行き先階ボタンも押さずに浩志がエレベーターに乗ると、自動的にドアが閉じてエレベーターは勝手に動き始めた。

——お待ちしておりました。朝早くからすみません。

ドアスイッチ上にあるスピーカーから池谷の声が響いた。エレベーターは地下二階のオフィスから操作されている。時刻は午前八時、浩志は柊真のことで打ち合わせがしたいと連絡を受けていた。柊真がファイセルの仕掛けた爆弾を処理したことまでは、池谷から電話で聞いている。彼は友恵から柊真の捜査状況を随時聞いているのだ。

エレベーターは地下一階を通り過ぎて、行き先階ボタンのない地下二階で停止した。

「いらっしゃいませ。どうぞこちらにお掛けください」

ドアが開くと白髪頭《しらが》を下げた池谷が、近くのソファーを勧めた。

エレベーターホールは、革張りのソファーとテーブルが置かれた、スタッフの休憩室も兼ねた打ち合わせエリアになっている。天井から豪華なシャンデリアが吊るされ、その下にはビリヤードの台があり、エレベーターの右手にはバーカウンターまであった。池谷がデザインしたのだが、古臭いとスタッフには評判が悪い。

「友恵の仕事場の方が、話は早いんじゃないのか？」

浩志は仏頂面《ぶっちょうづら》で尋ねた。くつろぎながら柊真の件で打ち合わせをする気にはなれない。

それに、友恵が彼の現状を説明してくれることになっている。

「了解しました」

池谷は馬のように長い顎《あご》を上下に振ると、友恵の仕事部屋に案内した。

「おはようございます」

仕事机に向かっていた友恵は、疲れた表情で椅子から立ち上がった。目の下に隈《くま》ができている。柊真をサポートするために徹夜続きなのだろう。

「大変らしいな」

浩志は彼女に頷いてみせた。

「そうなんです。柊真さんは一人で敵のアジトに突入するようです」

友恵は両手の拳を握りしめて答えた。浩志は彼女のことを気遣ったのだが、友恵は柊真のことで頭が一杯らしい。

「私は、コーヒーをお持ちします」

疲れた表情の池谷は、部屋を出て行った。

「説明してくれ」

浩志は友恵の背後に立った。

「三十分ほど前に柊真さんから、ファイセル・アブドゥラのバイクに取り付けた発信機のシグナルに向かっていると連絡がありました」

友恵は淡々と説明する。仕事中の彼女はいつもクールである。彼女の正面にあるモニターには地図が表示されており、パリの南西部近郊のブローニュ・ビヤンクールで赤いシグナルが点滅していた。

「そのシグナルが、そうか？」

浩志は首を捻った。シグナルは動いていない。

「そうです。バイクに取り付けた発信機の信号です。路上に捨てられていなければいいんですが」

友恵は渋い表情で首を振った。

「柊真の現在位置はどうなっている？　パスポートを身につけていないのか？」

「爆弾を処理した際に柊真さんは被弾し、パスポートのGPSチップが破損したと思われます。彼の位置はパスポートからは掴めませんが、スマートフォンの位置情報で掴んでいます。また、バイクに取り付けた発信機の位置も分かっているので、柊真さんが所定の場所まで来たら、軍事衛星でも追跡することはできるでしょう」

友恵は表情もなく答えた。すばらしい働きをしているのだが、彼女にとってはレベルが低い仕事なのだ。

「藤堂さん、現状を聞かれましたか？」

両手にコーヒーのマグカップを持った池谷が、部屋に戻ってきた。

「うまくいけば、ファイセルを見つけられそうだな」

浩志は小さく頷いた。

「ファイセルを見つける前に殺されたらどうするんですか？　柊真さんを追っているのは、警察だけじゃないんですよ」

友恵は柊真からアパルトマンで襲撃してきた男たちを調べるように頼まれていた。彼が車に取り付けたGPS位置発信機の信号を追って、どういう施設に立ち寄るか調べている最中である。

「だからと言って、手を差し伸べるのか？」

浩志は表情も変えずに言った。

「藤堂さんは、柊真さんに冷た過ぎませんか？」

友恵は振り返って浩志を睨《にら》んだ。

「俺は柊真を一人前の男として扱っている。それだけのことだ」

浩志は彼女の視線を外さずに答えた。

「京介さんが、殺されたんですよ。それを柊真さん一人の責任にするのは、おかしいと思います。ぜったい、みんな薄情です」

立ち上がった友恵の瞳から涙が溢《あふ》れた。

「どんな困難な状況でも犯人を見つけ出すのが、柊真の使命だ。俺たち仲間が手を出すべきじゃない」

浩志はゆっくりと首を横に振った。

「でも、でも、柊真さんが可哀想《かわいそう》です」

「違うんだよ、友恵くん。誰も柊真さんに責任を押し付けているわけじゃないんです。復讐ができるのなら、私でさえ犯人を撃ち殺したいと思っているくらいです。前にも言いましたが、犯人の捜査は、誰でもしたいのです。それができないのは、柊真さんが自分の責任だと思い込んでいるからです。それにお仲間が手伝うことを、柊真さんはけっして望まないはずです」

二人の会話を聞いていた池谷が諭《さと》すように言った。

「俺たちの絆《きずな》は強い。柊真を見捨てたわけじゃなく、見守っているのだ。あいつに必要なのは情報だ。俺たちが彼に力を貸すときも来るだろう。だが、今じゃない。軍事衛星で柊真をロックオンし、現場の衛星画像を見せてくれ」

浩志はモニターを指差し、友恵を促《うなが》した。

六

零時四十分、柊真はパリ近郊都市のブローニュ・ビヤンクールのレナールルト通りとビヤンクール通りとの交差点にバイクを停めた。

アパルトマンから持ち出した予備のキーを使い、シャンゼリゼ通りに近い六差路の歩道に停めておいたバイクに乗ってきたのだ。

柊真はポケットからスマートフォンを出して追跡アプリを立ち上げ、GPS位置発信機のシグナルを確認した。シグナルは柊真が立つ交差点角から百数十メートル先のレナールト通りで点滅している。

人気《ひとけ》のないレナールト通りを進んだ。低層住宅が続く一方通行の道で、道路の北側にある駐車帯には住人の車がびっしりと停められていた。大通りから離れ、遅い時間ということもあるが、恐ろしく静かな街だ。

百メートルほど進むと、十数メートル先の駐車帯に置かれている車の間にVストローム250があった。

周囲を窺った柊真は、スマートフォンの追跡アプリでGPS位置発信機の信号とVストロームの位置が合っていることを再度確認した。バイクに発信機が付けられたままということは、ファイセルは近くに住んでいる可能性がある。だが、バイク専用の駐車帯のためVストロームの横には他のバイクが三台停められていた。駐車帯の前の家がファイセルのアジトとは限らないということだ。とはいえ、近くの住宅を手当たり次第に探せば、警察に通報されてしまうだろう。

バイクの駐車帯の北側には二階建ての古い煉瓦《れんが》のアパルトマン、南側には三階建てのアパルトマンが建っている。

背負っていたバックパックを下ろした。中には小型の監視カメラや工具が入っている。柊真は路上駐車していたバイクだけでなく、ファイセルの両親のアパルトマンを監視するために設置していた四台の監視カメラと通信システムを回収していたのだ。監視カメラをこのブロックの建物に取り付け、四方向からVストロームを中心にこの街角を監視するつもりである。

バイクの駐車帯に立った柊真は周囲を見渡し、古い煉瓦のアパルトマンの隣りにある四階建ての建物を見上げた。この通りでは四階建てが一番高い。南側にも四階建てがあり、その屋上にも監視カメラを設置すれば、二箇所だけでも充分監視の視野を確保できるだろう。

Vストロームから離れ、南側の四階建ての建物の前に立つと、柊真は雨樋《あまどい》に摑まって壁をよじ登り、建物の屋上に上がった。屋上の周囲に柵はなく、中央に大きな換気ダクトはあるが階段室はない。他の建物は屋根になっているので、構造的にも新しい建物なのだろう。思った通り、ここからバイクが停めてある駐車帯は、よく見える。監視カメラを設置するには絶好の場所だ。

「……………？」

首を捻った柊真は、屋上の縁に跪いた。足元に粘着テープで固定されている小さな箱を発見したのだ。バックパックからドライバーを出してカバーを外した。

「ふーむ」

思わず唸《うな》った。箱の中身は、小型カメラに通信機とバッテリーが組み込まれていた。防水ケースに入れられた監視装置である。しかもバイクが置かれている駐車帯に、カメラは向けられていたようだ。柊真と同じく、Vストローム250を監視することで、ファイセルを見張っているのかもしれない。

柊真はバックパックから監視カメラを出し、先に仕掛けてあった監視装置の横にセットした。この場所に設置するのが、一番いいのだ。先に装置を置いた人物は、機器が故障しない限りこの場に戻ることはないだろう。柊真の機器が見つかる心配はないはずだ。

「待てよ」

呟いた柊真は自分の監視カメラと通信機をバックパックに片付けると、先に設置してあった監視装置を足で踏みつけて壊した。これで、装置の持ち主は、修理に現れるだろう。誰が監視しているか確認するのだ。装置は柊真の手製のものとは違うので、監視者は複数で活動をし、ファイセルを発見したらすぐに駆けつけて来られるように近くで待機している可能性がある。

柊真は換気ダクトの近くに腰を下ろすと、バックパックからボルヴィックを出して喉を潤した。何者かが現れるまで気長に待つつもりだ。

五分後、柊真は腰を上げて換気ダクトの陰に隠れた。微かに物音がしたのだ。夜中のためか換気ダクトも作動しておらず、僅《わず》かな音だが聞き取れた。もっとも、柊真は幼い頃から古武道の稽古で鍛えられているため、常人よりも五感は研《と》ぎすまされている。

作業服を着た男が、隣りの三階建ての建物から現れた。壁をよじ登ってきたようだ。監視装置を修理しに来たのだろう。

男は肩から提《さ》げているバッグから別の監視装置を取り出した。修理ではなく、ユニットごと交換に来たらしい。ただの作業員でないことは確かなようだ。

「大変だ。監視装置が破壊されている」

柊真が壊した装置を手に取った男が、無線機を出して連絡を取り出した。

「了解、回収する」

男は通話を終えると、壊れた装置と新たに持ってきた装置もショルダーバッグに仕舞った。監視していることが知られてしまったために撤収するようだ。

柊真は換気ダクトの陰から飛び出すと、男を背後から羽交《はが》い締《じ》めにした。

「何者だ？　どこの組織だ？」

フランス語の後に英語でも尋ねた。眼下の街灯の光で、男が白人ということだけは分かる。アパルトマンで襲撃してきた連中の仲間なら、英語圏の人間のはずだ。

「貴様こそ」

男はフランス語で答えると、必死に体を揺さぶってきた。身長は一八〇センチほど、鍛えた体をしている。しかも、格闘技もできるらしく、柊真の腕を振りほどいた。すかさず柊真は男の腕を取り、捻りながら固定した。古武道の立ち極《き》めという技である。

「吐くんだ」

柊真は押さえ込んでいる男の左手の甲に力を入れた。我慢すれば、手の甲だけでなく、手首の関節も痛める。

「俺は……ただの作業員だ」

男は額から脂汗《あぶらあせ》を流しながら答える。

「答えるつもりはないようだな」

柊真は男の手首を摑んで前方に崩すと、左腕に男の首を引っ掛けて勢いよく背後に投げ飛ばし、昏倒させた。足元に転がった男の作業服を調べ、ポケットの財布からＩＤカードを抜き取る。パリの清掃局のＩＤであったが、清掃局の職員が真夜中にうろつくはずがない。また、アパルトマンで襲撃してきた二人の男が所持していたＩＤは、米国の〝ウエスト・キャピタル〟という貿易商社のものであった。どちらも、裏稼業は別にあるに違いない。

貿易商社は実在する会社だが、友恵に調べさせたところ、二人の男は社員名簿には載っていないらしい。清掃局の男もそうだろう。

――ユゴー、応答せよ。

気絶している男の無線機から声が聞こえる。仲間が呼び出しているのだ。

柊真は無線機の呼び出しを無視して男のショルダーバッグを探った。硬いものが手に当たる。使い慣れたグロック17Cで、しかもサプレッサーまで装着してあった。

「ほう」

思わず顔を綻《ほころ》ばせた柊真は、グロックをズボンのベルトに差し込み、予備のマガジンもあったのでポケットに仕舞った。街中で銃を持つことに躊躇していたが、アパルトマンの前で銃口を向けられたため抵抗はなくなっている。パリといえど、狙われた以上は戦場と変わらないからだ。

柊真は耳を澄ませた。

何者かが近付いてくるようだ。おそらく倒した男の仲間なのだろう。無線の応答がないため、調べに来たに違いない。

二人の作業服の男が、隣りの建物から現れた。

男たちは仲間が倒れていることに気が付くと、銃を抜いて柊真にいきなり発砲してきた。

横に飛んだ柊真は男たちの太腿《ふともも》を次々と撃ち抜き、駆け寄って二人の顎を蹴り上げて昏倒させた。

「一体、何者なんだ?」

立ち上がった柊真は二人の男たちのＩＤも抜き取ると、彼らが現れた三階建ての反対側にある建物の屋根に飛び降りた。

非常線

一

午後十一時二十分、成田国際空港第一ターミナル。

浩志は出発ロビーのベンチで新聞を読んでいた。二十三時五十分発パリ・シャルル・ドゴール空港行きの直行便を待っている。

数時間前まで傭兵代理店で、友恵の力を借りて柊真の動きを追っていた。

パリの現地時間の午後十一時二十五分、アパルトマンで襲撃された柊真は、数十分後にファイセルを追ってブローニュ・ビヤンクールという街で再び襲われたようだ。

柊真に課せられた任務は、京介を殺害した狙撃犯を見つけ出すことである。もともと紛争地の狙撃事件の捜査をすること自体困難が予想されたが、イラクから遠く離れたパリで襲撃され、事件が単純な紛争地の不幸な出来事ではなかった可能性が高まったことを意味する。

不審を覚えた浩志は、すぐさま二人の仲間を代理店に召集した。

八時間前の午後三時二十分、傭兵代理店打ち合わせルーム。

ガラステーブルを挟んで浩志の前のソファーに辰也と宮坂大伍《みやさかだいご》が座っていた。この二人は傭兵経験が長いだけでなく、チームのサブリーダー的な存在である。

「京介はＩＳＩＬの狙撃兵に殺されたはずですよね。それが、パリで犯人の手掛かりを探している柊真が襲撃されるということは、裏があるということですか」

浩志から柊真の現状を聞かされた辰也は、渋い表情で言った。

「柊真を襲撃する連中は、狙撃犯の捜査を嫌がっているのですかね？」

宮坂も険《けわ》しい表情で首を左右に振ってみせた。

「かもしれない。だが、柊真が襲われたのは、爆弾を処理してからのことだ。別の事件に巻き込まれている可能性もある」

浩志は小さく頷《うなず》いた。確かな証拠もない現段階では、推測の域を出ない。

「柊真にこのまま一人でやらせるのですか？　京介を殺した犯人を捜すということでは、確かに彼一人にさせるべきだったかもしれません。しかし、状況は変わっていますよね」

辰也は身を乗り出して言った。京介の仇《かたき》を仲間は誰しも取りたいと思っている。それを押しとどめたのは、浩志であった。京介の最期を目《ま》の当たりにした柊真の気持ちを尊重し、彼に捜査を任せたのだ。

「柊真はよくやっている。あいつの手に負えないと思っているのか？」

浩志は肩を竦《すく》めて見せた。

「柊真のポテンシャルが高いことは分かっています。しかし、フランスの警察に追われ、得体の知れない連中に襲撃されているんですよ。正常に活動できるとは思えませんが」

宮坂も訴えるように辰也と同調した。

「分かっている」

浩志は腕組みをして頷いた。

「分かっていると、言われてもなあ」

辰也は苦り切った表情で、宮坂と顔を見合わせた。

「だから、おまえたちを呼んだのだろう」

浩志は小さな溜息《ためいき》を吐《つ》いた。

「えっ、それじゃ、柊真を手伝うのですか？」

宮坂が腰を浮かせた。

「それ以外に何がある」

浩志は鼻先で笑った。

「てっきり、反対されるのかと……」

苦笑した辰也は、頭を掻《か》いて見せた。

「それじゃ、俺たちは柊真と一緒に犯人捜しをするんですね」

宮坂が喜色《きしょく》を浮かべた。

「勘違いするな。俺たちがすべきことは、柊真の任務を継続させることだ。そのためのサポートに徹するべきだと思っている。直接、彼に手を貸すべきじゃない」

浩志は苦笑した。

「任務の継続、……ですか」

辰也は首を捻《ひね》った。

「柊真がこれまで通り、狙撃犯の捜査を一人でする必要があると、俺は今でも思っている。あいつもそのつもりのはずだ。俺たちが顔を見せることを嫌うだろう。そこで、俺たちがやるべきことは、二つある。一つは、フランスの警察の誤解を解《と》き、柊真の指名手配を解くことだ」

パリでの一連の状況は、狙撃犯の仲間だったファイセルを追うことで、柊真は事件か謀略に巻き込まれたかに見える。だが、京介の殺害そのものが、謀略の一端だった可能性もあると浩志は考えていた。なぜなら、京介は三ヶ月前に米軍内部の闇組織の捜査に期せずして加わっていたからだ。しかも、複数の組織が事件を複雑化させているような気がする。複雑に絡まった糸を解《ほぐ》すように敵の正体を突き止めていけば、事件の真相は分かるだろう。

「確かに、指名手配されていては、たえず他人の目を気にしなくてはなりませんし、身動きもとれませんからね。柊真はテロを防いだヒーローのはずなのに、犯人に仕立て上げたフランスの警察に馬鹿野郎と言ってやりたいですよ」

辰也は鼻息荒く、頭を左右に振った。

「警察の件は理解できます。もう一つは、なんですか？」

宮坂が尋ねてきた。

「警察の方は、俺たちでなんとかできるだろう。だが、襲撃してきた連中の方が俺は問題だと思っている。柊真が彼のアパルトマンで遭遇した敵とブローニュ・ビヤンクールで襲ってきたやつらが同じ組織かどうか判断しなければならない。敵を見極めなければ、闘うこともかわすこともできないからな」

「確かにきな臭い連中ですよね。どうするつもりですか？」

辰也は渋い表情で頷いた。

「うまくいくかどうかは分からないが、手は打ってある。いずれにせよ、柊真の任務としては、想定外の敵だと俺は認識している。だからと言って、俺たちがすべての障害を取り除くべきだとは、考えていない。まずは、パリで捜査をしてから対処するつもりだ。おまえたちは、仲間のスケジュールを調べてくれ。捜査チームを編成する」

浩志は辰也と宮坂の顔を順に見て言った。

午後十一時三十分、エールフランスのパリ行きの搭乗アナウンスが流れた。

浩志が新聞を折り畳むと、近くのベンチでくつろいでいた辰也と宮坂、それに加藤豪二《かとうごうじ》と瀬川が立ち上がった。パリの捜査で浩志も含めて五人が、日本から先発メンバーとして赴《おもむ》き、現地でワットと合流することになっている。

「行くか」

浩志はいつものように小さなショルダーバッグを肩に搭乗口に向かった。

二

午前八時四十分、ポルト・ド・サンクルー広場。

柊真は広場近くのヴェルサイユ通りに面したマクドナルドの窓際のテーブル席で、タブレットPCを見ながら朝食を食べていた。PCの画面には、レナールト通りの駐車帯に停めてあるファイセルのバイクが映り込んでいる。

ポルト・ド・サンクルー広場は、二つのローマ風のコラムポール（台座）が置かれた公園を中心にヴェルサイユ通りも含む五本の通りを結ぶラウンドアバウトになっており、周辺には早朝から営業しているレストランや二十四時間のカフェもある。そんな中でもマクドナルドを選んだのは、店員をあまり気にする必要がないファーストフード店ということもあるが、地理的にブローニュ・ビヤンクールのすぐ東側に位置するからである。

未明に柊真はブローニュ・ビヤンクールで、襲撃してきた三人の男を倒し、その場を離れた。敵は三人だけでなく、他にもいるはずだと男たちの行動を見て判断したからだ。

現場から離脱した柊真は、敵の逃走ルートを確かめるべく周辺を調べた。すると、ファイセルのバイクが停めてあったレナールト通りの西端へと繋《つな》がるシリー通りに、二台の怪《あや》しげなベンツV230を発見した。駐車帯がない路上に停めてあることも変だが、天井に無線のアンテナが取り付けてあったのだ。

離れた場所からV230を窺《うかが》っていると、案の定、柊真が十数分前に倒した三人の男たちが他の男たちに担がれてきた。バンは司令室のような役割をしていたのだろう。柊真はライトを消したバイクで、V230を追った。

二台の車は、パリ15区のグルネル通りにある十三階建てのビルの地下駐車場に入っていった。先日訪れた新聞社〝日刊ラ・エッフェル〟の本社にほど近い場所である。

柊真は二台のV230が地下駐車場に消えるのを確認しただけで、深追いはしなかった。十三階建てのビルに彼らのアジトがあるのかもしれないが、尾行に気付かれて駐車場で待ち伏せされている可能性もあるからだ。

彼らの身元確認はできなかったが、ファイセルの監視活動から撤退したことだけは分かった。サプレッサー付きの銃を持っていたことからも、彼らは軍や警察ではなく、世間に知られてはまずい存在に違いない。だからこそ、柊真に監視カメラを破壊され、三人の男が倒されたことですぐに撤退したのだろう。

柊真は彼らがいなくなった隙にブローニュ・ビヤンクールに戻り、彼らが設置した場所とは違う建物に監視カメラを取り付け、夜が明けるまで近くで待機していた。

監視カメラの映像で確認する限り、今現在もファイセルのバイクはレナールト通りの駐車帯に停められたままである。未明の柊真と三人の男たちとの銃撃戦は、サプレッサーのために他人に気付かれた恐れはない。ファイセルはまだレナールト通りに面した住宅にいるはずだ。

柊真はメールの着信に気付き、スマートフォンを出した。

〝ご連絡が遅くなりました。IDを元に清掃局のサーバーを調べ、三人の名前が職員名簿に記載されていることを確認しました。念のため、清掃局に電話で確認しましたが答えは同じです。ただ、グルネル通りには清掃局の関連施設はありません。謎ですね〟

友恵からのメールである。サーバーでの確認はすぐにできたはずだが、彼女は納得できなかったのだろう。清掃局のサーバーを操作することは、彼女ほどのハッカーでなくてもできるからだ。朝一で電話でも確認したらしいが、職員がサプレッサー付きの銃を携帯し、未明に活動するのは誰が考えても変である。

「謎か」

柊真は溜息を漏《も》らした。ここに至って、己の力に限界を感じる。外人部隊でもリベンジャーズでもチームで行動してきた。単独での軍事行動ならまだしも、刑事のような捜査活動を一人でしているのだ。愚痴《ぐち》の一つも言いたくなる。

「……！」

柊真はさりげなく窓から店内に顔を向けた。店の前の歩道を二人の警察官が歩いていることに気が付いたからだ。

テーブルに置いてあるタブレットPCをバックパックに仕舞うと、スマートフォンをカメラの自撮りモードにして外の様子を窺った。

二人の警察官は話しながら店に入ってきた。彼らも朝食を食べるらしい。

柊真は注文カウンター前に立った警察官と目が合わないように店を出ると、ウィンドブレーカーのフードを被《かぶ》った。道を隔《へだ》てて反対側の歩道に交差点監視カメラがあるのだ。カメラから顔を背け、歩道に停めてあるXR125Lに跨《また》がり、エンジンを掛ける。店内の警察官は、柊真に気が付かなかったようだ。

「うん？」

フードを下ろし、ヘルメットを被ろうとした柊真は首を捻った。朝早いからかもしれないが、人通りがまったくないのだ。

「動くな!」

交差点角から四人の警察官が銃を構えて現れた。振り返るとヴェルサイユ通りからも数人の警察官が駆け寄って来た。周囲の通行人は、いつの間にか避難させられていたらしい。また、店に入って来た二人の警察官は、柊真を店内から追い出す役割をしていたのだろう。午前七時の開店と同時に店に入っていたのだが、その前に通行人に通報されたのかもしれない。

「バイクから降りて、両手を上げろ!」

警察官らは大声を張り上げながら、バイクに乗った柊真を取り囲んだ。彼らの興奮状態から察するに、爆弾テロと警察官殺しの容疑者として指名手配されているのかもしれない。

「撃つな」

右手に持っていたヘルメットを放した柊真は、警察官の配置を見て内心苦笑していた。確かに柊真を確実に撃てるかもしれないが、相撃ちは必至だ。取り囲むにしても、銃口が仲間に向かないようにするべきなのだが、彼らは対角線上に立っていた。軍人である柊真から見れば銃を携帯していても警察官は、素人《しろうと》同然である。

柊真は上げかけた両手でアクセルを握り、バイクを走らせた。

三

柊真は夕闇迫るブローニュの森で、ふと目覚めた。

気温は五度を切っているのかもしれない。体が冷え切って目覚めたのだろう。小雨が降っているが、大きな樹木の下にいるために雨には気が付かなかった。

ブローニュ・ビヤンクールの北側に位置するブローニュの森は、八百四十六万平方メートルもの広さを誇り、自然の森の中に、シェイクスピア庭園をはじめとした数々の庭園や博物館、競馬場などがあり、パリ市民の憩《いこ》いの場となっている。

だが、それは日があるうちの話で、かつてはパリ最大の売春地帯であったように、日没後に市民が足を向けるような治安がいい場所ではない。柊真の現在位置は中央部の木々で見通しの悪い森が深いエリアで、市民すら寄り付く場所ではないが、身を隠すのには絶好の場所であった。

ポルト・ド・サンクルー広場で十数人の警察官に取り囲まれた柊真は、彼らの隙を突いて包囲網を脱した。

発砲して来た警察官は、二、三人だった。他の警察官らは、銃口の先に同僚がいたためか、あるいは街中での発砲そのものを躊躇《ちゅうちょ》したのだろう。だが、行く手をミュラ通りから現れたパトカーに塞《ふさ》がれ、柊真は咄嗟《とっさ》に左に曲がり、コラムポールの脇を抜けて広場を横断し、ポルト・ド・サンクルー通りへ逃れた。

柊真はポルト・ド・サンクルー通りからレーヌ道路を経てセーヌ川を渡り、追っ手を振り切った。身の安全を図るのなら、さらに郊外に向かえばいいのだが、それではファイセルを見つけることができなくなる。そのため、柊真は川沿いの道を辿って北に向かい、再びセーヌ川を渡ってブローニュの森に入って身を隠したのだ。

森からブローニュ・ビヤンクールの中心部には、一、二キロの距離であるため、ファイセルが動き出せば、すぐに後を追うことができる。柊真は森の中心部を南北に通るレーヌ・マルグリット通り脇の、道もない森に乗り込んでバイクを藪《やぶ》に隠すと、近くで横になった。小休止のつもりだったが、しっかりと眠り込んでいたのだ。

「うっ！」

体を起こそうとした柊真は、左腕に激痛を覚えた。ポルト・ド・サンクルー広場で警察官に銃撃された際、左の上腕を弾丸が掠《かす》めたのだ。逃走中はアドレナリンのせいで痛みを忘れていたが、その効果も失《う》せたらしい。

それに背中の傷も疼《うず》く。額《ひたい》に手を当てると、かなり熱い。無茶をしたせいもあるのだろうが、傷口が化膿《かのう》して発熱しているのかもしれない。ジャケットを脱いで左腕を見ると、四センチほど裂《さ》け目のような銃痕ができている。

舌打ちをした柊真は、シャツの下に隠してあるベルトポーチから縫合針《ほうごうしん》と糸、それに抗生物質が入れられたビニール袋を出した。代理店から無償で提供されるもので、殺菌がしてある針に糸はすでに通してある。

柊真は器用に先の曲がった針を使って傷口を縫合すると、ポケットから折り畳みのタクティカルナイフを出して余った糸を切った。救急医療にかんしてはGCPでしっかりと訓練を受け、紛争地で仲間の治療もしたことがあるので腕に覚えはある。

「いい出来栄《ば》えだ」

傷口を確認した柊真は血の付いた針と糸をシャツで拭《ふ》き取り、ビニール袋に戻すと、抗生物質を飲んだ。これで少し休めば、悪化の恐れはない。この程度の傷なら医者に見せる必要もないし、紛争地ではまた前線に戻される。

ジャケットを着た柊真は、ポケットからスマートフォンを出したのだが、電池切れらしく反応しない。

「くそっ」

再び仰向《あおむ》けになった柊真は、溜息を漏らした。

午前三時二十分、傭兵代理店。

池谷は友恵の仕事部屋の椅子に座り、正面のモニターを見つめていた。

柊真がポルト・ド・サンクルー広場で、警官隊の包囲網から脱出したところまでは友恵が軍事衛星を駆使して捕捉《ほそく》できていた。だが、柊真が巧《たく》みにパトカーの追跡を逃れたこともあり、軍事衛星でも確認できなくなっていたのだ。また、彼のスマートフォンの通信も途絶えている。

友恵はこれまで、主にフランスとイギリスの軍事衛星をハッキングしてコントロール下に置き、柊真を追っていた。ハッキングの痕跡を残さないようにするために接続は三十分以内という制限で使用し、次々と衛星を代えていく手法を取っている。車のような大きな標的の場合は間断なく追えるが、ロックオンする標的としては小さい人間や高速で移動するオートバイの追跡は難しい。

柊真を見失ったのも、衛星を切り替えたときに彼の動きに付いていけなかったからだ。また、柊真のスマートフォンの電源は切られているのか、位置情報が取得できないでいる。

「社長、交代しましょう」

ソファーで仮眠を取っていた友恵が声を掛けてきた。徹夜続きの彼女に代わり、池谷がパソコンのモニターを見ていたのだ。もっとも、彼が見ているからといって、状況が変わるわけではない。また、衛星を切り替えることができないため、作業は中断されていた。

だが、眠れない夜を過ごすよりは少しでも友恵の役に立ちたいと、池谷は交代を買って出たのだ。とはいえ、友恵が眠っていたのは、一時間ほどである。

「役に立たなくて、すまない」

席を立った池谷は背筋を伸ばすと、腰を叩《たた》いた。

「それは私も同じです。部屋に戻ってお休みください」

友恵は毛布を肩に掛けたまま自分の椅子に腰を下ろした。

「コーヒーを持ってこようか？」

池谷は出入口のドアを開けて振り返った。

「それよりも、お願いしたいことがあります」

キーボードに触れた友恵は、小さく首を左右に振って言った。

「今の時間は、さすがにこの辺りのファーストフード店もやっていませんよ」

池谷は頭を掻《か》いて見せた。友恵が腹が空《す》いたと思っているのだろう。

「違います。私ができることはパソコンを使ったシギントだけです。柊真さんを見失った今、現地の生きた情報が欲しいんです」

シギントとは、監視カメラや電話、通信、電磁波など、デジタル機器を使った情報収集活動のことである。その代表格は、米国防総省の情報機関であるＮＳＡ（米国家安全保障局）だろう。

一方、人を介して行う諜報《ちょうほう》活動をヒューミントと呼ぶ。その中で、政治家や外交官の活動はリーガル（合法）であるが、ＣＩＡ（米国中央情報局）に所属する諜報員はイリーガル（非合法）に情報を収集する。

「その件にかんしては、藤堂さんに何かお考えがあるようです。彼に任せましょう。とりあえず、私はコーヒーを持ってきます」

疲れた笑みを浮かべた池谷は、部屋を後にした。

四

午前五時十分、パリ・シャルル・ド・ゴール空港。

浩志と傭兵仲間は、二十分ほど前に空港に到着し、入国審査の列に並んでいた。早朝の一番便のためか意外に混雑している。

順番がきた浩志は、審査カウンターにパスポートを置いた。

「浩志・藤堂……」

パスポートの名前を読み上げた審査官は、写真と浩志の顔を交互に見ると、キーボードを叩《たた》いた。浩志の名前を入力したようだ。指名手配されているのか調べたに違いない。

「ムッシュ・藤堂、あなたには特別審査が必要なようだ。こちらの指示に従ってくれ」

審査官は高圧的な口調で言った。

「理由を聞かせろ」

浩志は表情も変えずに尋ねた。入国審査で拘束《こうそく》された経験は過去にもある。職業柄パスポートの入出国のスタンプに、紛争国が多いためということもあるのだろう。また、審査官は浩志の持つ闇を嗅《か》ぎ取り、犯罪者と勘違いするのかもしれない。

「理由は答えられない」

首を振った審査官は右手を軽く上げ、警備員を呼び寄せた。

「付いて来てくれ、ムッシュ」

髭面《ひげづら》の警備員が浩志の前に立った。彼の後ろに二人の若い警備員が控えている。

「分かった」

苦笑しながら従うと、若い警備員らは浩志の後ろに付いた。

先に入国審査を済ませた辰也が、浩志をさりげなく見ている。他の三人はすでに到着ロビーに向かっていた。

浩志が小さく頷いてみせると、辰也はその場から立ち去った。どんな理由であろうと、こうした場合は、他人の振りをすることになっている。状況が分からずに警備員に事情を聞けば、同じ目に遭う可能性が高いからだ。

髭面の警備員は、浩志を入国審査エリア内にある一室に案内した。

二十平米ほどの部屋の奥にはテーブルが一つだけ置かれ、スーツ姿の白人男性が座っている。

「ムッシュ・藤堂。はじめましてと言いたいところですが、再会のようです」

スーツを着た男は妙な言い回しをして、警備員らを下がらせた。

首を捻った浩志は、腕を組んだ。

「覚えがないのも無理もありませんね。ベルナール・レヴィエールです。五年も前になりますが、あなたのチームに啓吾《けいご》・片倉《かたくら》と一緒にアルジェリアで救出されました」

「アルジェリア？……あの時の」

首を傾《かし》げていた浩志は、ようやく首を上下に振った。

二〇一三年一月十六日、アルジェリア東部にある天然ガス精製プラントを、イスラム原理主義武装勢力〝イスラム聖戦士血盟団〟が襲撃した。この〝アルジェリア人質事件〟で、十人の日本人技術者も含む人質二十三人が死亡している。

その翌月、被害に遭った各国から派遣された事件の調査団の中に、片倉啓吾とフランス人のベルナールは加わっていた。だが、不運なことに調査団は別のイスラム過激派に拉致《らち》されてしまう。米英仏が救出に手間取っている間に、浩志率いるリベンジャーズが人質奪回に成功した。救出時、ベルナールは瀕死《ひんし》の重傷で、浩志の記憶はないはずだ。彼が自信なさげに再会と言ったのはそのためだろう。

「思い出していただけましたか。直接会ってお礼がしたいと思っていましたが、ようやくチャンスに恵まれました。ありがとうございました」

ベルナールは笑顔で言った。

「礼を言うために、わざわざ足止めをしたのか？」

浩志はむっとした表情で言った。

「そうではありません。私は、あなたの入国理由を聞く必要があるのです」

ベルナールは笑顔を消して答えた。

「俺に質問をする前に、所属を言うべきだろう。少なくともおまえは、入国管理局の職員じゃないはずだ」

「私は、入国管理局の職員として対処しています。なんならＩＤもお見せしますよ」

ベルナールはわざとらしく肩を竦めて見せた。

「そんな物はいくらでも作れる。おまえは、ＤＧＳＥの職員だろう？」

「なっ！」

浩志の質問に、ベルナールは両眼を見開いた。ＤＧＳＥはフランス対外治安総局のことで、国外でフランスに対するテロ行為や破壊活動に対処する諜報機関である。二〇一三年の〝アルジェリア人質事件〟の調査団に加わっていたのは、各国の対テロの情報将校か諜報員であったことは分かっている。ベルナールが入国管理局の職員であるはずがないのだ。

　また、空港に飛行機が到着してから動いたわけではないだろう。成田空港の出国カウンターかチケットを購入した際にＤＧＳＥで浩志の入国を察知したに違いない。

「図星のようだな。俺がテロリストだとでも言うのか？　この国には観光で来た。それだけの話だ」

　浩志は鼻先で笑った。

「あなたのようなトップクラスの傭兵が、パリに観光ですか」

　苦笑いをしたベルナールは、首を左右に振った。

「傭兵は観光をしないとでも言うのか？」

「では、単刀直入に聞きましょう。あなたの部下である柊真・明石と接触することが目的で入国されたのじゃないのですか？」

　ベルナールは、険しい表情で尋ねて来た。

「柊真に何か問題でもあるのか？」

「彼には爆弾テロ、警察官殺害、脱獄の容疑が掛かっている。それを承知で入国したはずです。あなたは、彼を助けに来たんじゃないのですか？」

　ベルナールはテーブルに両手を突き、目を細めた。

「ＤＧＳＥは、本気でそんな戯言《たわごと》を言っているのか？　おまえじゃ、話にならない。上司と話をさせろ」

眉間《みけん》に皺《しわ》を寄せた浩志は、ベルナールに迫った。

「……あなたにできることは、入国せずに帰国するのか、我々の監視下で観光を楽しむか、どちらかだ」

一瞬たじろいだもののベルナールは立ち上がって、浩志を見つめた。

「予定通り、パリ見学をするまでだ」

浩志は冷めた表情で答えた。

五

午前八時、ブローニュ・ビヤンクール。

シリー通りとフェルナン・ペルーティエ通りの交差点角にホームレス保護施設がある。その一階に長テーブルと折り畳み椅子を並べただけの食堂があり、二十人近くのホームレスが談笑しながら朝食を食べていた。彼らはいずれもこの施設に保護されているホームレスである。

薄汚れたニットの帽子を被った柊真はホームレスに混じり、スープ皿の温かいコンソメスープに、手でちぎったフランスパンを浸《ひた》して黙々と口に運んでいた。昨夜、バイクをシリー通りの歩道に停めて徒歩で施設に入り、一ヶ月前からホームレスになったと職員に言って一晩世話になったのだ。

外人部隊で厳しいサバイバル訓練も受けているので、ブローニュの森で野営することもできたのだが、天候も悪く負傷していることもあり、ホームレスになりすまして保護施設を利用することにした。

また、フェルナン・ペルーティィエ通りは、ファイセルのバイクが置かれているレナールト通りの一本南側の道ということもあり、捜査を継続する上で保護施設は位置的にも条件が揃っていたのだ。

昨日、隠れていたブローニュの森を出る際、靴やジャケットをわざと泥で汚し、森で生活しているホームレスからニット帽を十ユーロで買って扮装しているのだ。指名手配されている柊真は一般の宿泊施設を使うことができない。苦肉の策ではあるが、パリではホームレスをどこでも見かけるために怪しまれないということもあった。

二〇一八年二月にパリの市役所は、パリの路上生活者は約三千人いると発表している。だが、保護施設や緊急収容施設に入っている七百人弱のホームレスや公園や森などで生活する者は含まれていない。

「おまえは、新入りか？」

隣りで食事をしている男が声を掛けて来た。この施設というより、ホームレスとしてという意味だろう。年齢不詳で、髪も髭も伸び放題である。パリの路上生活者は意外と身なりはいいが、長年ホームレスをしている者は髪や髭を伸ばしていることが多い。

「そうだ」

柊真はむっつりと答えた。無精《ぶしょう》髭を生やしているが、むさくるしいというほどではないため、分かるのだろう。

「俺は、マニュエルだ。五年前に勤めていた家具工場が倒産してから、路上生活をしている。この歳じゃ、再就職もできないからな。だけど、おまえはまだ若いし、体格もいい。どこでも就職できそうだ。足を使って職を探すことを勧めるよ。さもないと、俺みたいに路上が我が家ということになるぞ」

男は気さくに握手を求めてきた。他のホームレスもそうだが、彼も決して悲観している様子はないので、純粋に柊真のことを心配しているのかもしれない。

「俺はアキラだ。一ヶ月前に運送会社をクビになったんだ。俺は前科もあるから、それがばれるとクビになる。若くて体力があっても定職に就くのは難しいんだ」

柊真は握手に応じると、それらしく答えた。

「そういうことか。人は色々だな。余計なことを言ってすまなかった。まあ、頑張ってくれ。若い分、そのうちいいことがあるさ」

首を横に振った男は、スープに浸したフランスパンを口に入れた。

「気にしないでくれ。ここに長居をするつもりはないから」

彼らを騙《だま》すのは気がひけるが、笑みを浮かべて答えた。

食事を終えた柊真は職員に礼を言って施設を出ると、スマートフォンの電源を点《つ》けた。さっそく、追跡アプリを立ち上げ、一夜の宿もそうだがスマートフォンの充電も目的だった。さっそく、追跡アプリを立ち上げ、Vストローム250に取り付けてあるGPS位置発信機の所在を確かめた。

「……！」

柊真は右眉《まゆ》をぴくりと上げた。発信機のシグナルがレナールト通りから移動している。追跡アプリで、発信機の位置が変わった場合、スマートフォンにショートメッセージと振動で通知されるように設定してあったが、電源が切れていたため気付かなかったのだ。とりあえず、シリー通りに停めたバイクを取りに行く必要がある。

「うんっ？」

シリー通りに出た柊真は、舌打ちをした。百メートル先の歩道に置いてある柊真のバイクの前に二人の警察官がおり、パトカーが停められているのだ。

昨日、逃走した際に、柊真と同じくバイクのナンバーも手配されていたのだろう。車の陰になるように停めておいたのだが、巡回中の警察官に発見されたに違いない。保護施設に長く居すぎたようだ。

怪しまれないようにスマートフォンを出した柊真は、電話を掛ける振りをして回れ右をし、来た道を戻った。この時間は人通りが少ないため、自然に行動しなければ目立ってしまうのだ。

二、三百メートル先にバス停があるはずだ。行き先は知らないが、とりあえずバスを使ってこの場から立ち去ることはできるだろう。

「むっ！」

1ブロック先の交差点からパトカーが現れた。柊真のバイクが発見されたので、応援を呼んだのだろう。

柊真はスマートフォンを見る振りをしながら歩き、パトカーとすれ違った。

背後でブレーキ音が聞こえた。パトカーが急ブレーキを掛けたらしい。

振り返ることもなく、進んだ。

「おい！　そこの男、止まれ！」

背後から怒声が響く。パトカーから警察官が降りたようだ。

柊真は素知らぬ顔で歩く。

「警察だ。止まれ、日本人！」

柊真は立ち止まると、ゆっくりと振り返った。

二人の警察官が銃を向けている。

「俺はフランス人だ」

両手を上げた柊真は、流暢《りゅうちょう》なフランス語で答えた。

「それは我々が判断する。手を上げろ！」

警察官は銃を構えたまま近付いて来た。彼らは東洋系の男を手当たり次第に、職務質問しているに違いない。いきなり銃を構えているのは、凶悪犯ということで怖気《おじけ》付いているからだろう。

「両手を下げるな」

警察官らは柊真の一メートル手前で立ち止まると、右手の警察官は柊真の胸元に銃口を突きつけ、左手の警察官は背後に回り、ボディチェックをはじめた。腰にグロックを差し込んである。それだけで、逮捕されてしまう。

柊真は目にも止まらぬ速さで前方の警察官の銃を握って捻《ねじ》り取ると、首筋に強烈な手刀を当てて倒した。罪を重ねるようだが、身の潔白を自分で明かさない限り、ここで逮捕されたらお終《しま》いである。しかも、今度拘束されたら、留置場で殺される可能性もあった。

「抵抗する気か！」

後方の警察官が慌《あわ》てて銃を抜いた。だが、銃を構えるよりも早く、柊真の強烈な肘《ひじ》打ちが鳩尾《みぞおち》に決まった。彼らを止めるにはこれで充分である。二人に与えたダメージは足にくるため、しばらく動くことはできないだろう。

「悪く思うな」

二人を道路に転がした柊真は、猛然と走った。

サイレンが近付いてくる。振り返るとフェルナン・ペルーティエ通りの交差点から白バイが現れた。

柊真は次の交差点で右に曲がり、歩道の通行止めのポールの間を走り抜けた。その先は、東西に長い緑地帯があるマレシャル・ジュワン通りである。

白バイの警察官はヤマハ・FJR1300を踊らせるように、車止めのポールを巧みにすり抜けて柊真のすぐ後ろまで迫った。

柊真は突然立ち止まった。

「なっ！」

白バイの警察官は急ブレーキを掛ける。同時に柊真は高く飛んで、後ろ回し蹴りを白バイ警察官の胸に喰らわせた。

警察官は後方に弾《はじ》かれ、白バイは道路の植栽に突っ込んで横倒しになって止まった。警察官は勢いよく歩道を転がったが、胸を狙《ねら》ったのでたいして怪我《けが》はしていないはずだ。

柊真は白バイを起こして跨ると、フルスロットルで立ち去った。

六

午後六時、パリ20区、ロンドー通り。

ロンドー通りは、パリ最大の墓地であるペール・ラシェーズ墓地の東側の通りである。墓地の蔦《つた》の絡む塀に沿う駐車帯に、びっしりと車が停められていた。夜の帳《とばり》は下り、人気《ひとけ》は絶えている。

柊真は駐車帯の車の陰から道路を隔てた三十メートル先にあるシャッターが閉じられた平屋の倉庫を、一時間ほど前から見つめていた。傍《かたわ》らには、フランス製のルネ・エリスのロードバイクが置かれている。

ブローニュ・ビヤンクールで白バイを奪った柊真は、ジェネラル・ルクレール通りからセーヌ川を渡り、パリから南西に約二十キロ離れたヴェルサイユの街外れに白バイを乗り捨てた。セーヌ川の手前で三台のパトカーに追われたが、川を渡ったフォックス・ルポズの森でまいている。

柊真は徒歩でヴェルサイユの街に入り、街角に停めてあったロードバイクを盗んでおよそ三十キロ離れたパリ20区に、監視カメラを避けるため市外を経由して入っていた。

手間をかけたが、パリ東部の20区に行きたいがために、真逆の西の郊外であるヴェルサイユ方面に逃亡したと見せかけたのだ。また、郊外に出たと偽装すれば、市内の非常線が緩《ゆる》められる可能性を期待してのことでもある。

柊真はポケットから出したスマートフォンで追跡アプリを立ち上げ、ファイセルのVストローム250の位置を再確認した。

発信機のシグナルは、監視している倉庫の中から発せられている。今朝、ブローニュ・ビヤンクールで確認したときから、シグナルの位置は変わっていない。はやる気持ちを抑えて柊真は警察の追跡を逃れ、シグナルを追ってここまでやってきたのだ。

すぐに踏み込むべきか迷ったが、罠《わな》という可能性も考えられた。というのも、ブローニュ・ビヤンクールではバイクは外の駐車帯に置いてあったが、ここでは隠してあるからだ。また、倉庫の大きさから考えて、隠れ家というよりアジトに近い場所なのかもしれない。敵の状況も分からずに踏み込むのはあまりにも無謀であった。

京介の狙撃が単なる紛争地の出来事でないとすれば、ファイセルを拘束して狙撃犯を聞き出すだけでは解決できないだろう。狙撃犯の背後に何があるか確かめる必要がある。身の潔白は一刻も早く証明したいが、急ぐべきではないのだ。

倉庫の仕様は、ここに到着した直後に調べてある。裏口はなく、正面のシャッターとその脇にある鉄製のドアから出入りするほかかない。

「まだ七時になっていないのか」

スマートフォンで時間を確認した柊真は、溜息を吐いた。感覚的には数時間も見張っている気がするのだが、ここに来てまだ一時間しか経っていない。外人部隊ではスナイパーとしての訓練も受けている。実戦でも任務で草木を貼り付けたカモフラージュ用のギリースーツを着て雑木林《ぞうきばやし》に溶け込み、何時間もターゲットを待って狙撃銃のスコープを覗《のぞ》いていたことがあった。兵士としての忍耐力はあるのだが、街中でただ見張っているというのは、緊張感に欠けるのか時間の流れが遅く感じるようだ。

ちなみに20区には昼前には着いていたが、街中をうろつくのは危険なので、日が暮れるまでペール・ラシェーズ墓地で過ごした。広大な敷地の墓地にはショパンやモディリアーニやエディット・ピアフなど、著名人の墓がある。観光気分にはなれないが、人目を避けるには墓地は適していたのだ。

「そろそろいいか」

人気のない通りを見た柊真は、車の陰から出て道を渡った。通行人はあまりない通りだが、二、三十分ほど前までは、この辺りの住人の姿を見かけたので思い切った行動はできなかったのだ。

柊真は倉庫の隣りにある三階建てのアパルトマンの雨樋《あまどい》パイプに摑《つか》まって壁を上ると、傾斜が十五度ほどの倉庫の屋根に上がった。フランスの田舎に行くとよく見かけるオンデュリンという屋根材で作られている。トタンのように波があるが、素材にアスファルトが使用され、丈夫で外見はトタンよりはるかに見栄えがいい。のこぎりで簡単に切断できるので、素人の日曜大工でも加工できる。また、屋根の中央部に天窓があった。覗いてみたが、照明が点けられていないため、内部が確認できない。

倉庫の前の道路を監視するため、柊真は屋根の前方に戻った。

数分後、通りを見下ろしていた柊真は、腰を屈《かが》めた。ロンドー通りを一台の車がやって来たのだ。柊真のアパルトマンを襲撃した連中と同じ、黒のベンツのＶ２６０である。

ベンツは倉庫の前で停まり、コートを着た二人の男が車を降りてきた。二人とも顔に見覚えがある。アパルトマンの前で銃撃してきた連中だ。車のナンバーも同じである。

男たちがシャッター脇のドアから中に入ると、天窓が明るくなった。

「こちら柊真。友恵さん、倉庫の前の車をロックオンすることは可能ですか？」

柊真はスマートフォンで友恵に電話を掛けた。あらかじめ友恵に連絡をして、現在位置を教えてある。

——三十秒ください。

「充分です。頼みます」

通話を終えた柊真は、音を立てないように屋根の上を移動し、天窓を覗いた。

平屋といっても、屋根までは四、五メートルの高さはありそうだ。

破砕防止の鉄線が入った天窓のガラスは汚れているが、内部の様子はよく見える。天窓のすぐ下にはVストローム250が停めてあり、その横にソファーが置かれていた。顔は見えないが背格好《せかっこう》からしてファイセルと思われる男が、その脇に立っている。ソファーに毛布が無造作に載せてあるので、眠っていたのかもしれない。

ベンツに乗っていた二人の男を見てもファイセルらしき男は驚いた様子はないので、仲間なのだろう。

柊真はスマートフォンのカメラをビデオモードにし、内部の様子を撮影しはじめた。ファイセルらしき男が、両手を振って何かを言っている。男たちに何か抗議しているようだ。音声まで録音できないのが残念である。

ベンツの男たちは肩を竦めて顔を見合わせると、やおら懐《ふところ》からサプレッサーが装着された銃を抜いて発砲した。

銃撃された男は仰向けに倒れ、顔を露《あら》わにした。ファイセルである。

男たちは倒れたファイセルに一瞥《いちべつ》もくれずに倉庫を出て行った。確実に殺したと思っているのだろう。

柊真は二人の男がベンツで去るのを確認すると、急いで屋根から下りて倉庫に侵入した。

ファイセルは両眼を見開き、荒い息をしている。弾丸は右胸と首に命中していた。胸はまだしも、首は頸動脈《けいどうみゃく》を損傷しているらしく、出血が酷《ひど》いので止血したところで助かりそうにない。

「ファイセル、しっかりしろ！」

柊真はファイセルの肩を揺り動かした。

ファイセルは顎《あご》で息をしながら柊真に顔を向けた。息をしているのがやっとという状態らしい。

「誰にやられた？」

柊真はファイセルの体を調べながら尋ねた。

「マー、マービン・ウッズ……」

ファイセルは喉《のど》から絞り出すような声で答えると、力なく首《こうべ》を垂《た》れた。

陰謀の香り

一

午後六時半、パリ8区、フォーブール・サン＝トノレ通り。

通りに面したホテル〝ル・ブリストル・パリ〟の前でタクシーを降りた浩志は、振り返って苦笑をした。タクシーのすぐ後ろにプジョーのSUV、5008が停まっている。宿泊先のホテルから尾行されているのだ。おそらくベルナール・レヴィエールが差し向けたDGSEの職員だろう。彼はフランス滞在中の浩志をDGSEの監視下に置くと明言していた。

浩志が手を振ると、5008の運転席と助手席の男が決まり悪そうに視線を外した。鼻先で笑った浩志は、シルクハットを被《かぶ》ったドアボーイが立つ回転ドアからホテルのエントランスに入った。五つ星だからといって派手な装飾はなく、大理石の床に白を基調とした落ち着いた内装は品のある高級感を感じさせる。

フロントロビーを抜けて奥のバー〝ル・バー・デュ・ブリストル〟に入った。温かみのある間接照明が、ゆったりとした空間を演出している。

浩志が店内を見渡すと、ソファー席に座っている口髭《くちひげ》を蓄えた男が軽く手を上げて合図してきた。

頷《うなず》いた浩志は、ウェイターにターキーのトリプルを頼むと、男の向かいのソファーに座った。

「久しぶりですね。ムッシュ・藤堂」

男は立ち上がって握手を求めてきた。クロード・フーリエ、彼はDGSEの職員で二〇一三年までシリアに潜入し、反政府勢力に協力していた。だが、シリア政府の秘密警察にアパートで監禁されたことがある。その時、浩志はDGSEの要請を受け、チームの仲間とともにフーリエを助け出した。彼とはその後、チームを組んで作戦行動をしているので、気心は知れている。

「四年ぶりか？」

頷いた浩志は握手に答えた。日本を発《た》つ前にフーリエに連絡を取っていたのだ。お互い緊急の連絡先は教えていた。海外に赴任しているかと思ったが、今は内勤だという。年齢的にも管理職になったのだろう。

シャンゼリゼ通りのデモ隊を狙《ねら》った爆弾テロに、国内治安総局（DGSI）がかかわってくることは分かっていた。柊真を襲撃してきた男たちは、彼らではないかと思っている。浩志はDGSIにパイプはないが、DGSEには何人か知り合いがいた。そこで、パリに着いたら、彼らから情報を得ようと思っていたのだ。

もっとも、逆にDGSEのベルナールに捜査を妨害されるとは思っていなかった。

「五年ぶりですよ。連絡を頂いて、正直言って驚きました」

フーリエは笑顔で答えた。このホテルのバーを指定したのは彼である。落ち着いた雰囲気で高級感はあるが、浩志の趣味ではない。

「柊真の件は知っているな。情報が欲しい。DGSEでも摑《つか》んでいるんだろう？」

腰を下ろした浩志は、足を組んで尋ねた。座り心地のいいソファーである。

「ムッシュ・明石の件は、私も気にしていました。彼は優秀な軍人で、爆弾テロリストだとは思えませんが」

フーリエは他人事《ひとごと》のように言った。

「DGSEはパリの爆弾テロについて何も摑んでいないのか？」

浩志は頰《ほお》をぴくりとさせた。

「すみません。我々は国外のテロに対しての活動に限られており、DGSIとははっきり線引きがされています。局長を通せば、DGSIから情報を得ることはできます。しかし、たとえ、大統領がテロに遭ったとしても、それが国内の事件であれば、我々は駆り出されることはあっても捜査権はありません」

フーリエは小さく首を横に振って見せた。柊真がかかわった爆弾テロは、被害が抑えられたこともあり、テロとしての扱いは小さいようだ。

「国内のテロだと思っているのか？」

浩志は苦笑した。

「何か情報を摑んでいるのですか？」

フーリエが、身を乗り出してきた。

「そもそも柊真が、どうしてパリにいるのか教えてやる」

浩志は一ヶ月半前に、イラクのモスルで起きた京介の事件から話し始めた。

「狙撃犯を探すためにパリに」

フーリエは腕組みをした。

「柊真はファイセル・アブドゥラを追って例の爆弾を発見したようだ。真犯人はそいつだ」

浩志はスマートフォンを出し、爆弾が爆発する前後の監視カメラの映像をフーリエに見せながら説明した。

「なるほど、確かに映像を見る限りは、ムッシュ・明石が爆弾テロを防いだように見えますね」

フーリエは小さく頷いた。これだけでは、証明にならないと思っているのだろう。

「ターキー、トリプルですね」

ウェイターが笑顔でグラスを持ってきた。お代わりするのが面倒なため、トリプルを頼んだのだ。

「柊真の無実をこれで証明できないというのなら、ファイセルの逮捕に協力することだ。狙われているのは、フランスなんだぞ」

グラスを受け取った浩志は、ターキーを口にした。

「モスルの狙撃事件と爆弾テロが結びつけられるようでしたら、我々はすぐにでも動けますが、現段階では難しいですね」

フーリエは渋い表情で首を横に振った。

「だからと言って、俺を監視することはないだろう。しかも、柊真を追っているのは、警察だけでなく、DGSIも極秘に追跡しているようだ」

「国内テロですから、DGSIが動くのは理解できます。しかし、あなたをDGSIが監視するとは思えませんが？」

フーリエは首を傾《かし》げた。

「DGSIじゃない。俺は入国してから、DGSEの監視下にある。知らないのか？」

浩志は空港でベルナール・レヴィエールに尋問されたことを話した。

「そうだったのですか。彼とは局が違うので、知りませんでした。ムッシュ・明石の無実を証明するために活動するのなら、我々にあなたの行動を妨害する権利はありません。私から彼が所属する局の局長に話してみます。もっとも、ベルナールはあなたに恩義を感じているので、事件に巻き込まれないようにしているのかもしれませんね。警察もうるさいですから」

フーリエは大きく頷いて見せた。思い当たる節があるのだろう。

「迷惑な話だ」

鼻先で笑った浩志は、グラスのターキーを飲み干した。

二

午後七時十分、バーを出た浩志はエントランスの回転ドアを抜けて歩道に出た。

「ムッシュ、タクシーをお呼びしましょうか？」

シルクハットを被ったドアボーイが声を掛けてきた。

「歩いて帰る。メルシー」

ホテルはパリ8区の北の外れにあるアストリア・アストテルにチェックインしていた。

値段が手頃な三つ星ホテルである。先行きの見えない捜査のため、長期滞在の可能性も考えてのことだ。

ル・ブリストル・パリからアストリア・アストテルまでは、約二キロ。考えごとをするために歩いて帰りたかった。

「………？」

スマートフォンの振動に気付いた浩志は立ち止まり、ポケットから出して通話ボタンを押した。

――柊真さんから、新たな情報が入りました。

友恵からの連絡である。

「どうした？」

――ファイセルが殺されました。

「何！」

――二十分ほど前のことです。場所は、ペール・ラシェーズ墓地の東側のロンドー通りに面した倉庫です。柊真さんは、現在、犯人を追っています。

「柊真は殺人現場に居たのか？」

――ファイセルを追って見つけたアジトを監視していたそうです。殺害の目撃映像もありますので、倉庫の座標と一緒にメールで送ります。

「また、状況を知らせてくれ」

――了解です。

通話が切れると同時にメールが届いた。小規模な日本の傭兵代理店が、海外の大手代理店と肩を並べられるのは、彼女の能力が大きく寄与していると言っても過言ではない。

「タクシーに乗らないのですか？」

振り返ると、フーリエが立っている。DGSEの局長に浩志のことを話すと言っていた。浩志を尾行していたプジョー5008が姿を消している。すでに話は通じているのかもしれない。

「これから、行きたいところがある。時間はあるか？」

浩志はスマートフォンの地図アプリに友恵が送ってきた座標を入れ、ペール・ラシェーズ墓地の位置を確かめながら尋ねた。

「ええ、家に帰るだけですから」

「ちょっと付き合え」

浩志はホテルの前に停まっているタクシーのドアを開けると、怪訝《けげん》な顔をしているフーリエを先に乗せ、後部座席に収まった。

三十分後、タクシーはペール・ラシェーズ墓地脇のロンドー通りに停まった。

浩志はタクシーを降りると、周囲を見渡した。

一方通行の道の片側は墓地で、反対側は低層住宅が並んでいる。あまり治安がいいとはいえない20区だが荒れた様子はなく、街中の喧騒《けんそう》とはまったく無縁の墓地の街といえよう。

パトカーは停まっていないので、まだ通報されていないらしい。もっとも、それを期待してここまで来たのだ。

「こんな場所に何があるのですか？」

料金を払ってタクシーを降りたフーリエが尋ねてきた。浩志が誘ったのは、てっきり別の場所で食事がてら酒を飲むためとでも思っていたのだろう。店の看板もない墓地裏の住宅街に来て驚いているようだ。柊真からの報告を友恵から又聞きしているため、あえてタクシーの中で事情を説明しなかった。

「それを確かめるために来たんだ」

にやりとした浩志は、目の前にある倉庫の出入口のドアノブをポケットから出したバンダナで摑み、ドアを開けた。バンダナは止血や三角布としても使える傭兵の必需品である。

倉庫の照明は、点《つ》けられたままになっていた。バイクの近くにソファーやロッカーや作業台が置かれており、工具も充実しているため倉庫というより作業部屋として使われていたようだ。

浩志はソファーの前に仰向《あおむ》けに倒れている男の横で立ち止まった。首から大量の血が流れている。頸動脈《けいどうみゃく》を撃たれたようだ。致命傷だが、数分は生きていただろう。

「こっ、これは！」

後ろから付いてきたフーリエが、死体を見て声を裏返らせた。

「爆弾テロを行おうとしたファイセル・アブドゥラだ。フランス人だから調べれば分かる」

浩志はスマートフォンを取り出し、死体や倉庫内の撮影をはじめた。警察の鑑識が来る前に調べようと思っているのだ。

「確かに先ほど見せていただいた監視カメラの男と似ています。どうして、この男がここで死んでいるのか。それにどうして、この場所を知り得たのか、教えてください」

フーリエは険《けわ》しい表情で尋ねてきた。

「柊真がここを見張っていたからだ」

浩志は撮影を中断し、スマートフォンに友恵から送られてきた映像を表示させた。ファイセルが殺されるところを柊真が天窓から撮ったものだ。

「なんてことだ！」

映像を見ながらフーリエは、激しく首を振った。

「これを見てみろ」

スチール製のロッカーの扉を開けた浩志は、手招きをした。

ロッカーの中に圧力釜やリード線など、手製の時限爆弾の材料が大量にあったのだ。

「爆弾の材料じゃないですか」

フーリエは唸《うな》るように言った。

「ここで爆弾を作ったのだろう。警察に通報すれば、被疑者死亡で爆弾事件の捜査は終了するだろう。だが、彼らが事件の真相に迫ることができると思うか？」

浩志は爆弾の材料と死体を交互に見た。

「難しいかもしれませんね。しかし……」

フーリエは溜息《ためいき》を吐《つ》きながら首を横に振った。事件が国内で起きているため、管轄が違うと言いたいのだろう。

「国内テロでは解決できないはずだ。局長に会わせろ」

浩志は表情もなく言った。

三

フランス北部マルヌ県、リリー＝ラ＝モンターニュ、午後十一時四十分。

柊真はモンターニュ・ド・ランス自然公園の街灯もない道を、ひたすらロードバイクで走っていた。

パリ20区のロンドー通りに面した倉庫から、約百五十五キロを四時間半で走り抜いた。途中で水分補給の小休止もしているが、ほとんど休憩を入れていない。平均時速三十四キロ、ツール・ド・フランスなら優勝できるほどのスピードでやって来たのだ。

森を抜け、夜空が広がった。

相変わらず暗いが、視界が開けている。道の周囲にあるのは葡萄《ぶどう》畑で、シャンパーニュの名で知られるワインの名産地である。

柊真は田舎道《いなかみち》の外れで自転車を停めると、数メートル先にある生垣《いけがき》で囲まれた一軒家を見つめた。

「ここだな」

頷いた柊真は、ロードバイクを押して家の門の横に立てかけた。生垣の横に二〇一二年に生産が終了しているプジョーのセダン、207が置いてある。

「むっ」

足音を立てるつもりはないが、足元で音がした。道路から家の玄関まで砂利《じゃり》が敷いてある。音がするようにできているのだ。

玄関の照明が灯《とも》った。

鉄製の門扉《もんぴ》を開き、敷地に入った。家は平屋で周囲にも砂利が敷いてある。泥棒避《よ》けに違いない。

玄関をノックした。

顎《あご》髭《ひげ》を生《は》やした中年の男が、ドアを開けた。

「一杯やるには遅い時間だぞ」

男はむっつりとした表情で言った。

「すみません、少佐。電話番号が分からなくて、直接伺いました」

柊真は肩を竦《すく》めた。

「入れ」

男は柊真を招き入れると玄関の照明を消し、外に出て周囲の様子を窺《うかが》った。尾行がないか確かめたのだろう。男はマキシム・ジレス、柊真が〝GCP〟に転属する前の第二外人落下傘《らっかさん》連隊の直属の上官だった。彼は二年前に退役しており、田舎で葡萄農園を継《つ》ぐと言っていた。両親は四年前に他界しており、知り合いが農園をメンテナンスしていたと聞いている。

玄関は二重になっており、二つ目のドアの向こうはリビングになっていた。最近改築したようだ。長年紛争地で生きてきた軍人だっただけに、不用心な田舎の家に慣れなかったのだろう。

二十平米ほどの部屋には、ソファーと天然木のテーブルが置かれ、壁の棚には酒の瓶《びん》が並べてある。退役して、自由に暮らしているようだ。

「二重のドアが気になるか？　この地方の人間は、安全がタダで買えると思っている。もっとも、あと十年もすれば、私もこの地方に馴染《なじ》んだ田舎者になるだろう。まあ、座れ、外は寒かっただろう」

柊真の視線の先を見たジレスは、苦笑した。

「外の砂利石もそうですが、空き巣が心配ですか？」

部屋の中をぐるりと見た柊真は、ジレスの前のソファーに座った。東向きに鎧戸《よろいど》が閉じられた窓があり、三方の壁に風景写真が飾ってある。どれも、外人部隊の基地があったコルス島の風景を撮影したものだ。

「この地方は、平和だ。だが、現役の軍人であるおまえには想像もつかないだろうが、銃を持たない生活はストレスが溜《た》まる。最近は慣れてきたがな。だから、人一倍用心深くなるんだ。それにしても、遊びに来いと言った覚えはあるが、ずいぶんと世間を騒がせている最中に来たもんだな」

不機嫌そうな顔をしたジレスは、壁の棚から英国産のウィスキーであるザ・グレンリベットの瓶を掴んだ。この男の笑顔を柊真はまだ一度も見たことはない。だが、機嫌がいいのか悪いのかぐらいは分かる。少なくとも、冗談や皮肉を言っているときは上機嫌なことが多い。ジレスは、テーブルに二つのグラスを置くと腰を下ろした。

「私は警察に追われるようなことは、何もしていません。それに、ただ警察から逃れているわけじゃありません」

柊真はパリでの捜査活動の概要を話した。

「私の優秀な部下だった男が、犯罪者でないことは分かっていたが、何か大きな陰謀に巻き込まれたようだな。一人で解決できると思っているのか？」

二つのグラスにウィスキーを注いだジレスは、手前のグラスを取ると前に出した。

「分かりません。ただ、私は仲間を殺した真犯人を見つけたいだけです」

柊真もグラスを取り、ジレスのグラスに軽く当てた。

「おまえは頑固な男だったからな、私が何を言っても諦《あきら》めないだろう。わざわざ、酒を飲みに来たわけじゃないはずだ。私にできることはあるのか？」

ウィスキーを一口飲んだジレスは、顎を上げて促《うなが》した。

「実は、車を何日か拝借したいと思って来ました」

柊真は首の後ろに手をやりながら答えた。

ファイセルを殺害した二人の男が乗った車は、友恵が軍事衛星でロックオンしている。

彼らは殺害後、高速道路東線であるオートルートＡ４でフランスからドイツに向かった。ついさきほど確認したところでは、フランクフルトに入ったと友恵から情報を貰《もら》っている。

「……車か」

ジレスは絶句した。地方の人間にとって車は外出する際の必需品である。

「指名手配されているので、レンタカーも借りられません。それにバイクも警察に押収《おうしゅう》されたので、足がないのです。ファイセルを殺害した男たちは、ドイツに入ったという情報もあります。追跡するには自転車では無理です」

「何！ ここまで自転車で来たのか！」

ジレスはウィスキーを噴き出しそうになった。

「路上に停めてあったのを失敬しました。今頃、盗難届が出ているはずなので、後で持ち主に返すつもりです」

柊真は肩を竦めた。白バイ警察官を路上に転がしたことはなにも感じなかったが、民間人の自転車を盗んだことには罪悪感を覚えている。

「おまえの人の好《よ》さは、弱点だ。今回の事件でフランスもおまえにとっては戦場になったのだ。自転車を盗もうが、人を殺そうが気にするな。任務遂行《すいこう》に全力を注《そそ》ぐんだな」

ジレスは息を吐くように笑った。

「そうですね」

柊真は素直に頷いた。

「私の愛車だ。大事にしてくれ。特に銃痕は勘弁してくれ」

立ち上がったジレスは、リビングの出入口脇の棚から車のキーを取り出すと、柊真に投げてよこした。

「了解です。もちろんですよ」

キーを受け取った柊真は、苦笑いをした。

四

午前一時半、柊真はプジョー207のハンドルを握り、オートルートA4をドイツに向かって疾走していた。

ジレスの207は小型のセダンではあるが、直列4気筒ディーゼル、百五十七馬力と、ファミリーカーのような外見を裏切る、パワフルで足回りもいい車である。ジレスが七年前に購入し、コルス島の外人部隊の基地で乗っていた車を退役後に持ち帰ったものだ。それだけに愛着があるようだ。柊真に車のキーを渡す際、恨《うら》めしい顔をしていたのはそのためだろう。

柊真はダッシュボードの上に置いたスマートフォンをちらりと見た。友恵からの新情報が届かないか、気になるからだ。ジレスの家を出発する直前に届いたメールには、ファイセルを殺害した男たちはフランクフルト市内のノイ・バーンホフ・ホテルにチェックインしたと書かれていた。ホテルの駐車場に彼らの車は停められ、車から降りた二人の人物がホテルに入ったことまでは確認できたようだ。

彼らは柊真のアパルトマンを襲撃してきた一味の仲間で、貿易商社のIDを持っていた。一人はアレン・アーノルド、もう一人はトニー・ウィリアムスという名前である。友恵に調べてもらったが、今のところ身元は分かっていない。というのも、IDに記載されていた貿易商社である〝ウエスト・キャピタル〟は実在するが、彼らの名前は偽名だからである。

ジレスの家ではウィスキーを一杯飲んだだけで、昔話に花を咲かせることはなかった。急いでいたこともあるが、ジレス自身が引き止めなかったのだ。だが、家を出る際、一千ユーロもの金を軍資金として持たされた。断ったが、命令だと無理やり持たされてしまったのだ。

また、ドイツでは柊真も知っている第二外人落下傘連隊に所属していた男の住所を紹介されている。今年で四十一歳になるユリアン・ミュラーという男で、三年前に退役して今はフランクフルトでバーを経営しているそうだ。何か困ったことがあったら訪ねるように言われている。

ミュラーは八年もジレスの部下として働いており、退役後、フランクフルトでバーを開くのが長年の夢であった。開業に際してはジレスをはじめとした外人部隊の古い仲間が、資金面だけでなく、様々な援助をしたようだ。

フランス国内だけでなくユーロ圏で手配されている可能性があるので、フランクフルトに傭兵代理店はあるが、あてにはできない。ミュラーに頼ることはないと思うが、知り合いがいるということだけでも心強いものだ。

ジレスの家を出てすでに二百四十キロ走っている。もうすぐドイツとの国境を越えられるだろう。

ダッシュボードのスマートフォンがメールを着信した。柊真は右手で操作し、友恵からのメールを開いた。

〝ノイ・バーンホフ・ホテルを調べましたが、アレン・アーノルドとトニー・ウィリアムスの名は見あたりませんでした。チェックインした時間と監視映像から、マービン・ウッズとジム・ジョンソンという名でチェックインしたと思われます〟

友恵はホテルの宿泊者名簿と監視システムもハッキングしたようだ。柊真が追っている二人は、偽名でチェックインしているらしい。

二時間半後、柊真はフランクフルトに入った。

ノイ・バーンホフ・ホテルは、フランクフルト中央駅にほど近いビジネス街にある四つ星のホテルである。柊真は車をホテルから少し離れた通りに停めると、帽子を目深《まぶか》に被って車から降りた。午前四時、気温は零度ほどか、街灯に照らされた息が煙のように白くなった。

柊真はノイ・バーンホフ・ホテルの地下駐車場に侵入した。二十台ほど車が停めてあるが、追跡していたベンツのV260はすぐに見つかった。監視カメラに映らないようにV260に近付き、後部バンパーの後ろにGPS位置発信機を取り付けた。ファイセルが殺害された際、彼のバイクに取り付けてあったものを取り外してきたのだ。

ファイセルの殺害犯である二人の男は、彼らが属する組織では暗殺などの汚れ仕事をするプロに違いない。その手のプロなら京介殺害の事情を聞いたところで白状することはないだろう。彼らが今度接触する人物が重要だと思っている。柊真はどこまでも彼らを追うつもりであった。

スマートフォンで追跡アプリを立ち上げ、設置した発信機が正常に働いているか確かめると、フランクフルトの地図に発信機の信号が表示された。位置も間違いなく、ノイ・バーンホフ・ホテルである。

駐車場を出ようとスロープに向かった柊真は、咄嗟《とっさ》に近くの車の陰に隠れた。ホテルに通じるドアが開いたのだ。

出入口から追っている二人の男たちが出てきた。彼らは二時間近く前に着いたばかりで眠っていると思っていたが、違っていたらしい。

「……………！」

柊真は鋭い舌打ちをした。

男たちはV260ではなく、別のアウディに乗り込んだのだ。

車の陰から飛び出した柊真は、慌《あわ》ててスマートフォンを出して友恵に電話を掛けた。

「友恵さん、軍事衛星を起動できますか？」

柊真は全速で駐車場のスロープを駆け上がりながら尋ねた。

――ごめんなさい。二分待って。今、別の場所にいるの。ノイ・バーンホフ・ホテル？

友恵の甲高《かんだか》い声が返ってきた。日本は午後十二時ごろだが、何か用事でもあったのだろう。彼女にホテルの駐車場に潜入することを事前に連絡しておくべきだった。

「そうです。また、連絡します」

駐車場の外に出た柊真は通話ボタンを切り、ホテル前の道路を見渡したが二人の乗った車は姿を消していた。

スマートフォンに電話が掛かってきた。画面を見ると、友恵からである。

――軍事衛星を確保したけど、どうしたらいいの？

「二分前にノイ・バーンホフ・ホテルを出たアウディA4を追って欲しいんです」

柊真はプジョー207に急いだ。

——二分前ね。頑張ってみる。

友恵の声は幾分か沈んでいた。二分もあれば、車は遠くに行くことができる。向かった方角も分からない車を見つけ出すことは、彼女にも容易なことではないのだろう。

「よろしくお願いします」

プジョー207に乗り込んだ柊真は、溜息を押し殺した。

五

パリ8区、アストリア・アストテル、午前八時。

エントランスを出た浩志は、ホテル前のモスク通りを東に向かって進んだ。三つ星ではあるが、清潔で設備も整っており、朝食のビュッフェも充実していた。値段が安い割に一流ホテル並みのサービスが受けられるホテルである。

百メートルほど歩き、左手にある開店前のタイ料理店に入った。椅子がテーブルの上に逆さまに置かれており、店員さえ見当たらない。

壁際に一つだけ四人席のテーブルが用意されており、奥の席にDGSEのフーリエが座っている。右隣りには同じくDGSEのベルナール・レヴィエール、左には見知らぬ男が座っていた。人目を避けるために開店前の店をフーリエが借り切ったのだ。浩志が宿泊しているホテルに近いレストランということで決めたらしい。

「ボンジュール、ムッシュ・藤堂」

　フーリエが立ち上がると、残りの二人も席を立った。

　頷いた浩志は、決まり悪そうな顔をしているベルナールを無視し、三人目の男をちらりと見た。

「DGSI首都圏テロ対策部長のムッシュ・クロード・デュガリです」

　苦笑したフーリエは左隣りの男を紹介した。同席しているベルナールの恐縮している様子がおかしいのだろう。

「ムッシュ・藤堂、よろしく」

　硬い笑みを浮かべたデュガリは、右手を伸ばした。中肉中背の特徴のない男である。もっとも、情報機関に勤務するには都合がいいのかもしれない。

　浩志は無言でデュガリの握手に答えた。

　昨夜、ファイセルの殺害現場で、フーリエにDGSEの局長と話をさせろと迫った。DGSEには五つの局がある。年齢的にフーリエが情報局の幹部ということは予想できたのだが、意外にも彼は副局長だったのだ。長年にわたる中東での功績が認められて昇格したらしい。

　フーリエはその場で局長と連絡を取り、翌日の朝一番でDGSIの責任者と打ち合わせができるようにセッティングした。デュガリは、おそらく柊真の捜査の最高責任者なのだろう。

「お掛けください。みなさん、カフェラテでよろしいですか。人払いをしたのはいいのですが、セルフサービスになりましたので」

フーリエは浩志に自分の前の席を勧め、椅子に掛けてあった持ち手付きの紙袋からスターバックスのカップをテーブルの上に並べた。パリでもスターバックスは沢山ある。おそらくオペラ座近くの店で買ってきたのだろう。

「柊真・明石の件は、ムッシュ・フーリエから説明を受けました。彼は爆弾テロに関しては無実のようですね。ただ、うちの職員を三名も負傷させ、捜査妨害したことは事実です」

椅子に座ったデュガリが、険しい表情で言った。フーリエには友恵から送られてきたデモ当日の監視映像を渡しているので、それも見せたのだろう。

「柊真は二度、襲われている。どちらもDGSIだったのか？」

浩志は顔色も変えずに目の前のカップに手を伸ばした。

「どちらも？　誤解されているようですが、襲われたのは私の部下です。我々も元ISILの兵士のファイセル・アブドゥラの監視活動をしていました。明石はうちのチームの監視カメラを破壊し、職員に暴行を働いたのですよ」

デュガリは眉《まゆ》を吊り上げて答えた。

「ファイセルを監視していて、爆弾テロを未然に防げなかったのか、笑わせるな。柊真が爆弾を命がけで移動させなければ、シャンゼリゼ通りで多くの死傷者を出したはずだ。文句を言う前に礼を言うべきだろう。おまえの首を繋《つな》げたのは、ほかでもない柊真だぞ」

口調を荒らげた浩志は、デュガリを睨《にら》みつけた。

「なっ！」

両眼を見開いたデュガリは、むっとした表情になり、口を閉ざした。

「お二人とも落ち着いてください。ＤＧＳＩはファイセルを単にＩＳＩＬの帰還兵として監視していたに過ぎなかったのじゃないのですか？　ムッシュ・明石はアパルトマンで襲撃されたようですから、ＤＧＳＩも同じ組織と思ったのでしょう」

フーリエは真っ赤な顔になったデュガリをたしなめた。

「だからと言って、部下を銃で撃たなくてもいいんじゃないのか？」

デュガリはまだ納得していないらしい。

「柊真は発砲されたから反撃した。殺さなかっただけで、ありがたく思うことだ。それよりも、ファイセルは昨夜殺された。ＤＧＳＩではどうするつもりだ？」

鼻先で笑った浩志は、デュガリに尋ねた。テロリストであるファイセルが殺され、ＤＧＳＩの監視対象が消えた。事件が表面的にはただの殺人事件になってしまった以上、ＤＧ

SIに出る幕はないはずだ。

「正直言って、パリだけでも元ISILの兵士や候補者で溢《あふ》れている。我々の仕事は沢山ありますから」

デュガリは不満げに言った。浩志の質問にまともに答えるのが嫌だったのだろう。

「それでは、DGSIはこの件から手を引くんですね」

フーリエが何度も頷きながら確認した。

「手を引くと言うのは語弊があるが、実質的には捜査を打ち切るということです」

デュガリは渋々認めた。

「捜査から手を引くのはそっちの勝手だ。だが、柊真の嫌疑を晴らし、指名手配を解《と》いてくれ」

浩志はデュガリを見つめながら言った。濡《ぬ》れ衣《ぎぬ》ということもあるが、傭兵が良くも悪くも世間に顔を晒《さら》されるのは最悪のことである。

「DGSIの件なら、私の方でなんとかなる。だが、彼は警察署で警察官を殺害し、脱走している。管轄が違う」

デュガリは首を左右に振った。

「殺された警察官は柊真を殺害しようとしたポール・バチストンで、彼の銀行口座には犯行の直前に一万ユーロもの大金が送金されている。やつがヒットマンだったことは明らかだ。脱走したのは、正当防衛上、止《や》むを得ない行為だった。警察も本当は気付いているはずだ」

「一万ユーロの送金！」

フーリエとデュガリが声を揃えた。

友恵はバチストンの身辺調査を警察のサーバーと個人の銀行口座などから調べ、ワットらが現地で身辺調査を行っていた。

「そうかもしれませんが、今現在DGSEにできることは、ムッシュ・明石の警察の捜査を停止させ、国際手配を解除することです。これで、フランス国外であれば、EU圏内でも罪に問われることはありません。むろん、彼が日本に帰られても、国外からなら問題ありません。ただし、警察の捜査を停止させるだけなので、フランス国内で発見されると逮捕される可能性はあります。おっしゃるように正当防衛だったことを証明しなければいけませんので」

フーリエは意味深な発言をした。柊真を密《ひそ》かに国外へ脱出させるように促しているらしい。

「柊真は優《すぐ》れた洞察《どうさつ》力があり、捜査官としての素養がある。それに軍人としての能力も高い。あいつは仲間を殺した犯人を見つけるまで捜査を続けるだろう。彼が動きやすいようにするべきだ。方法は任せるが、あいつがフランスに忠誠を誓って紛争地で闘ったことも忘れないことだ」

浩志は席を立ち、フーリエらに付いてくるように手招きをした。

「どこに行かれるのですか？」

店を出ると、フーリエが並んで歩き、尋ねる。

「すぐ近くだ」

浩志は道を渡った向かいにある五階建てのアパルトマンに入った。

フーリエらは顔を見合わせながらも付いてくる。

「入ってくれ」

階段を上がって二階の奥の部屋のドアを開け、フーリエらを部屋に招き入れた。

「こっ、これは！」

フーリエが驚きの声を上げた。

四十平米ほどの部屋に五台のデスクとパソコンが置かれ、廊下側の壁にフランスとドイツの地図が貼り付けられており、その隣りに四十インチのモニターが設置されている。また、六脚の椅子が置かれている打ち合わせ用のテーブルまで用意されていた。

パソコンに向かっているのは、昨夜日本から応援に駆けつけた傭兵代理店スタッフの中條と岩渕麻衣と傭兵仲間である村瀬と鮫沼である。四人は浩志の要請でパソコンや機材を持ち込んで仕事をしていたのだ。

彼らは友恵がセッティングした軍事衛星からの映像を手分けして調べている。軍事衛星による監視活動は友恵一人では手に余ることもあるが、現地でのサポート要員を増員することで捜査に弾《はず》みをつけるためである。

また、村瀬と鮫沼以外にも、後続のチームには輸送ヘリコプターから戦闘機の操縦までできるオペレーションのプロで、〝ヘリボーイ〟のあだ名を持つ田中俊信《たなかとしのぶ》とデルタフォース時代のワットの部下で、狙撃の名手でありながら外科医の資格を持つ変わり種のマリアノ・ウィリアムスも一緒に駆けつけている。

京介を殺害した犯人を捜す柊真をサポートするという大きな目的はあるが、浩志は事件が異様だとし、仲間全員に集合をかけたのである。

「この部屋はリベンジャーズの作戦司令室として昨日設置し、今朝から稼働している。現在、ファイセルを殺害した二人の男の行方を追っている柊真を、日本だけでなくここからもサポートしている。また、チームもドイツに送った」

浩志は簡単に説明した。今回の任務では池谷が資金提供をしている。もともと資金力があるからできることだが、事件が解決した際に、フランス政府から報奨金《ほうしょうきん》が得られるように政府高官と交渉しているらしい。抜け目のない計算高い男なのだ。

柊真が爆弾を取り除かずにシャンゼリゼ通りで爆弾テロが発生していた場合の損害額を見積もり、それを交渉材料にしていると聞いている。しかも、ヒーローである柊真を犯人として誤認逮捕したことをマスコミに公表すると、半ば恫喝《どうかつ》しているらしい。

「犯人はドイツに逃げているんですか？」

フーリエが両眼を大きく開けると、ベルナールとデュガリが驚きの表情で顔を見合わせた。

「俺たちの方が捜査は進んでいるようだな。DGSEは、捜査に協力するのか、しないのか、どっちなんだ？」

浩志はフーリエを鋭い視線で見据えながら問い詰めた。

六

午前八時半、スポーツウエアに身を包んだ柊真は、マイン川の遊歩道をジョギングしていた。

雲が多く、気温も七度と高くないが、川沿いを走るのは気持ちがいい。

未明に柊真が追跡していた二人の男をノイ・バーンホフ・ホテルで発見したのも束の間、男たちはそれまで乗っていたベンツV260ではなくアウディA4で走り去ってしまった。すぐに友恵に連絡したものの軍事衛星で対処できずに、見失っている。

友恵はホテルや周辺の監視カメラの記録を一つずつ検証しているらしいが、未だにヒットしないようだ。

だが、ホテルの地下駐車場にはベンツV260が残されており、柊真が仕掛けたGPS位置発信機も取り付けてある。彼らがまた戻ってくる可能性もないとはいえないので、柊真はホテル近くの道路に車を停めて見張ることにした。もっとも、フランクフルトは駐車違反に厳しいので、車は公営の地下駐車場に停めてある。

柊真はスピードを落とすと、川岸にあるベンチに腰を下ろした。遊歩道と川沿いのマインカイ通りとの間に芝生《しばふ》の緑地帯がある。散歩するには絶好の環境だが、平日ということもあり、人通りはあまりない。

「時間通りだな」

川を見ろしていたスキンヘッドの男が、隣りに座った。ワットである。

一時間ほど前に車内で仮眠していた柊真に、ワットが新しいパスポートを持って行くので受け取るようにという内容のメールが友恵からあった。ベルトポーチに隠し持っているパスポートは、爆弾の破片が刺さった際にGPSチップが壊れたらしい。そのため、交換用のパスポートをわざわざワットが届けに来たのだ。ジョギングは目立たないように会うためである。

「朝飯はまだだろう？」

サングラスを掛けたワットは、前を向いたまま柊真に紙袋を渡してきた。

「ありがとうございます。うまそうだ」

さっそく袋を開けて中身を確認した柊真は、思わず声を上げた。フランクフルトでも人気のジャミーズ・バーガーである。まだ指名手配が解かれていないため、レストランに行くことを躊躇《ちゆうちよ》し、朝食は食べていなかった。

「ここのハンバーガーは、パテが厚いから美味《うま》いんだ」

ワットも自分の袋からハンバーガーを出して食べ始めた。

「わざわざすみませんでした」

ハンバーガーの紙包みを出すと、袋の底に三冊のパスポートが入っていた。日本以外にも国籍が違うものを用意してきたらしい。それに小型モデルのグロック26もあった。

「たまたまフランクフルトに来る用事があった。それを知った池谷から、ちゃっかり頼まれたんだ。パスポートにクレジットカードも挟《はさ》んである。名前と暗証番号を記載したメモは破棄《はき》してくれ」

ワットはうまそうに食べながら言った。パスポートの名義がそれぞれ違うため、それに合ったクレジットカードがあるということだ。

「現金は足りていますが、クレジットカードがあれば助かります」

現金払いを嫌う店が結構あるため、クレジットカードは欧米では必須である。

「武器や装備はどうなっている？」

「サプレッサー付きのグロック17Cに弾丸が三十四発、それにタクティカルナイフです」
答えた柊真もハンバーガーにかぶりついた。レタスやトマトも挟まれて厚みがあるため
バンズを潰《つぶ》すように握って食べるのがコツである。
「26は予備として持っていろ。マシンガンや手榴弾《しゅりゅうだん》がいるのなら、調達するぞ」
ワットはハンバーガーを頬張りながら言った。
「結構です。紛争地じゃないので、なるべく使わないように努力しています」
柊真は苦笑した。銃を向けられれば、反射的にトリガーを引きたくなるのが兵士の性《さが》で
ある。それを抑えるためということもあるが、鉄礫《てつつぶて》を持ち歩いているのだ。
「おまえをアパルトマンで襲ってきた連中は未だに正体不明だが、二回目の連中は、DG
SIだ。ついさっき、連絡があった。そっちは、なんとかまるく収まったらしい。彼らを
負傷させたことにかんしては、不問にするそうだ。警察からの指名手配も近く解除される
だろう。だが、もう一つの正体不明の連中におまえは顔を知られている。しかも、やつら
はフランスの現役警察官を買収しただけでなく、どこにでもヒットマンを送り込む組織力
があるようだ。ドイツの警察も信用できない。指名手配が解けても、当分の間、堂々と表
を歩けないのは、今までと変わりなさそうだな」
ワットは低い声で笑うと、最後のハンバーガーを口に詰め込んだ。
「藤堂さんも動かれているんですか？」

柊真もハンバーガーを食べ終わると、紙袋を折り畳んだ。

「まあな。ただ、おまえの捜査は誰もが尊重している。心置きなく動くんだな。俺たちはこれまで通り見守るつもりだ。ただし、捜査の足かせになるような連中は、サポートの範囲で排除する」

「感謝します」

柊真は笑顔を浮かべた。この一ヶ月半、一人で行動して改めて仲間の有り難さがよく分かった。だが、それだけに甘えてはいけないと思っている。

「おっと、忘れるところだった」

ワットはポケットから出した小さな筒状の物を柊真に手渡した。

「これは、なんですか？」

柊真は渡された物を見て首を捻《ひね》った。見たところ、USBメモリのようだ。

「友恵からのプレゼントだ。パソコンに差し込めば、数秒でパスワードを解除できる優れものだ。彼女は、エントリーUSBと呼んでいるらしい。使い方の注意は、パソコンの電源を入れる前に差し込む必要があるそうだ」

「傭兵には不要ですが、今回の任務では使えそうですね」

笑みを浮かべた柊真は、大きく頷いた。

「俺はこれで帰るが、当分の間、フランクフルトにいるつもりだ。何かあったら連絡してくれ。俺の車は向こうに停めている。おまえは反対方向から帰ってくれ」

ワットは東の方角を指差すと、立ち上がって振り向きもせずに立ち去った。

「失礼します」

柊真は紙袋を左手に持つと、西に向かって走り出した。

七

柊真と別れたワットは、ジャケットのフードを被り、マイン川の遊歩道を東に向かって歩いていた。

小走りに川岸に向かう四人のコートを着た男たちとすれ違う。身長はいずれも一八五センチ前後あり、鍛え上げた体をしている。

ワットは男たちが来た道を逆に辿るように遊歩道から外れ、芝生の緑地帯を横切り、マインカイ通りに出た。

駐車帯に三台の車が停まっている。

さりげなく車道に出ると車の脇を通り、一番端に停めてあるベンツＶ２６０の助手席にいきなり乗り込んだ。

「車を出せ」

ワットは懐《ふところ》からグロック17Cを抜くと、銃口を運転手に向けた。

「金なら出すから撃たないでくれ」

男はジャケットに右手を伸ばした。

「動くな！」

ワットは男が座っているシートに発砲した。車内から漏《も》れた銃撃音は、通行する車の騒音で掻《か》き消された。たとえ聞こえても銃声だと気付く者はいないだろう。

「撃つな！ 分かった」

男は頬を引き攣《つ》らせながら車を出した。周囲を見張っていた瀬川から、この車からワットとすれ違った四人の男が降りて柊真がいる川岸に向かったと連絡を受けていた。そのため、柊真をさりげなく急《せ》かして西に向かわせたのだ。

「死にたくなかったら、従え」

にやりとしたワットは、サイドミラーで後方を確認した。

二台後ろに停めてあったフォルクスワーゲンの大型ワゴン車であるクラフターが、後を付いてくる。運転しているのは加藤で、助手席に辰也、後部座席に瀬川と宮坂が乗り込んでいた。

ワットはパリで浩志らと合流すると、仲間と行動をともにし、柊真の命を狙った警察官であるポール・バチストンの捜査をしていたのだが、柊真がファイセルを殺害した犯人を追ってドイツに向かったため、急遽《きゅうきょ》、辰也らとともに後を追って来たのである。

また、マリアノ・ウィリアムスと田中はパリに残り、浩志とともにバチストンの捜査を引き続き行っている。これまで紛争地にリベンジャーズのメンバーを総動員して闘ったことは何度かあるが、海外で本格的な捜査活動をするのはチームとしてもはじめての経験であった。

「そこを右折してA648に入るんだ」

ワットは男の脇腹に銃を向けながら、郊外に向かう高速道路に入るように命じた。彼はかつて米軍最強の特殊部隊であるデルタフォースの指揮官として、紛争地だけでなく世界中で任務に就《つ》いていた。英語はもちろんフランス語、ドイツ語、ロシア語、アラビア語、中国語など、数カ国語に通じ、戦略的な知識も豊富で人望もある。そのため、米軍だけでなく国防総省で高官への道が開けていたのだが、それを蹴ってリベンジャーズに仲間入りしていた。

十年近く前に爆弾テロで大勢の部下を失い、失意のどん底にいたワットを救ったのは、浩志であった。自らの信ずる正義のために闘う彼の姿勢に惚《ほ》れ込み、リベンジャーズ入りを決めたのだ。もっとも、身勝手な政治的な思惑《おもわく》で他国と戦争をする米国政府のやり方に嫌気がさしていたことも大きな要因ではある。

A648を走っていたベンツV260は、フランクフルトの北西部ゾッセンハイムのジヤンクションでA66号線に入り、さらにB8号線で北に向かい、フランクフルトから二十数分でクロンベルクに到着した。

クロンベルクは中世から変わらない古い街で、フランクフルト市と隣接する高級住宅街としても知られている。

ワットは車を旧市街にある礼拝堂の裏で停めさせた。この街の多くは第二次世界大戦の空襲を免《まぬか》れたが、礼拝堂は空爆で破壊されて修復されずに廃墟となっている。ワットはドイツに駐留していたこともあるので、土地勘があった。

すぐ後ろに付いていた加藤の運転するクラフターは、礼拝堂に至る道の途中で停められ、仲間は散開してV260の男の応援が来ないか見張っている。無線機を全員携帯しているため、異常があればすぐに分かるだろう。

「車から降りろ」

ワットは銃を横に振った。

「分かった」

男はワットをちらりと見てハンドルから手を離した。

ワットは男の顔面に強烈な左パンチを入れて気絶させ、男の懐を探って携帯していた銃を取り上げた。男は運転しながら、常に銃を抜こうとワットの様子を窺っていたのだ。車から降りるときが、チャンスと思っていたに違いない。微妙な男の表情の変化をワットは見逃さなかった。

車を降りたワットは運転席から男を引き摺《ず》り下ろすと軽々と肩に担《かつ》ぎ、礼拝堂に入った。椅子や祭壇はすべて取り払われ、天井に穴が開いた礼拝堂はがらんとしている。ワットは担いでいた男を下ろし、樹脂《じゅし》の結束バンドで手足を縛《しば》ると、男の上着を調べた。

「起きろ、トム・バトル」

ワットは男を足で蹴った。本名かどうか分からないが、男の上着のポケットから出てきた運転免許証に記されていた名前である。

「……俺をこんな目に遭わせて、ただですむと思っているのか？」

バトルは大声を張り上げた。

「大きな声を出しても、誰も気付かない場所だ。声が嗄《か》れるまで頑張ってみるか？」

ワットは苦笑いをした。

「何が目的だ？」

バトルは起き上がり、後ずさりするように壁にもたれた。

「それは、こっちの台詞《せりふ》だ。おまえたちは何者だ？　どうして柊真の命を狙う？」

ワットはグロックを握り、男と目線を合わせるために腰を屈《かが》めた。

「何も話すことはない」

バトルは薄ら笑いを浮かべた。否定しないということは、柊真を付け狙っているということである。

「その態度は、ないよな」

ワットはバトルの太腿《ふともも》を急所を外してグロックで撃った。仲間を見張りにつけたのは、追手の心配のためもあるが、人目を気にせずに男を拷問《ごうもん》するためである。柊真を殺害しようとしている連中ならば、容赦《ようしゃ》する必要はないのだ。

「くっ、くそっ!」

バトルは叫び声を上げながら、ワットを睨みつけた。

「少しは答える気になったか。どうやって、柊真を見つけ出した?」

簡単な質問にしてみた。

「……我々の目はどこにでもあるということだ」

バトルは喘《あえ》ぎながらも答えた。

「あらゆる監視カメラの映像を入手できるということか、なるほど。もう一度聞く、どうして、柊真・明石を狙うんだ?」

ワットは銃で撃った足の傷を踏みつけた。

「げっ! ……おっ、おまえたちは我々の組織の存在を危うくしている。……止《や》めてくれ!」

バトルは足を踏みつけているワットから逃れようと激しく体を揺さぶった。だが、ワットは体重を乗せて押さえつけた。褒《ほ》められたやり方でないことは分かっているが、米軍時代にテロリストを拷問する効果的な方法は学んでいる。

「おまえたち？」

首を傾げたワットは、靴をバトルの足から離した。柊真だけでなく、リベンジャーズの存在を知っているかのような口振りである。

「おまえたちは、我々を存亡の危機に陥《おちい》らせようとしている。その代償は大きいということだ。明石は、我々の計画を邪魔した。イラクで殺された男のようにな。我々は計画を妨害する人間をけっして許さない」

バトルはわざとらしく笑って見せた。

「貴様！　それは、京介・寺脇のことか？」

ワットはバトルの胸ぐらを摑んで、激しく揺さぶった。

「うっ！」

バトルは呻《うめ》き声を上げると、口から泡を吹き出し、白目になった。

「何！」

ワットはバトルを突き放し、眉間《みけん》に皺《しわ》を寄せた。男の口からアーモンドのような異臭がする。青酸カリを服毒したらしい。バトルの奥歯に仕込んであったに違いない。

耳に押し込んであるブルートゥースイヤホンをタップしたワットは、無線機の通話スイッチを入れた。

「俺だ」

――こっちは異常ない。何か吐いたか？

辰也はのんびりとした口調で尋ねてきた。

「泡を吐いた。作戦変更だ」

ワットは溜息混じりにバトルの死体を見つめながら答えた。

作戦司令室

一

パリ20区、サンドリエ通り、午後二時。

浩志がフォルクスワーゲンのクラフターの助手席から降りると、後部ドアからマリアノが出てきた。

クラフターはパリの傭兵代理店で二台借りている。一般のレンタカー会社で借りてもいいのだが、事故はもちろん銃撃戦で車体に穴が開いても代理店の車なら後々面倒がないからである。

二人が車から離れると、運転している田中は一方通行のサンドリエ通りから立ち去った。この通りにも駐車帯はあるのだが、すべて埋まっていたので田中は表のメニルモンタン通りに車を停めて待機することになっている。

早朝にDGSEのフーリエに捜査を協力するように迫ったところ、局長会議を開いて明日までに連絡をよこすという返事をもらっている。だが、返事待ちでは捜査は進まない。一方、ベルナールからは、何かあればすぐに連絡するように言われている。リベンジャーズの捜査を黙認するという暗黙の了解は得たようだ。

「ここらしいですが、誰か住んでいるんですかね？」

マリアノは、目の前に建つ五階建てのアパルトマンを見上げて首を傾《かし》げた。

緑色に塗られた玄関のペンキは剝《は》げ落ち、各部屋の白く塗ってあっただろう鎧戸《よろいど》は、薄汚れている。窓辺に植物を植えたプランターを飾っている部屋もあるが、枯れ草になっている部屋もあった。

「住んでいるかどうかは、分からないがな」

浩志はアパルトマンの玄関の鍵穴にピッキングツールを差し込んで、ものの数秒で解除した。

これまでワットを中心としたメンバーが、ポール・バチストンの捜査をしていた。バチストンはパリ11区の警察署に勤務しており、住まいも同区のモラン通り沿いのアパルトマンにあった。

管轄外のパリ8区警察署に無断で侵入し、サプレッサーが付けられた銃を持っていたバチストンを警察でも調べている。だが、彼の勤務態度や私生活においてもトラブルはなかったという捜査報告がされていた。

友恵はバチストンの隠し口座に振込人不明の多額の金が送金されたことをいち早く摑《つか》んだが、警察はまだその存在にすら気が付いていないようだ。警察では彼の不可解な行動の意味をまったく把握できていないらしい。

また、バチストンの住居とされているパリ11区のアパルトマンをワットらも調べたが、生活感のない一人暮らしで、怪《あや》しい点は見つけられなかった。そこで、友恵は隠し口座の分析を麻衣にバトンタッチし、彼女に解析をさせていた。友恵自身は柊真のサポートで手が回らないからである。

麻衣は防衛省情報本部テロ対策局のＩＴ技術課に在籍しており、友恵ほどではないが、高度なセキュリティも破ることができる腕を持っている。もともと優秀であったが、傭兵代理店に出向という形で、友恵に技術指導を受けていたのだ。彼女は銀行口座を調べ、バチストンが二重に光熱費を払っていることに気が付いた。そこで、電力会社のサーバーをハッキングし、自宅以外の番地を見つけ出した。

バチストンの両親は、西フランスのナントに住んでいることが分かっている。他に親族はなさそうなので、誰の部屋の光熱費を肩代わりしているかは謎である。

浩志はズボンに差し込んであったグロックを抜いてスライドを引いて初弾を込めると、再びズボンに差し込んで薄暗い廊下を進んだ。

チームとともにドイツに行ったワットから、柊真と接触した途端《とたん》に敵に遭遇したと聞いている。拘束《こうそく》した男を尋問《じんもん》したところ、敵はリベンジャーズを認識しており、彼らの計画を妨害する者を排除しようとしていると答えたそうだ。しかも、ワットの尋問に耐えかねたのか、男は青酸カリを服毒して死んだという。敵は大きな犯罪集団で、任務で失敗すれば命で償《つぐな》わなければならない非情な組織らしい。それだけ、凶悪ということだ。

奥の階段を三階まで上がり、廊下の左右を見て左に進む。古めかしい木製のドアが続いている。真鍮《しんちゆう》の部屋番号が、ドアに打ち込んであるが、中には番号が欠落している部屋もあった。廊下にゴミは落ちていないが、メンテナンスに金をかけていないようだ。

平日の昼間なので、住人は出払っているのだろう。物音一つしない。

３０８号室のドアの前で立ち止まると、マリアノは壁際に立った。浩志はピッキングツールを出して、鍵穴に差し込む。

「……？」

右眉《まゆ》を上げた浩志は、ピッキングツールを仕舞《しま》ってグロックを抜いた。ドアが開いているのだ。

浩志はマリアノに援護するようにハンドシグナルで合図をすると、マリアノがドアを開けた。すかさず浩志は銃を構えながら部屋に侵入する。

ドアの向こうは三十平米ほどのリビングになっており、その向こうは寝室になっているようだ。内部は改装してあるのか、みすぼらしい外観と違って清潔感があった。

寝室らしき部屋から物音がする。

浩志は銃を構えたままリビングを横切り、寝室のドアまで近付いた。

いつの間にか寝室は静かになっている。浩志らが侵入したことに気が付いたのかもしれない。

寝室のドアが、ゆっくりと開いた。

浩志は壁際に寄り、座りこむように腰を落として銃を上に向けた。

銃を構えた男が飛び出してくる。すかさず浩志は、立ち上がりながら左手で男の右手首を掴んで押し上げ、グロックを男の顎《あご》の下に突きつけた。

「動くな！　トリガーから指を離せ」

浩志はドスの利《き》いた声で言うと、グロックの銃口を突き上げた。

「撃つな！」

顎を仰《の》け反《ぞ》らせた男は、右手の人差し指を伸ばした。

浩志が頷《うなず》くと、背後から近付いたマリアノが男の銃を取り上げ、そのグリップで男の後頭部を打ち付けて床に転がした。銃を取り上げても抵抗されるよりは、気絶させる方が手っ取り早い。かつて刑事として法を頑《かたく》なに遵守《じゅんしゅ》してきたが、傭兵として戦地を駆け巡り、屍《しかばね》をいくつも踏み越えて考えも変わった。これが傭兵流の捜査である。

「少なくともここの住民じゃないようだな」

浩志は気絶した男の懐《ふところ》から、警官バッジを見つけて鼻先で笑った。

「私服刑事でしたか」

苦笑したマリアノは、グロックをズボンに差し込んだ。

警官バッジのIDを調べた浩志は、スマートフォンを出して男が所属しているパリ8区警察署に電話を掛けた。

「私は検察官のジョエル・プラティニだが、刑事部のジャン・カンデラに取り次いでもらえるか」

浩志はわざと嗄《か》れた声で言った。

――カンデラは外出中です。伝言があれば、伝えますが。

女性の声が返ってきた。

「いや、結構だ。先週の事件で確認したいことがあったが、また電話するよ。急ぐことじゃないんだ」

幾分首を捻《ひね》った浩志は電話を切った。

「本物でしたか」

マリアノは溜息《ためいき》を吐《つ》いた。現職の警察官を殴《なぐ》って気絶させたのだから、少なくとも公務執行妨害になる。もっとも、そんなことを気にするような男ではないが。

「この男を見張ってくれ」

「二、三時間は目を覚まさないと思いますが、縛《しば》っておきますか？」

マリアノは樹脂製の結束バンドを出した。

「長居するつもりはないが、そうしてくれ」

浩志は表情もなく言うと、寝室に入った。

二

サンドリエ通り、アパルトマンの一室。

浩志は二十平米ほどの寝室を調べていた。

マリアノは、窓の外と気絶させたカンデラを見張っている。もっとも結束バンドで縛り上げ、目と口にガムテープを貼り付けて床に寝かせてあるので、あまり気にする必要はない。

マリアノは外科の免許も持っているため、危険を承知の上で障害が起きない程度に後頭部を強打し、失神させた。カンデラは気絶する直前の記憶はなくなっているだろう。

寝室の家具はベッドとサイドチェストだけで、奥の壁にはクローゼットがある。シンプルなだけでなく安普請《やすぶしん》だ。他の部屋も同じなのだろう。このアパルトマンなら泥棒が入る心配はなさそうだ。

ベッドは使われた形跡がなく、サイドチェストも空《から》だったが、なぜかクローゼットには男女の衣類や下着が折り畳《たた》んで置いてあった。サイズはフリーサイズで、デザインも当たり障《さわ》りのないものばかりで個性はない。しかも、夏冬物を一式揃《そろ》えて置いてあるのだ。

「ここじゃないのか?」

クローゼット内部の壁や天井を調べていた浩志は溜息を漏《も》らすと、寝室を出た。内部の雰囲気からして、危険が迫ったときの隠れ家、あるいは避難用の部屋ではないかと考えられる。部屋の光熱費は死んだバチストンが払っていたが、他にもこの部屋を利用する者がおり、洋服以外にも持ち出せる貴重品をどこかに隠してあるはずだ。

「何も見つかりませんか?」

鎧戸の隙間から道路を見下ろしているマリアノが尋ねてきた。

「寝室には何もなかった」

首を左右に振った浩志は、リビングの片隅にあるキッチンの棚やシンクを調べ、次いでその横にあるシャワールームを覗《のぞ》いた。三畳ほどのスペースに洋式便器とその奥にシャワーがある。便器のタンクや壁や天井も調べた。

何かを隠すのに考えられそうなところは、すべて探ってみたが何も出てこない。現役の刑事だったころ、殺人事件の捜査で犯人の自宅や隠れ家を床板をはがしてまで調べた経験は何度もある。犯人の立場になれば自《おの》ずと隠し場所は分かるはずなのだが、それも昔の話で、捜査官としての腕は鈍《にぶ》ってしまったらしい。

この部屋は普段から使われていた様子はなく、キッチンはあるが調理器具もないところをみると、ここに来たとしてもただ寝るだけということになるだろう。

「そういえば」

浩志はスマートフォンを出して地図アプリを表示させた。

このアパルトマンの三百メートルほど南にペール・ラシェーズ墓地があることを思い出した。ファイセルが殺されたアジトは墓地の東のロンドー通り沿いで、このアパルトマンから直線距離で一キロも離れていない。ファイセルはロンドー通りの倉庫で爆弾を作り、隠れ家や避難部屋としてはサンドリエ通りのこのアパルトマンに宿泊していた可能性も考えられる。爆弾工場に寝泊まりするのは、警察の手入れがあった場合、逃げようがないため危険なのだ。

「もしもだ」

呟《つぶや》いた浩志は玄関ドアを背にして立った。もしも、敵に追われてすぐパリを立ち去らなければならないとしたら、寝室のクローゼットまで行く時間も惜《お》しいはずだ。浩志なら金やパスポート、あるいは武器がすぐにでも取り出せるようにしておく。

リビングの中央にはソファーとテーブルと椅子が置かれている。よく見るとソファーは布製のカバーがされていた。市販でもよくあるタイプの伸縮性のものである。

はっとした浩志は、ソファーのカバーをたくし上げた。

ソファーの背の部分はくり抜かれて棚のようになっており、二つの小さな手提げバッグが左右に収められ、その下の隙間に銃が隠してあった。ソファーの場合、クッションの下に隠すものだが、意外である。

「見つけたぞ」

大きく頷いた浩志はバッグを二つとも床に下ろし、中を調べた。

一つはファイセルの偽名のパスポートと金が入っており、もう一つは見知らぬ女のパスポートが入っている。パスポートはそれぞれ四冊ずつ入っており、ファイセルと同様に女のパスポートも、すべて偽名なのだろう。

浩志はバッグからパスポートだけ抜き取ると、元の場所に戻した。

「こいつは、どうしますか?」

マリアノは、気絶しているカンデラを指差して尋ねた。

「手首の結束だけ外して、そのままにしておけば、自力で抜けられるだろう。念のためにそいつのスマホとペアリングさせてくれ。管理は麻衣に任せよう」

鼻先で笑った浩志は、マリアノに指示をした。どうしてこの部屋を嗅《か》ぎつけたのか聞きたいところだが、現職の刑事だけに拷問《ごうもん》はもちろん尋問もできない。刑事の単独行動は、日本に限らず諸外国でも褒められたものではない。一人で行動するから、銃を奪われ、気絶させられる羽目に陥るのだ。この男が単に間抜けなのか、あるいは違法な捜査をしていたのかのどちらかだろう。

「了解です」

マリアノはカンデラのジャケットからスマートフォンを取り出すと、自分のスマートフォンに特殊なペアリングアプリを立ち上げて近づけた。すると、マリアノのスマートフォンには時計のマークとペアリング中という文字が浮かんだ。

ペアリングさせれば、マリアノはカンデラのスマートフォンから情報を抜き取ることができるだけでなく、GPSで位置を特定することも本体のカメラやマイク機能を使って盗聴や盗撮もできるようになる。これは、友恵が作成したスマートフォン用のプログラムであるが、情報機関においては今や常識的な技術と言っても過言ではない。

だが、友恵の作成したプログラムの優《すぐ》れたところは、ペアリングされた相手の情報は、傭兵代理店に自動的に送られ、スタッフなら誰でも共有することができることだ。傭兵代理店のサーバーにログインできれば、パソコンでペアリングしたスマートフォンを管理下に置くことができる。

「完了しました」

スマートフォンの表示を見たマリアノは、カンデラのスマートフォンと銃の指紋を綺麗《きれい》に拭《ふ》き取って男のジャケットに戻し、腕の結束をタクティカルナイフで切断した。当たり前ではあるが、銃のマガジンは抜き取ってある。気絶した振りをして背中から撃たれては意味がないからだ。

麻衣にカンデラの電話の会話を傍受するように連絡するつもりだ。勝手な捜査をしていただけに上司には報告しないだろう。だが、目覚めるまでの数時間の不在をどう言い訳するか楽しみである。

「行くぞ」

ドアを開けて廊下の外を窺《うかが》った浩志は、部屋を後にした。

三

午後六時、柊真はノイ・バーンホフ・ホテルの駐車場から出てきたベンツV260の後を追っていた。

柊真にとって唯一の手掛かりであるV260が、ようやく動き出したのだ。GPS発信機の信号をキャッチし、すぐに友恵にも連絡を入れてある。彼女も準備ができていたらしく、すぐに軍事衛星で追跡しているようだ。ホテルのすぐ近くの路上で根気よく見張りを続けてきた甲斐《かい》があった。

V260は中央駅の南側を通るヴィルヘルム＝ロイシュナー通りからホーフ通りを経て、ノイエ・マインツァー通りに左折して北に向かう。このあたりは高層ビルが立ち並ぶビジネス金融街である。

V260は交差点角にあるジャパンセンターと呼ばれているテラコッタ色の一風変わったビルの前を通り過ぎて次の角を右に曲がり、道なりに大きく左にカーブして、その先のビルの地下駐車場に入って行った。

夜間ならノイ・バーンホフ・ホテルから二、三分で到着することができる。昨夜、V260からアウディA4に乗り換えてホテルから出て行った二人を見失ったが、もし、彼らがこのビルの駐車場に行ったのなら、友恵が軍事衛星にアクセスする前に消えていたとしても不思議ではない。

「マインタワーか」

柊真は戸惑《とまど》ったものの駐車場の出入口に車を入れた。車に仕掛けてあるGPS位置発信機は生きているが、車に乗っている人物までは特定できていないため、できれば車から降りたところを確認したいのだ。友恵が監視カメラの映像を追っているはずだが、カーフィルムが貼ってあるため、監視カメラでは映らない可能性が高い。やはり、肉眼で視認しないと難しいだろう。

マインタワーは二百メートルの高さがあるフランクフルト市内で四番目（二〇一九年現

在）の高さを誇り、地上五十六階、地下五階で、展望台や五十三階より上にあるレストランはドイツ国内最速のエレベーターを有するため観光名所にもなっている。

だが、セキュリティの高いオフィスにV260に乗っていた人物が入場することも考慮し、その前に確認できなければ、見失ってしまうだろう。

「通行証を見せてください」

駐車場の出入口に立っている白人の警備員に車を停められた。出入口に〝P〟と書かれているが、あまりにも控えめなため、おかしいと思っていた。どうやらビルの関係者専用の駐車場らしい。

「通行証は、忘れてしまったんだ」

柊真は英語で答えて肩を竦《すく》めて見せた。フランス語と英語とアラビア語系の言語なら話せるが、ドイツ語は苦手である。

「ご存じとは思いますが、専用駐車場なので通行証がなければ使用できません。今日は、近くの駐車場をご利用ください」

警備員は笑顔も見せずに首を左右に振った。

「ちょっと待ってくれ、私のすぐ前に入った車は、ちゃんと調べたのか？　どうして、私だけ、そんなに厳しいことを言うのだ？」

柊真は口調を荒らげて言った。

「さきほどの車に乗っていた人は、このビルにオフィスがある会社の社員で、顔見知りなんですよ」

　警備員は苦笑して見せた。通行証は見ていないということだ。

「ということは通行証も見ずに通したということなんだな。私が日本人だからって差別しているのか？」

「滅相《めっそう》もない。それは誤解です」

　警備員の顔が青ざめた。良識のある欧米人にとって、差別主義者と思われることは屈《くっ》辱《じょく》的であり、避けたいはずだ。

「それじゃ、さきほどの会社に、私から直接問い合わせてみる。君に面倒を掛けるつもりはない。通行証を見せずに入場した社員がいることを教えるだけだ。電話番号は私の方で調べる。むろん、君から聞いたことは黙っているつもりだ。問題ないだろう？」

　柊真は相手に考える隙を与えまいと、早口で言った。

「絶対、私が話したことは言わないでください。サウスロップ・グランド社の社員ですよ」

　周囲を見回した警備員は、渋々答えた。

「サウスロップ・グランド社！　あの会社のことならよく知っている。ありがとう。無理なことを言ってすまなかった」

目を見張った柊真は、車をバックさせて道路に戻ると、警備員に手を軽く振って車を出した。

サウスロップ・グランド社は、米国でトップクラスの軍需会社である。リベンジャーズとも因縁が深い会社であった。

昨年、アフガニスタンでテロリストに拉致《らち》された少女シャナブ・ユセフィをリベンジャーズは救出している。だが、テロリストは彼女を生物兵器にするべく、遺伝子組み換えによって生み出された細菌が入ったカプセルを彼女の体内にインプラントした。救出された彼女は米国で治療を受けることになっており、彼女が公の場に立ったところを狙《ねら》ってカプセルを体内で破壊させて細菌を広めるという恐ろしい計画があったのだ。

その事実を摑んだリベンジャーズは、米国に渡ったシャナブから密《ひそ》かにカプセルを摘出することに成功し、犯人逮捕まで敢行《かんこう》した。この陰謀を企《くわだ》てていたのがAL（アメリカン・リバティ）という米国特権階級の犯罪組織で、トップはサウスロップ・グランド社のCEOであるドレイク・ハンターであった。

リベンジャーズの活躍により事件は解決し、ドレイクらサウスロップ・グランド社からも逮捕者が出ている。だが、政府関係者までが陰謀にかかわっており、公表することで政府への信頼が揺らぎかねないため、マスコミには流れなかった。

柊真はマインタワーから離れ、ユングホーフ通りに右折すると、空《あ》いている駐車帯に車を停めた。スマートフォンを出し、アドレス帳を表示させてワットを選んだところで、手を止めた。

ワットに連絡をすれば、すぐに駆けつけてくるだろう。彼は偶然を装《よそお》っているが、柊真をサポートするためにリベンジャーズの仲間とフランクフルトに来たに違いない。今チームで動けば、捜査は格段に進むことは分かっている。だが、それでは、困ったときの神頼みをするようなもので、自分が半人前だと認めるのと同じことだ。報告するにしても、サウスロップ・グランド社が深く関与している証拠が欲しい。浩志なら、このまま一人で任務を遂行《すいこう》するはずだ。今すぐ彼を越えようとは思わないが、少なくとも期待を裏切らない行動を取るべきである。

「ふう」

溜息を吐いた柊真はスマートフォンを仕舞った。

四

パリ8区、モスク通りのアパルトマン、午後七時。

浩志は作戦司令室としている部屋の四十インチのモニターを見つめている。

画面には女の顔写真と英語のテキストが映し出されていた。サンドリエ通り沿いのアパルトマンの一室で発見された偽造パスポートの女である。

「本名は、リンジー・ムーア、元シカゴ警察麻薬取締課の警察官、二〇一四年五月に収賄《しゅうわい》罪で起訴されましたが、嫌疑不十分で釈放。その日のうちに退職しています。彼女は翌年、米国を出国しましたが、行方不明になっていました」

麻衣は自分のパソコンのモニターのテキストを読み上げている。壁のモニターは彼女のパソコンのモニターをミラーリングしたものだ。彼女は友恵から米国の警察のサーバーにハッキングする方法を教えてもらったらしい。米国警察のデータベースを利用し、浩志が持ち帰った偽造パスポートの写真を検索した結果である。

この半年で彼女のスキルも相当上がっているらしく、浩志らと合流して現地で一緒にITの専門家が活動することは、戦力としては大いに期待できる。紛争地もそうだが、欧米と時差の大きくある日本からサポートするのに、これまでは友恵一人で大変だった。

「偽造パスポートを四冊も持っていたんですからね。情報機関の人間か、麻薬などのシンジケートに属していた犯罪者なのか、いずれにしても裏社会の人間でしょう」

傍に立つマリアノが、カップのコーヒーを飲みながら言った。

「そんなところだろう。殺されたファイセルの女か同じ組織の人間と見て間違いない。いずれにせよ、ファイセル同様、組織から命を狙われているはずだ」

浩志はモニター近くの壁際に置かれているデロンギの全自動コーヒーメーカーから、コーヒーを紙コップに注ぎながら頷いた。コーヒーメーカーは中條が持ち込んだもので、日本の傭兵代理店に置かれているものと同じである。池谷が浩志ら傭兵とスタッフを気遣《きづか》って購入したようだ。

池谷は傭兵代理店のあり方を変えるつもりのようだ。これまでは他国の傭兵代理店と同じように、傭兵派遣の仲介や武器の貸し出しや販売などを行っていた。そもそも彼が十数年前に代理店を発足《ほっそく》させたのは、当時防衛庁を牛耳《ぎゅうじ》っていた政治家や犯罪組織の陰謀を暴《あば》くための隠れ蓑《みの》としてで、実質的には防衛庁情報本部の特務機関であった。

現在は、政府から完全に独立しているものの、政府の裏組織としての性格を残している。また、リベンジャーズのメンバーが増えて充実してきたために、これまで以上に積極的に浩志ら傭兵に協力して世界中の情報を収集するつもりらしい。そのため、傭兵代理店内にある作戦室と同じ機能を持つスタッフと機材を海外にも派遣するつもりのようだ。

「もし、まだ生きているとしたら、組織よりも早く彼女を確保したいですね」

マリアノは厳しい表情で言った。ワットから柊真がフランクフルトで襲われそうになったことや、犯人の一人が服毒死したことも聞かされているため、事態は急を要すると誰しも認識している。だが、敵の正体を摑んでいないために焦《あせ》っていたのだ。

「カンデラが電話を掛けています」

ヘッドホンを掛けてパソコンに向かっていた村瀬が右手を上げた。麻衣がリンジー・ムーアの情報を集めているため、ペアリングしたカンデラのスマートフォンは村瀬が監視していたのだ。また、田中と鮫沼がサンドリエ通りのアパルトマンをフォルクスワーゲン・クラフターに乗って見張っていた。パスポートを取りにムーアが現れる可能性があるからだ。村瀬と鮫沼はリベンジャーズの中では、比較的新しい顔ぶれであるが、今ではすっかりチームに馴染《なじ》んでいる。

「スピーカーに切り替えてくれ」

浩志は村瀬の背後に立った。

――女は見つかったのか?

村瀬のノートパソコンのスピーカーから低い男の声が響いた。カンデラの声ではなさそうだ。上司と連絡しているのだろうか。声もそうだが、物言いも、横柄《おうへい》である。

――サンドリエ通りのアパルトマンには、いませんでした。とりあえず、女の立ち寄りそうな場所を片っ端《ぱし》から調べているところです。

答えたのはカンデラだ。マリアノが叩《たた》きのめしたが、まだ働いているようだ。意外とタフな男である。おそらく、浩志とマリアノに遭遇したことは、上司に報告していないのだろう。もっとも、記憶があればの話であるが。

――リベンジャーズが動いているようだ。油断するな。

――分かっています。

「村瀬、カンデラの現在位置は！」

リベンジャーズと聞いて右眉を吊り上げた浩志は、近くのテーブルに置いてあった自分の銃をズボンに差し込みながら尋ねると、スマートフォンで田中を呼び出した。

「11区、ヴォルテール通りです」

村瀬は画面をすぐさま切り替えて答えた。カンデラの持っているスマートフォンの位置が地図上に示されているのだ。位置情報は、動いてはいない。地図を拡大すると、通り沿いのハンバーガーショップにいるようだ。晩飯を食べていたのかもしれない。

「俺だ。11区、ヴォルテール通りに急行してくれ。ターゲットはカンデラだ。最新の情報は村瀬から受け取ってくれ」

浩志は田中に電話を掛けながら、マリアノを見た。

指示するまでもなく彼は無言で銃を身につけ、ジャケットを着ている。

部屋を出て階段を駆け下りた浩志が車道に出ると、マリアノが追い抜き、近くの駐車帯に停めてあったシトロエンＣ４に乗り込んだ。ワットらもフォルクスワーゲン・クラフターを使っているため、新たにパリの傭兵代理店から借りたのだ。

車に駆け寄った浩志が助手席に座ると、車は急発進した。

五

午後七時半、浩志らを乗せたシトロエンＣ４は、パリ18区のマルクス・ドルモワ通りを北に向かって走っていた。

パリ11区のヴォルテール通りを目指していたが、カンデラはハンバーガーショップを出ると、車に乗って北に向かったのだ。田中と鮫沼は近くにいたためにすぐに追いつき、カンデラが乗っているプジョー４０７クーペの後方百メートルを走っているらしい。

「了解。Ａ１に入ったらしい」

スマートフォンをポケットに仕舞った浩志は、独り言のように呟いた。先行している田中と通話していたのだ。

「了解」

ハンドルを握るマリアノは、小さく頷いた。マルクス・ドルモワ通りを北に進めば、シャペル通りを抜け、環状線を越えてそのままＡ1号線（ノール高速道路）に入ることができる。まっすぐ道なりに進めばいいのだ。

「サン＝ドニに向かっているのか」

浩志はスマートフォンの地図アプリで現在位置を確かめた。

二〇一五年十一月、ＩＳＩＬの戦闘員がパリとサン＝ドニで同時多発テロを起こした。銃を乱射し、爆弾を使って、死者百三十名、負傷者三百名以上というヨーロッパでは最大級のテロ事件であった。この事件の首謀者とされるモロッコ系ベルギー人のアブデルハミド・アバウドは、サン＝ドニの潜伏先のアパルトマンで警官隊に射殺されている。

十数分後、シトロエンＣ４は、サン＝ドニのカチュリエンヌ通りとモロー通りとの交差点手前の駐車帯に停められた。目の前には田中らが乗っていたフォルクスワーゲン・クラフターが停車している。

浩志とマリアノは車から降りて道を渡り、交差点を曲がってカチュリエンヌ通りに入った。移民が多いサン＝ドニの治安はあまりよくないと聞いているが、壁に落書きはなく、二、三階建ての低層アパルトマンが並ぶ落ち着いた通りである。

「リベンジャーだ。ヘリボーイ、到着した」

浩志は耳に小型のブルートゥースイヤホンを差し込み、無線機で田中に呼びかけた。

数メートル先の街角のビルの陰から田中が現れた。

「カンデラは、三十メートル先の三階建てのアパルトマンの二階に上がったことまでは確認できました。鮫沼が玄関を見張っています」

近付いてきた田中は囁《ささや》くような声で報告すると、通りの奥へと向かう。田中はアパルトマンの二階まで尾行したが、どこの部屋に入ったかまでは確認できなかったようだ。だが、見失うということは、階段からさほど離れた部屋ではないということだろう。

頷いた浩志は、田中に従って三階建てのアパルトマンの玄関先まで足早に歩いた。人通りがないせいか、嫌な予感がする。だが、宵《よい》の口である。銃を抜くにはまだ早い。

玄関前に停められていたプジョー４０７クーペの陰から鮫沼が出てきた。カンデラの車だろう。

「このアパルトマンは裏庭があり、裏口は十五メートル先にありました」

鮫沼は見張るだけでなく、スマートフォンで衛星写真を見てアパルトマンの構造も調べていたらしい。

「裏口から侵入し、待機」

浩志はマリアノに指示し、鍵が壊されている玄関ドアを開けて廊下に入ると、銃を抜いた。カンデラは捜査の範疇《はんちゅう》を越えた活動をしている。当然、銃で武装しているはずだ。いつでも対処できるようにするためである。

階段下まで進むと、ハンドシグナルで田中に待機を命じ、鮫沼に付いてくるように指示を出す。階段はコンクリート製で、手すりのペンキが剝げ落ちているが、しっかりとした造りである。

浩志は階段を二階まで上がった。廊下の左右に互いが真向かいにならないように、木製のドアが七つずつある。このフロアには十四部屋あるようだ。足音もなく廊下を進み、一番手前にある道路側の部屋のドアノブを回してみた。鍵が掛かっており、ドアに耳を近付けてもひっそりとしている。ここではなさそうだ。

ハンドシグナルで鮫沼に向かいの裏庭側の部屋を調べるように合図をした。浩志は彼の反対側に立ち、援護の姿勢になる。

頷いた鮫沼は、ドアに耳をそばだてながらドアノブを回した。

ドアは音もなく開いた。

鮫沼が銃を構えて部屋に侵入し、浩志も続く。

カンデラがナイフを手に立っている。その足元には女が倒れていた。ムーアである。

「フリーズ！」

鮫沼は銃口をカンデラに向けた。

「ちっ！」

舌打ちをしたカンデラは、ナイフを鮫沼に投げつけて身を屈《かが》めた。

鮫沼も発砲したが、弾丸は空《くう》を切り、カンデラの頭上を抜けた。

「ぐっ！」

左肩にナイフが刺さった鮫沼は、前のめりに倒れた。

すかさず銃撃した浩志はカンデラの右肩を撃ち抜き、その顎を蹴り上げて気絶させる。

「ナイフを抜くな！　出血が酷《ひど》くなるぞ」

浩志は立ち上がって左肩に刺さったナイフを抜こうとする鮫沼に命じた。急所は外れたようだが、ナイフを抜かない限り、急いで治療する必要はないだろう。

「はっ、はい。抜いた方が肩こりが取れると思いまして」

鮫沼は冗談を言って肩を竦めて見せた。タフな男だけにナイフを抜いてすぐに闘える状態にしたかったのだろう。紛争地ならともかく、今は急を要する場面ではない。

苦笑した浩志は跪《ひざまず》き、倒れている女の首に指を当てた。彼女の右胸と左腕に刺し傷がある。脈はあるが弱々しい。カンデラはサディスティックな性格なのか、あるいは彼女から何かを聞き出すべく拷問しようとしたのかもしれない。

「大丈夫ですか？」

銃声を聞きつけて、銃を構えた田中が部屋に飛び込んできた。

「そいつを運び出すんだ」

浩志は田中に指示をすると、ブルートゥースイヤホンを指先でタップした。銃声を聞きつけた住民が通報しているかもしれない。長居は無用だ。

「こちら、リベンジャー、ヤンキースどうぞ」

浩志はマリアノを無線で呼び出した。彼はヤンキースのファンのため、自分のコードネームに使っている。

——ヤンキースです。どうぞ。

「撤収する」

浩志はムーアを両腕で抱きかかえた。

六

モスク通りのアパルトマン、午後八時四十分。

浩志らはサン＝ドニのアパルトマンを撤収し、作戦司令室に戻っていた。

打ち合わせ用のテーブルには意識のないムーアが寝かせられ、マリアノが彼女の傷の縫《ほう》合《ごう》手術を行っている。リベンジャーズの衛生兵を自任する彼は、米軍で支給されている医療キットだけでなく、外科用の手術道具を常時携帯していた。

マリアノが手術を開始して三十分が経過している。車での移送中も彼はムーアの止血をするなどの救急処置をしていたので、手術に取り掛かるのも早かった。彼女は動脈を傷つけられており出血が酷かったが、血管の縫合はすでに終わっており、手術は終盤に入っているらしい。

ムーアの左腕の傷も処置を終えたマリアノは、大きく息を吐いた。

手術を見守っていた浩志は、コーヒーメーカーに紙コップをセットした。リベンジャーズのメンバーなら上手い下手は別として、傷口の縫合は誰でもできる。だが、マリアノは外科医の資格を持ち、助手もない戦地で手術をしてきた経験が豊富にあるため、別格であった。

撤収する際、負傷したムーアを病院に移送するかどうか、彼に尋ねた上で戻ってきている。一般の病院では警察に通報される可能性が高いため、浩志は可能な限りマリアノに任せるつもりだった。

「なんとか助かったようだな」

笑みを浮かべた浩志は紙コップに入れたコーヒーを差し出した。

「除細動器《じょさいどうき》は使わなかったですが、危なかったですよ。だが、出血が酷かったので当分の間は、安静にしないといけないですね」

マリアノは血で汚れた手術用のラテックスの手袋をゴミ箱に捨てると、浩志からコーヒーを受け取った。救急現場で使用する心拍のモニタリング機能が付いた携帯型除細動器も用意されている。池谷が用意したものは、コーヒーメーカーだけではなかった。

「マリアノ、こっちも頼むよ」

入口近くの床に横になっていた鮫沼が、右手を上げた。左肩にはまだカンデラのナイフが刺さったままである。

「待たせたな」

コーヒーを飲んだマリアノは、新しい手術用手袋をはめた。

「これからは、作戦司令室に手術室も必要なようだな」

苦笑した浩志は、出入口と反対側にある寝室のドアを開けて中を覗いた。二十平米ほどの広さで、ダブルベッドとサイドチェストが置かれている。備え付けの家具で、この部屋は仮眠室として使われていた。ムーアをベッドに寝かせたかったが、クッションのあるベッドでは手術ができないため、やむなくテーブルを使用したのだ。

ベッドの前に置かれた椅子にカンデラが縛り付けてあった。浩志が撃った銃弾は右肩を貫通している。動脈は外れているので治療はしていないが、放っておいても死ぬことはないだろう。まだ気絶しているらしく、カンデラは目を閉じたまま微動だにしない。

「田中、手伝ってくれ」

浩志は工具箱を手にすると、田中と一緒に寝室に入った。

「拷問でもするんですか？」

田中が目を細めて浩志を見ている。浩志が工具箱からペンチを出したからである。

「頭を押さえてくれ」

浩志はカンデラの口をこじ開け、左手に持ったペンライトで口内を見た。

「分かりました」

田中は首を傾げながらもカンデラの頭を両手で押さえた。

「うっ、ううっ」

カンデラが目を覚ました。

「これか?」

首を捻った浩志は、左手のペンライトで口が閉じないように下顎を押さえつけ、右手に持ったペンチをカンデラの口に突っ込んだ。

カンデラは必死に首を振って抵抗する。

「暴れるな!」

浩志はペンライトを押し下げて顎を固定すると、カンデラの悲鳴とともに右手を勢いよく引き抜いた。

ペンチの先に血の付いた奥歯が挟まれている。

「貴様! 絶対、殺してやる!」

苦痛に顔を歪《ゆが》めたカンデラは、口から血を流しながら叫んだ。

「歯まで抜いてしまったな」

カンデラを無視した浩志は、寝室の隣りにあるシャワールームの洗面台で抜いた歯を洗った。

「一体、どうしたんです?」

田中が堪《たま》りかねて尋ねてきた。

「これをよく見てみろ」

浩志は洗面台に置いてあったガラスのコップに歯を入れて、田中に渡した。

「……これは、スイッチですか。よくできている」

田中は両眼を見開いた。歯には合金の被《かぶ》せ物がしてあるのだが、横にスイッチのような突起がある。

「おそらく、舌で強く押すと安全装置が外れるのだろう。誤動作を防ぐために外側を押せば元に戻るようになっている。安全装置を外して歯を食い縛ることで、青酸カリが入ったカプセルを潰《つぶ》すことができるようだ」

ワットから尋問した男が手足を縛っているにもかかわらず、服毒死したと報告を受けていた。そのため、カンデラを尋問する前に奥歯を調べたのだ。

「死を覚悟しているということですね」

田中は何度も頭を上下させた。

「尋問は、無駄だろうな」

浩志は鼻先で笑った。

セーフハウス

一

フランクフルト、ノイ・バーンホフ・ホテル、午前二時。

柊真は四階の客室から抜け出した。昨夜、無精髭《ぶしょうひげ》を剃《そ》り、日本人ビジネスマンを装《よそお》ってチェックインしていたのだ。偽造パスポートを使い、フランクフルト市内で揃《そろ》えたスーツを着ていたので、怪《あや》しまれることはなかった。

エレベーターを使わずに一階まで下りた柊真は、無人のフロントの脇にあるスタッフルームに忍び込んだ。夜勤で人手が少ないことは分かっていたが、念のために偽の電話を掛けてフロントスタッフを別の階に呼び出しておいた。

二十平米ほどの部屋にスチールロッカーが並んでいる。縦長のロッカーの中には、ボーイの制服が三着吊り下げられていた。制服のポケットを全部調べたが、何も入っていない。客室の鍵に電子カードキーが使われているため、従業員が使うマスターキーを探しているのだ。フロントにもあるはずだが、監視カメラに映ってしまうため、スタッフルームを調べている。

友恵なら客室のカードキーをカードリーダーを使っていくらでも改変できるそうだが、柊真はアナログな方法で対処するほかない。

首を傾《かし》げた柊真は、入口近くにある机の引き出しを開けた。煙草《たばこ》と当番表のような書類が入っているだけだ。煙草は、一九八一年から発売されているドイツの〝ウエスト〟で、冷戦時代に自由と独立をイメージし、西側という意味を込めて名付けられた世界的に人気のある煙草である。

「それとも」

呟《つぶや》いた柊真は、隣りの鍵が掛けてある引き出しの隙間にタクティカルナイフを差し込んでこじ開けた。引き出しの内側にあるホルダーに数枚のカードキーが収められている。

カードを一枚抜き取った柊真は、にやりとした。マスターキーである。

「……！」

柊真はロッカーの陰に隠れた。スタッフルームの外に人の気配を感じたのだ。子供の頃から祖父の妙仁に武道で五感を鍛えられ、微《かす》かな気配でも察することができる。

出入口のドアが開き、従業員が入ってきた。夜勤のボーイなのだろう。

「あれ？　掛け忘れたか」

男は机の引き出しの鍵が掛かっていないことに気付いたようだ。

柊真は頰《ほお》をぴくりと動かした。引き出しを完全に閉めてなかったらしい。

「仕様がないな」

舌打ちをした男は引き出しの鍵を掛け、隣りの引き出しから煙草を取り出すと部屋を出て行った。このホテルは全館禁煙になっている。煙草を隠すように仕舞《しま》ってあるということは、従業員にも禁煙を守らせているのだろう。

柊真はドアに近付き、耳をすませた。男の足音は遠ざかっていく。煙草を吸うためにホテルの外に出て行ったようだ。

スタッフルームを出た柊真は、エレベーターで五階に上がった。

柊真が追っていた二人の男がチェックインしている部屋は、友恵にホテルのサーバーを調べてもらったので分かっている。それに、彼らがまだホテルに戻っていないことも、見張っていたので知っていた。

二人が使っている部屋は、五階の五〇六号室と五〇七号室で、米国の貿易商社である〝ウエスト・キャピタル〟が長期にわたって押さえているとホテルの帳簿には記載されているようだ。

五〇六号室のドアノブの上にあるセンサーにカードキーをかざして鍵を開けると、周囲を確かめて部屋に入った。

柊真の部屋は三十二平米のシングルルームであるが、この部屋は四十六平米あり、ベッドも二つあるタイプだ。

窓際のベッドの脇にスーツケースが置いてある。この部屋を一人で使っているようだ。柊真はスーツケースをベッドの上に置き、中を調べた。中身は着替えや下着類だけである。スーツケースを元に戻すと、部屋を出て、隣りの五〇七号室に侵入した。カードキーはパソコンで情報管理ができ、セキュリティも高いが、悪用は簡単である。

この部屋も同じ作りで、今度は手前のベッド脇に荷物が置いてあった。スーツケースと一緒にアタッシェケースもある。柊真はアタッシェケースを開けた。

「やはりな」

柊真はアタッシェケースからノートPCを出し、友恵が作成した〝エントリーUSB〟をUSBポートに差し込んでから電源を入れた。

ノートPCはパスワードを尋ねることもなく、立ち上がった。パスワードを解析して解除したのではなく、セキュリティそのものを飛ばして立ち上がったようだ。電源を入れる前に〝エントリーUSB〟を差し込むのは、パソコンのOSを強制的に立ち上げるために違いない。友恵は常日頃から天才だと思っていたが、彼女が犯罪者でなくてよかったとつくづく思う。

柊真は空《あ》いているUSBポートに持参したUSBメモリを差し込むと、パソコン内のメールや画像や書類などを次々とコピーした。作業が終わると、ノートPCをアタッシェケースに戻し、スーツケースをベッドの上に載せて調べてみる。

「うん？」

衣類の下を探ると、ケースの内側が少し盛り上がっていることに気が付いた。衣類をベッドの上に移してみると、スーツケースの脇に巧妙に隠されたジッパーがある。隠しポケットのようだ。隣りの部屋に置かれていたスーツケースにもあったに違いない。開けてみると、パスポートが三冊入っていた。

柊真はパスポートのIDをスマートフォンで撮影し、元に戻した。

「……？」

隠しポケットの奥に手を入れると、指先にカード状の物が当たった。まだ、何か入っているようだ。取り出してみると、空軍のIDカードであった。左上に顔写真、右上に空軍の徽章《きしょう》デザインがあり、下段には左から磁気ストライプ、ICタグが並び、右下には登録番号が記入されている。顔写真と登録番号はどうにでもなるが、磁気ストライプ、ICタグは米軍基地や米軍関連施設のゲートにあるカードリーダーで軍のデータベースに照合されるため、偽物を作るのは難しいはずだ。

柊真はIDカードもスマートフォンで撮影すると、中身をすべて戻し、スーツケースをベッド脇の元の位置に置いた。念のために部屋だけでなく、トイレやバスルームも調べると、出入口のドアスコープで廊下を窺《うかが》った。

「クリア」

思わず口にした柊真は、苦笑しながら部屋を後にした。

二

パリ15区、ルブラン通り、午前八時。

一台の救急車がサイレンも鳴らさずにルブラン通りから通り沿いにあるルブラン中央病院に入り、正面玄関脇にある救急搬入口の前で停まった。その後ろに付いていたシトロエンC4とフォルクスワーゲン・クラフターが、救急車を隠すように並んで停車する。

シトロエンC4の助手席から降りた浩志は、振り返って救急搬入口前にある駐車場に停められていた黒塗りのシトロエンC5を見た。

「おはようございます。時間通りですね。入院手続きは、済ませてあります」

C5から現れたフーリエが、笑顔で言った。

彼には朝一番で、昨夜の出来事を報告し、ムーアの保護と移送の手配、それにカンデラの引き渡しを病院で行うと打診していたのだ。二人を作戦司令室でこれ以上保護する理由はなく、足手まといになるだけだからである。

フーリエはすぐに政府機関で使っているルブラン中央病院の病室を確保し、救急車を手配している。さすがに副局長ともなると、遅滞がない。迅速に動けるだけの権限があるのだろう。

「部下はいないのか？」

車から一人で降りてきたフーリエを浩志は訝《いぶか》った。

後続のクラフターには、田中と鮫沼が手錠を掛けたカンデラを護送するために乗り込んでいた。鮫沼は傷口に包帯を固く巻きつけ、何事もなかったかのように振る舞っている。彼に限らないが、リベンジャーズの仲間は他人に弱みを見せない。

浩志だけ車から降りたのは、一般の入院患者にムーアとカンデラを見られないようにするためである。

「二名連れてきました。病室の用意をさせています」

フーリエはこともなげに答えた。

「カンデラを本部に引き取らないのか？」

ムーアの病室の警備とカンデラの移動に、少なくとも倍の人数は必要である。

「カンデラは怪我《けが》をしていると聞いています。我が国は人権にうるさいので、病院で治療を受けさせた上で医師の了解を得ないと、本部に移送できません。相手がテロリストだろ

う と、不当に扱えば裁判で不利になってしまいます。ご了承ください」

　フーリエは肩を竦《すく》めてみせた。

「銃弾は肩を貫通している。気にすることもないのだがな」

　溜息《ためいき》を漏《も》らした浩志は、耳に入れてあるブルートゥースイヤホンを押さえた。

「カンデラは、少なくともフランス人ですから」

　フーリエは首を横に振った。彼はシリアなどで諜報《ちょうほう》活動をしていた経験を持つ。相手がイスラム教徒のテロリストなら容赦《ようしゃ》はしないという意味なのだろう。

「面倒な話だ。……二人は我々が移動させる」

　舌打ちをした浩志が無線で仲間に連絡をすると、救急車の後部ドアが開き、マリアノと救急隊員が降りてきた。マリアノが彼らに指示をしていたのだ。

　クラフターの運転席から降りた鮫沼が後部ドアを開けると、田中がカンデラの腕を摑《つか》んで降ろした。病院に到着したらＤＧＳＥの職員に引き渡しをすればいいと、簡単に考えていただけに当てが外れた。とはいえ、フーリエが浩志と仲間を信用しているということでもあるのだろう。

　救急隊員がストレッチャーに意識がまだ戻っていないムーアを乗せ、救急搬入口から病院内に運んで行く。その傍らに、グロックを隠し持ったマリアノがさりげなく周囲を警戒しながら付き添っている。ムーアの護衛も兼ねているが、医師に状況を説明するのに彼が一番適しているからだ。

自白を期待できないカンデラにかんしては、これ以上かかわるつもりはない。拷問《ごうもん》が許されるのなら白状させる自信はあるが、裏の顔を持っていようとも本物の警察官である以上、フランスの政府機関に身柄を渡す必要があるからだ。だが、ムーアについては当分の間、リベンジャーズの管理下に置くつもりである。彼女は命を狙《ねら》われたので、寝返る可能性があるからだ。

「打ち合わせができる場所はないか？」

ムーアを確保し、カンデラを拘束《こうそく》したことで捜査はドラスティックに進むだろう。DGSEにはっきりとした態度を取らせる必要がある。

「お食事はされましたか？」

フーリエは質問で返してきた。

「まだだ」

浩志は首を振った。フランスの病院はよく知らないので、日本のように院内にレストランがあるかどうかは知らない。

「近くにレストランがありますので、ご案内します」

「病院を離れて大丈夫か？」

「カンデラは私の部下が監視します。病院の警備員にも指示はしてありますので、ご心配には及びません。院内のレストランはまだ営業していません。それに嘆《なげ》かわしいことですが、フランスの病院は病院食も院内レストランも不味《まず》いですから」

苦笑いを浮かべたフーリエは、右手を軽く上げた。すると、救急搬入口からスーツを着た男が二人現れた。

「ヴィルトール、こちらはミスター・藤堂だ。病室の用意はできたか？」

フーリエは、二人のうち背の高い黒人男性に声を掛けた。もう一人は白人男性である。

「女性とカンデラの病室は警備上の問題で同じ病棟にしました」

ヴィルトールは浩志に会釈《えしゃく》をしてから報告した。

「ピレス、カンデラを連れて行ってくれ」

今度は白人男性にフーリエが声を掛けた。部下の紹介も兼ねているのだろう。情報機関の職員なので、通常は名前を教えないものだ。だが、浩志に敬意を示しているということなのだろう。ピレスも浩志に会釈をした。二人とも、浩志が何者なのかは教えられているらしい。

「俺は一旦外に出る。頼んだぞ」

浩志はカンデラを両脇から摑んでいる田中と鮫沼に指示をすると、フーリエに従った。

フーリエは病院の裏門を出ると、道を渡ってすぐ向かいにある平屋のレストランに入った。病院の北側は公園になっており、レストランはその中にある。

木材がふんだんに使われた店内には木製の椅子が置かれ、オープンキッチンのカウンターがあった。公園が見渡せる窓があり、店の敷地はさほど広くないが開放的である。人気店らしく、早い時間だが半分近くの席が埋まっていた。公園側にテラス席があるが、誰も座っていない。気温は十度を下回っている。眺めはいいのだが、さすがのパリっ子も敬遠しているようだ。

「すみません。もっと空《す》いているかと思ったのですが。サンドイッチとコーヒーでいいですか？」

フーリエはカウンターに立ち、浩志が頷《うなず》くと二人分の注文をした。

カウンターにあるガラスケースにはさまざまなパンが並べてあり、この店で焼いているのか香ばしい匂いがする。パリに詳しい美香なら知っているかもしれない。夫婦といってもいつも別行動をしているが、こんなとき、彼女の顔が浮かぶ。

「こちらに座りますか」

注文した料理のプレートを受け取ったフーリエは客が多い窓際の席を避けて、出入口に近い席に座った。

「カンデラは、裏の顔も持っているらしい」

席に着いた浩志はコーヒーを啜《すす》りながら、ポケットからビニール袋に入れたカンデラの奥歯をフーリエの前に置いた。

「……これは？」

フーリエは袋を手にし、首を捻《ひね》った。

「カンデラの奥歯だ。中に青酸カリが仕込まれている。自殺するための仕掛けだ」

浩志はサンドイッチを頬張りながら答えた。

「えっ！」

声を上げたフーリエは、慌《あわ》てて周囲を見た。周囲は空席だが、話し声が他の客に聞こえないように話していたのだ。

「尋問《じんもん》する前に死なれては困るからな。あらかじめ抜いておいた。もっとも、いまのところ、何も白状していない。やつがムーアを殺そうとしたのは、口封じのためだろう。あの男は８区警察署の刑事だ。柊真が収容された警察署が襲われたのは、おそらくカンデラがヒットマンを手引きしたのだろう」

「ムッシュ・明石が逮捕された場所は、８区警察署の管轄区です。そこにたまたま裏組織に所属するカンデラがいたのですか？」

フーリエは首を横に振って見せた。浩志の話が、陰謀説と思っているのだろう。

「カンデラが柊真を狙うこともできたが、それでは疑われてしまう。だから、他の分署の警察官がヒットマンになったと考えた方が、筋が通る。偶然ではなく相当数の警察署に裏組織の人間が潜《もぐ》り込んでいると考えた方がいいんじゃないのか」

カンデラが計画したかどうかは分からないが、彼は自分のアリバイを作るために、あえて他の署の仲間に柊真の殺害を依頼したと考えれば辻褄《つじつま》が合う。少なくともパリの警察は信用できなくなった。

「なっ、なんと」

フーリエは両眼を見開いた。

「敵は強大と見ていいだろう」

浩志は醒《さ》めた表情でコーヒーカップを手にした。

三

午前八時半、食事を終えた浩志とフーリエは、レストランを出て病院に向かった。

カンデラによるムーアの殺人未遂が立証されれば、DGSEは積極的に捜査するとフーリエは約束した。また、リベンジャーズの扱いは、アドバイザーという枠を作り、国内での捜査を許可するだけでなく、情報の提供や資金面も含めて優遇されることになるらしい。ただし、リベンジャーズは警察権を有しないため、捜査活動にはDGSEの職員を帯同させるという条件が付けられた。協力といえば聞こえはいいが、行動を監視する必要があるからだろう。

とはいえ、リベンジャーズに大いに利用価値があると彼らが見ていることは間違いない。また、ドイツなど外国での捜査に関しては、現地のエージェントの協力が得られるように検討されているようだ。フーリエがテロは今後も続くと上司を半ば脅《おど》して説得したと言っていた。

レストランには、三十分もいなかったが、フーリエからDGSEの腹の中を聞くことができた。また、その間、仲間からは何も連絡がなかったので、今のところ異常はないということだろう。彼らも朝食は摂《と》っていないので、交代するつもりである。

スマートフォンが反応している。浩志はブルートゥースイヤホンをタップした。

「どうした？」

——ムーアが目覚めました。

マリアノからの電話である。

「了解、すぐ行く。……ムーアが目覚めたようだ」

通話を終えた浩志は、振り返ってフーリエに伝えた。彼のところに連絡が入っていないのは、二人の部下はカンデラの病室を見張っているためだろう。ムーアには、マリアノと田中と村瀬、それに鮫沼の四人が付いているはずだ。

「タイミングが、いいですね」

フーリエは頷くと、早足になり浩志と並んで歩いた。食事前と違って、緊張した表情になっている。レストランで浩志の話を聞いて青くなったらしい。

二人は病院に戻り、四階の東側にある特別病棟に入った。フーリエの部下であるピレスが警護する病室を通り過ぎると、廊下の奥に田中と村瀬と鮫沼の三人が立っている。

「医者から五分だけなら面会を許すと言われました。失血で体力を失っているためですが、彼女は右肺を損傷しているため、満足に会話はできないだろうとマリアノも言っていました。ただ、診察した外科医が、縫合《ほうごう》された傷口を見て感心していました。マリアノが動脈の縫合手術もしていると説明したら、仰天《ぎょうてん》していましたよ。それから、付き添いは、手術をしたマリアノだけという条件も付けられました」

田中は苦笑いをした。マリアノは、戦場で負傷した兵士の手術を数え切れないほどしてきた経験がある。驚くことではない。

「五分だな」

頷いた浩志は、フーリエを伴い病室に入った。

二十平米ほどの広さがあり、ベッドが四つ置いてある。四人部屋を一人で使っているらしい。逆に個室は空いていなかったのだろう。

奥の窓際のベッドに横になっているムーアが浩志らに気付き、うっすらと目を開けた。鎮痛剤のせいで意識がはっきりしないのかもしれない。左腕には点滴のチューブが繋《つな》がれている。

「質問はできるか？」

浩志はベッド脇の椅子に座っているマリアノに尋ねた。

「意識は朦朧《もうろう》としているかもしれませんが、こちらの言っていることは分かっているはずです。ただ、声を発するのは辛《つら》そうなので、イエスは首を縦に、ノーは横に振って、今のところコミュニケーションを取っています」

「いつになったら、会話ができるようになる？」

「今でも、ワンワード程度なら話せなくもないのですが、会話というのなら鎮痛剤を使わなくて済むようになるほど回復しないと無理だと思います」

マリアノは、ムーアをちらりと見て言った。

ムーアは虚《うつ》ろな表情だが、浩志とマリアノを交互に目で追っている。会話の内容は理解しているようだ。

壁際に立てかけてあった折り畳み椅子をマリアノとは反対側のベッドサイドに置くと、浩志は椅子に座り、彼女を見据《す》えた。

後から入ってきたフーリエは、スマートフォンで彼女を撮影しはじめた。上司への報告にでも使うのだろう。

「俺は、君を助けたマリアノの仲間で、浩志・藤堂という。我々傭兵チーム、リベンジャーズが君を守り抜く。安心してくれ、その上で真実を話してほしい」

浩志はゆっくりと、ムーアに英語で語りかけた。ちなみに彼女の口内を調べてあるが、自殺用の歯の被《かぶ》せ物はなかった。カンデラとは仲間のはずだが、その辺の事情も聞きたいところである。

ムーアは浩志をじっと見つめているが、首を縦にも横にも振らない。浩志が信用できるのか考えあぐねているのかもしれないが、鎮痛剤のせいで判断力が鈍《にぶ》っているためだろう。

「無理に聞き出そうと思わない。だが、君は、カンデラに口封じをされたんじゃないのか？」

浩志は事実を確認したかった。

ムーアはゆっくりと、縦に振った。

「カンデラが君を殺そうとしたことは、間違いないんだな？」

眉間《みけん》に皺《しわ》を寄せたムーアは、再び首を縦に振る。事件の真相を話すつもりはないが、カンデラに対する恨《うら》みは強いらしい。

「この男を知っているな？」

浩志はスマートフォンを出し、ファイセルの顔写真を表示させて彼女に見せた。

ムーアは写真から目を逸《そ》らした。知っているということである。

「彼がカンデラの仲間に殺されたことは知っているな。だから、逃げ回っていたはずだ」

ムーアは目を泳がせた。

「ファイセルは恋人じゃなかったのか？」

浩志は口調を強めた。

「えっ！」

ムーアが声を上げ、右手で苦しそうに胸を押さえた。傷口が痛むようだ。

「やはりそうか」

浩志は頷いた。ファイセルとムーアの偽造パスポートが見つかったサンドリエ通り沿いのアパルトマンの一室で、折り畳《たた》まれた衣類も発見している。綺麗《きれい》に畳まれているので、浩志は女性が整理したと推測していた。しかも、男女別にしてあるのだが、まるで寄り添うように衣類が置かれていたので、二人は恋人同士か、少なくとも女性は男性に好意を持っているはずだと睨《にら》んでいたのだ。

「海外に二人で逃げるつもりだったんだろう？」

浩志はポケットからファイセルの偽造パスポートを出すと、彼女に渡した。警視庁の捜査一課で凶悪犯と対峙《たいじ》したことは何度もあるが、殺人犯といえど同情すべき面が多々あることも知っている。

大抵の殺人犯は、後先考えずに自暴自棄になり殺人を犯すものだ。憎しみや恐怖など様々な理由はあるが、それぞれ形は違えど、何らかの望みを持っているものである。犯人にとって一縷《いちる》の望みであろうと、捜査官はそれを嗅《か》ぎ取り、犯罪を暴くのだ。

「犯罪から手を引き、新しい人生を歩むはずじゃなかったのか？」

浩志が語りかけるように尋ねると、ムーアの両眼から涙が溢《あふ》れた。彼女の儚《はかな》い夢は、新しい環境で恋人と過ごすことだったらしい。

「俺たちの仲間が、ファイセルを殺害した犯人を追っている。協力する気はあるか？」

浩志の言葉に、ムーアはゆっくりと頷いた。

四

パリ15区、ルブラン中央病院、午後八時五十分。

浩志は四階の特別病棟にある談話室で紙コップのコーヒーを一口飲み、あまりの不味さに舌打ちをした。自動販売機で淹《い》れたコーヒーである。

米国の病院でもよく見かけるタイプだが、フランスだからといって美味《うま》いとは限らないようだ。隣りに空港にもあるチョコバーや清涼飲料水の自動販売機もあるが、温かいコーヒーが飲みたくて手を伸ばしたのが間違いだった。

この病院は政府の管理下に置かれており、事件の証人や重要参考人などを特別病棟に収容することは、これまでもあったらしい。特別病棟の出入口には守衛室があり、セキュリティの面では他の病棟と異なるため、警備上都合がいいからだろう。だが、特別だからといって高級というわけではないようだ。

溜息を漏らした浩志は、談話室の樹脂製の椅子に座り、テーブルに紙コップのコーヒーを置いた。不味いがないよりはましである。

「美食の国だと思ったら、例外はあるものですね。レーションだって美味いのに」

向かいの席で英字新聞を読んでいた田中は、自分のコーヒーを飲んで笑った。フランスのレーション（戦闘糧食）は、どこの国の軍隊よりも美味いといっても過言ではない。

談話室は四十平米ほどの広さがあり、四人席のテーブルが四卓ある。浩志の隣りのテーブルの席では、村瀬が雑誌のクロスワードパズルに興じている。また、その向かいの席では、フーリエの部下であるヴィルトールがフランスのファッション誌を眺めていた。

ムーアの病室に入れるのは今のところマリアノだけで、廊下のドア前には鮫沼が見張りに立っていた。浩志と田中、それに村瀬は一時間ごとに見張りを交代している。ムーアの病室に入ることができず、見張りも一人だけなので、浩志らは談話室で時間を潰《つぶ》すほかないのだ。

また、カンデラの病室はヴィルトールの相棒であるピレスが監視していた。特別病棟はセキュリティは高いが、安心というわけではないのだ。

敵は警察組織にまで潜り込むことができる。病院に潜入することなど容易《たやす》いことだろう。また、カンデラを拘束していることは極秘にされており、警察署では無断欠勤扱いになっているが、敵は血眼《ちまなこ》になって捜しているはずだ。DGSEの本部には早ければ、明日にでも移送されることになっているが、それまでは油断できない。

「今度は、俺だな」

腕時計で時刻を確認した浩志は、談話室の棚に置いてあった〝シャルリー・エブド〟の週刊紙を手に取った。〝シャルリー・エブド〟はイスラム教を揶揄《やゆ》する風刺画を掲載したため、二〇一五年一月にイスラム過激派に襲撃され、現場に駆けつけた警察官も含め、編集長をはじめとした十二人の関係者が殺害されたことで世界的に知られるようになった新聞社である。

浩志は午後九時にムーアの病室の見張りに就《つ》くことになっていた。

ムーアへの尋問は、これまで午前八時半に一回、午後三時に二回目を行っている。医師から当面は、尋問は一回に付き五分に限り、少なくとも三時間の間隔を開けるように言われていた。二度目の尋問で、ファイセルが爆弾テロを行ったのは、彼の両親を殺害すると脅されていたからで、彼の政治的思想でも宗教的な問題でもなかったらしい。ISILから抜け出す手助けをすると見せかけ、組織は彼を利用したそうだ。

午後六時の三度目の尋問では、彼女は疲れたと言って何も答えてはくれなかった。これから見張りに就く前に四度目の尋問をする予定になっている。だが、慌てるつもりはない。彼女が充分回復するまで、世間話でもして彼女の信頼を得ることに専念するつもりだ。尋問は質問者への信頼を勝ち取ることが、大切だからである。

十分後、談話室を出た浩志は廊下の反対側へと歩いた。この病棟の問題点は、浩志らの唯一の居場所である談話室が、ムーアの病室と離れていることと、自販機のコーヒーが不味いことだろう。

廊下の奥にピレスと、突き当たりに鮫沼が立っている。二人とも油断している様子はなく、今のところ異常はなさそうだ。

カンデラの病室から若い看護師が出てきた。浩志と視線が合い、ぎこちない笑顔を浮かべた。ジーンズに白衣、靴はスニーカーと格好に不自然さはない。

「巡回か？」

浩志は彼女が首からぶら下げている名札を見ながら尋ねた。名札がなければ、職員でもこの病棟に入ることはできないのだが、彼女の表情に違和感を覚えたのだ。

「はい、ムッシュ・カンデラの点滴を取り替えました」

名札にミレーヌと記載されている女は答えた。

「……！」

右眉《まゆ》を僅《わず》かに上げた浩志は、女の右腕を摑んだ。カンデラの名前は病院関係者には教えていない。彼女が知るはずがないのだ。

「何をするんですか！」

女は叫び声を上げた。

「この女を拘束するんだ！」

浩志は女の腕を後ろ手にすると、傍のピレスに押し付けた。

「はっ、はい」

ピレスは戸惑《とまど》いつつも、彼女を背後から羽交《はが》い締《じ》めにした。

「どうしたんですか！」

鮫沼が駆け寄ってきた。

「女を見張っていろ」

命じた浩志は、カンデラの病室に飛び込んだ。

カンデラは眠っているように目を閉じたまま動かない。女の叫び声で目覚めないのは妙だ。浩志はカンデラの点滴のチューブを引き抜き、彼の首に指先を当てた。脈はない。毒物が点滴に混入されたか、あるいは直接注射されたに違いない。

舌打ちをした浩志はナースコールのボタンを押すと、病室を出た。

鮫沼とピレスが壁にもたれ掛かり、ぐったりとしている。女はスタンガンでも持っていたに違いない。

浩志はグロックを抜いて廊下を走った。

非常階段のドアが開いている。迷わず飛び込むと、耳元を銃弾が抜けた。階段下から撃たれたのだ。二発反撃し、銃を構えて階段を駆け下りる。姿は見えないが、足音は階下に遠ざかって行く。

「どっちだ」

一階まで下りた浩志は、廊下の左右を見た。玄関は右だが、浩志は左に進んだ。玄関はすでにクローズしており、開いているのは救急搬入口だけである。だが、そこには警備員が二名常駐していた。彼女が救急搬入口に向かえば、騒がしくなるはずだ。

廊下を左に進んだ突き当たりに病院の厨房があり、料理の材料を搬入するための専用通用口がある。無人の厨房から外に出れば、誰にも咎《とが》められない。しかも監視カメラの死角になっている。浩志は病院の隅々《すみずみ》まで調べ、構造を頭に叩《たた》き込んであった。

厨房を抜けて通用口を出る。

目の前をバイクが、白煙を吐きながら走り去った。白衣にフルフェイスのヘルメット、あの女に違いない。

裏門を出たバイクは左に曲がり、病院の生垣《いけがき》の陰に入った。

浩志は構わず、銃撃した。だが、バイクの爆音は乱れることなく、瞬《またた》く間《ま》に聞こえなくなる。

「くそっ！」

鋭い舌打ちをした浩志は、構えた銃を下ろした。

五

フランス、モルターニュ゠オー゠ペルシュ、午前九時。

浩志はパリから百五十キロ西に位置するオルヌ県のコミューン（基礎自治体）であるペルシュ地方の古民家にいた。築六十年の屋根裏部屋がある二階建てで、周囲は森に囲まれて孤立しており、一番近い街からでも一キロ離れている。もっとも敷地は周囲の森も含め、一千百坪あるため、隣家があったとしても周囲の目を気にすることはないだろう。

ペルシュはフランスの〝秘密の庭〟と呼ばれる古き良き時代のフランスの郷《さと》として、近年パリジャンに注目されているエリアである。もっとも、観光地でもなく、単純に開発されていなかっただけなのだが、パリから車で二時間弱の距離で、周囲を国立自然公園に囲まれており、豊かな自然を求めて移り住むパリジャンもいるようだ。

昨夜、浩志らとDGSEの職員が警護するルブラン中央病院に、巡回の看護師に扮した女が潜入し、カンデラに毒物を注入して殺害した。

女はミレーヌという名の看護師を殺害して死体をトイレに隠し、入れ替わっていた。三時間おきに看護師が巡回していたので、見張りに立っていた鮫沼とDGSEのピレスもカンデラの部屋に女が入っても怪しまなかったようだ。女はカンデラに高濃度のテトロドトキシンを点滴液に混入させて殺している。

浩志は女を捕まえてピレスに引き渡し、鮫沼にも見張らせた。だが、女は二人にもテトロドトキシンを注入し、ピレスは昏睡《こんすい》状態に陥《おちい》り、現在は人工呼吸をしている。鮫沼も症状は軽いが、今もなお全身に麻痺《まひ》が残っている状態だ。

テトロドトキシンはアルカロイド（有機化合物）系の毒で、よく知られているものはフグ毒である。解毒剤はなく、体から自然に排出されるのを待つしかない。

女はカンデラに使用した注射器を隠し持っていたらしい。ムーアも殺害するつもりだったが、浩志に見つかって断念し、後ろから女を羽交い締めにしていたピレスの腕に注射器を刺し、次いで鮫沼に使ったらしい。鮫沼は注入された毒が少なくて軽症で済んだ。彼は相手が若い女ということで、発砲を躊躇《ちゅうちょ》したようだ。これからは、身の危険を感じたら性別関係なく引き金を引くことだろう。

この事件により、ＤＧＳＥに衝撃が走ったようだ。おかげで捜査を本格化させることになり、ムーアに証人保護プログラムを適用し、チームを編成してＤＧＳＩが所有するペルシュのセーフハウスに彼女を未明に移送したのだ。ＤＧＳＥは国外で活動する機関なので、ＤＧＳＩに協力を求めて借りたらしい。

フーリエから正式にリベンジャーズの参加を要請された浩志は、田中と村瀬とマリアノを伴い、ペルシュに来たのだ。ちなみに鮫沼は、負傷したルブラン中央病院でそのまま入院している。ピレスもそうだが、病院で襲われたことで救急処置が迅速に行われ、一命をとりとめたのだ。

浩志は古民家の一階にあるリビングのソファーに座り、スマートフォンで柊真のサポートのためにフランクフルトにいるワットと情報交換をしていた。

柊真は大胆にも、追跡している男たちと同じホテルにチェックインしているらしい。二ヶ月近い捜査活動で軍人という枠から離れて行動するうちに、様々なことを学んで独自に動いている。正規の軍隊では、命令を受けて行動することが重要であるが、リベンジャーズは違う。柊真にとって、今回の任務はいい経験になるはずだ。

「了解、また連絡する」

浩志は通話を終えて、スマートフォンを仕舞った。

「敵が見えないというのは、苛《いら》つきますね」

すぐ傍にあるテーブルの席で、DGSEから支給されたM4カービンの手入れをしている田中がぼやいた。向かいの席で、村瀬もM4カービンを分解掃除している。銃の手入れは、軍人にとって必須であるが、今は暇つぶしでもあった。

「敵が見えないのは、ジャングルでも同じことだ。ここが、フランスだと思うな」

苦笑した浩志は、ソファーから立ち上がった。

「なるほど、ここがフランスだと思うからダメなんですね。確かに、アフリカのジャングルだと思えば、戦闘意欲が湧いてきます」

田中がにやりとすると、村瀬も大きく頷いた。傭兵はアサルトライフルを提《さ》げてジャングルや砂漠を駆け回る方が似合っている。紛争地でもない国に長くいるものではない。

浩志はリビングを出て階段を上がり、屋根裏部屋まで上がった。このセーフハウスは、この辺りの古民家と外観は変わらないが、改修工事が行われて多人数が宿泊できるように部屋がたくさんある。三階部分である屋根裏には部屋が四つあり、二階には八つ、一階はリビングと食堂と倉庫、地下室にも部屋が二つと倉庫があった。

建物は東西に長く、浩志は一番東側の部屋のドアを軽くノックしてドアを開けた。三十平米ほどの部屋にベッドが二つあり、左側のベッドに点滴を打たれているムーアが寝かせられている。

「熱は下がり始めました。容態は、安定しています。この施設は、驚くほど医療機器や医薬品が揃っています。セーフハウスとしては、出来過ぎですよ」

ベッド脇に置かれた椅子に腰掛けているマリアノは、欠伸《あくび》をしながら言った。ムーアの手術をしてから、彼は付きっ切りで看護をしている。疲れも溜《た》まっているだろう。

パリ市内から二時間ほどで来られるのだが、尾行の有無を確認するために夜道を四時間近く走り続けてここまで来ている。長時間車に揺られたムーアは、途中で発熱していた。

到着してからすぐにベッドに寝かされて、一時間ほど経過している。

「少しは離れても大丈夫だろう。食堂で食事をしてくれ」

浩志は小さく息を吐くと、ドアを閉めた。

ＤＧＳＥが秘密の隠れ家に浩志と仲間の帯同を許したのは、護衛ということもあるが、何よりも医師としてのマリアノの腕を買ったのだろう。

浩志は天井の斜《なな》めになっている廊下を進み、西側の部屋に入った。

壁際の長机にノートＰＣが５台置かれており、モニターにはこの家の周囲の監視映像が映されている。敷地内には監視カメラだけでなく赤外線センサーが張り巡らされており、のどかな田舎の風景には似つかわしくない厳重なセキュリティが完備されていた。

「ムーアの容態はどうですか？」

部屋の中央の椅子に座って本を読んでいたフーリエは、眼鏡《めがね》を外しながら尋ねてきた。彼が現場に出ることはないはずだが、浩志らを気遣《きづか》って、一緒に行動しているようだ。

「よくなっている。ここに、いつまでいるつもりだ？」

浩志はフーリエの対面の椅子に座って尋ねた。

この部屋はセキュリティルームになっているが、フーリエだけで他には誰もいない。赤外線センサーが侵入者を知らせるため、無人でも構わないのだろう。彼はＤＧＳＥの特殊作戦チームのメンバーを五名連れてきている。全員、地下室で待機していた。地下室は地下トンネルで家の外に通じているため、外敵に即応できるからだ。

「一週間と限定されています。というのも、DGSIがここを使う予定があるためですが、本部からも早く結果を出すように急《せ》かされています」

フーリエは目頭を指先で揉《も》みながら答えた。彼は特殊作戦チームやこのセーフハウスの手配をしたために徹夜している。疲れが出てきたのだろう。彼が言う結果とは、一週間以内にムーアから自供を得ることで、それ以降は拘置所に送るということである。

「一週間か、まあ、それが俺たちにとっても限界だな」

浩志は薄く笑った。

暗殺部隊

一

モルターニュ＝オー＝ペルシュ、午後十時。

ＤＧＳＩのセーフハウスは、深い闇に包まれていた。

浩志は村瀬と屋根裏部屋のセキュリティルームにある監視カメラの映像を見ている。家の外に出ることは禁じられているため、他にすることがないのだ。

マリアノと田中は、二階の部屋で仮眠を取っている。三時間ごとに交代することになっており、次回の交代は午後十一時である。

「それにしても、監視カメラが二十台って凄《すご》いですね」

村瀬は左から一台目と二台目のノートＰＣのモニターを見つめながら感心している。

五台のノートＰＣの画面は四分割されており、それぞれ違ったエリアの映像を映し出していた。一番左が敷地の北側、次は東側と、時計回りに方位で区分され、三台目は南、四台目は西で、五台目は建物内部の監視カメラの映像である。また、夜間のため、どの映像も暗視モードに切り替わっていた。

「敷地は広いんだ。二十台じゃ足りない」

浩志は三台目と四台目のモニターを見ている。五台目の屋内のモニターは、今のところ必要ないので、無視していた。

「ところで、ＤＧＳＥの特殊作戦チームって、どんなやつらなんですか？」

モニターを見ながら村瀬が何気ない様子で尋ねてきた。地下室に待機している特殊作戦チームを浩志らは紹介されていない。彼らは機密性の高い部隊に所属するため、関係者以外に名乗ることを禁じられているそうだ。そのため、顔合わせもしていない。

同じ目的で一つ屋根の下にいるにもかかわらず、顔も知らない連中がいることに、村瀬は違和感を覚えているのだろう。それは浩志も同じである。

「フランスには陸・海・空、それに国家憲兵隊の四軍があり、それぞれに特殊部隊がある。ＤＧＳＥの特殊作戦チームは、四軍の特殊部隊出身者だと聞いている。まあ、優秀な連中だとは思うがな」

浩志はふっと息を漏《も》らすように笑った。ＤＧＳＥは、五人の特殊作戦チームがいれば万全だと思っているに違いない。彼らにとって浩志らはおまけのようなものなのだろう。

「待てよ」

浩志は小首を傾《かし》げた。家の中の監視映像は四画面しかなく、地下から屋根裏部屋までのフロアの入口を映し出しているのだが、どの映像にも侵入者どころか、人は映っていない。一フロアが百坪ある家に監視カメラが四台では、明らかに少な過ぎるのだ。敷地の外に十五台の監視カメラを設置してあるので、それで充分だというのが理由だろう。

「ここを頼む」

村瀬にセキュリティルームを任せた浩志は、二階に下りた。

このフロアを使っているのは、田中とマリアノとフーリエの三人だけである。浩志はフーリエが使っている部屋のドアをノックした。

「どうぞ」

くぐもったフーリエの声が返ってきた。

「昼寝をしなかったのか？」

部屋に入った浩志は、壁にもたれ掛かって尋ねた。

「本部からは一週間の猶予《ゆうよ》をもらっているが、私は二日でけりを付けたいんだ。だから、昼寝する気にならなかった」

フーリエは読んでいた本を閉じると、ベッドサイドのテーブルに置いた。だが、目の下に隈《くま》ができている。徹夜したフーリエに仮眠するように勧めていたが、無理をして起きていたらしい。

「二日？　急にどうした？」

浩志は訝《いぶか》しげな目をフーリエに向けた。

「一時間ほど前に本部から連絡があった。……ピレスが死んだそうだ」

言葉を詰まらせたフーリエは、俯《うつむ》き加減に首を左右に振った。

「毒は抜けなかったのか？」

浩志は鮫沼から回復してきたと連絡を受けていた。ピレスもよくなっていると思っていたが、そうではなかったらしい。

「毒が抜ける前に心臓が停止したらしい。体力が持たなかったようだ。残念だよ」

テトロドトキシンは全身麻痺《まひ》することにより、呼吸器が止まる。そのため、人工呼吸をすることで助かる可能性があった。ピレスは重篤《じゅうとく》だったため、人工呼吸器を取り付けていたのだが、心臓の方がもたなかったようだ。

「ピレスの仇《かたき》を取りたいのか？」

フーリエがムーアの自供を急ぐ理由のようだ。

「もちろんです。この手で逃げた女の眉間《みけん》に銃弾を撃ち込んでやりたいと思っています」

フーリエは立ち上がると、ベッド脇に置いてあるバッグからウィスキーのボトルを出した。ザ・グレンリベットの十二年ものである。

「飲みたい気持ちは分かるが、後にしてくれないか？　頼みたいことがある」

「なんなりと」

フーリエはボトルをテーブルの本の脇に置いた。

「俺を地下で待機している特殊作戦チームに引き合わせてくれ。このセーフハウスのセキュリティには欠点がある。彼らと連携を取らなければ、簡単に攻め込まれるぞ」

特殊作戦チームの連中と面と向かって打ち合わせをし、最低限でも浩志らが使っている無線の周波数と合わせて、いつでも互いに連絡が取れるようにするべきだ。そもそも、広い家をたった四台のカメラで監視するのは無理がある。また、地下トンネルがあるというが、そこにも監視カメラがなければ、知らぬ間に潜入されているということになりかねない。セーフハウスの構造は外部に漏れないという過信があるのだろう。

「セキュリティ上の欠点？　この場所は、ＤＧＳＩでも極秘扱いされています。まず、敵に知られることはないでしょう。それにこちらにはムッシュ・藤堂もいる。怖いものはありませんよ」

肩を竦《すく》めたフーリエは、苦笑した。

「その自信が危ないんだぞ。すぐに会わせろ！」

浩志は口調を強めて言った。

赤外線センサーに守られていることも、過信に繋《つな》がっているのだろう。だが、暗視ゴーグルを使えば、プロならセンサー網を掻《か》い潜《くぐ》ることは難しくはない。

「わっ、分かりました。まずはチームリーダーに連絡を取ります」

浩志の剣幕にフーリエは慌《あわ》ててスマートフォンを出した。

「電話に出ません」

フーリエは顔色を変えた。

「行くぞ」

浩志はホルスターに差し込んであるグロックを抜いた。

二

フーリエの部屋を出た浩志は、田中とマリアノの部屋を四回ずつノックして通り過ぎた。四回のノックは、リベンジャーズ内では緊急事態を意味する。

二人はすぐさまM4を構えて廊下に出てきた。仮眠中だったとしても、仲間は誰しも靴を履《は》き、服を着ている。しかも枕の下に銃を置いているため、いつでも戦闘モードに入れるのだ。

「地下のチームと連絡が取れない。屋内を調べる。田中は予備の無線機を持ってきてくれ」

浩志の背後に付いた二人に手短に説明した。

「了解」

頷《うなず》いた田中は部屋からブルートゥースイヤホンと小型無線機を持ってきた。彼は技術屋であるため、機器の管理を任せてあるのだ。

「コードネームは？」

田中から予備の無線機をもらうと、浩志はフーリエに渡した。

「ガゼルだ」

フーリエはブルートゥースイヤホンを耳に入れながら答えた。

階段の手前で、浩志は右拳《こぶし》を上げて立ち止まり、グロックを構えて階段下と上階の安全を確認した。物音一つしない。地下で待機しているチームと連絡が取れないのは、通信上の問題であればいいのだが、胸騒ぎがする。

マリアノにハンドシグナルで階段上を示し、田中とフーリエには付いてくるように合図をした。マリアノは無言で頷き、階段を足音も立てずに駆け上がって行く。彼なら最悪の事態でもムーアと脱出することができるはずだ。

浩志は階段をゆっくりと一階の玄関ホールまで下りる。

北向きの玄関に向かって右手にリビングのドア、左手には倉庫のドアがある。リビングの奥にはダイニングキッチンがあった。倉庫にしている部屋とキッチンには、改築前は裏庭に出られるドアがあったが、今は壁で塞《ふさ》がれている。倉庫には、二十人が一ヶ月は暮らせるだけの食料や水が備蓄されているそうだ。

玄関と反対の南側の一階の窓はすべて鉄格子《てつごうし》で仕切られ、出入りできるのは玄関だけである。非常時は地下通路もあるため、あえて建物の南側にあった裏口は潰《つぶ》したらしい。また、二階と三階の各部屋には、脱出用の避難梯子《はしご》がある。侵入は難しいが、脱出口はそれなりに考えられているようだ。

玄関ホールには監視カメラがあり、監視映像を見ている村瀬からは、今のところ異常があるという報告はない。

浩志は階段下にあるドアを開けて銃口を向けた。地下室に通じる階段は階段下にあるのだ。改築前からの構造で、地下室は、収穫した穀物を備蓄する倉庫として使われていたらしい。そのため、外の玄関脇に地下に通じる出入口があったのだが、それも改築時にコンクリートで塞がれ、新たに地下通路が掘られたようだ。

——こちらハリケーン。リベンジャー応答願います。

村瀬からだ。この男はいつもはおっとりとしているが、戦闘中はおそろしくアグレッシブになるため、辰也がハリケーンとあだ名を付けた。基本的にリベンジャーズでは、あだ名はそのままコードネームとして使われる。

「俺だ。どうした？」

階段下に銃を向けたまま、浩志は無線に応答した。

――暗視ゴーグルを装着し、アサルトライフルで武装した五人の男が、西の方角から侵入してきます。

「了解、対処する！」

浩志は田中とフーリエにハンドシグナルで合図を送った。

田中とフーリエは頷き、倉庫に入って行く。倉庫は西側に窓があるため、敵の侵入に備えることができるからだ。

地下室の階段下のドアが開き、何かが投げつけられた。

足元の床にM67手榴弾《しゅりゅうだん》が転がった。

「……！」

舌打ちをした浩志は、二階に通じる階段の手すりを駆け上がるように越えて階段に飛び込んだ。

轟音《ごうおん》とともにM67が爆発し、周囲は白煙に包まれた。

「むっ！」

階段を数段転がり落ちた浩志は、銃を握っていないことに気が付いた。白煙を透かすように辺りを見ると、階段の途中に落ちている。手すりを飛び越す際に落としたらしい。慌てて階段を上がり、銃を拾った。

階段下から無数の銃弾が突き抜けてきた。

地下の階段下にいる敵が浩志の足音に反応して銃撃してきたのだ。

玄関前の床に飛び下りた浩志は、玄関ホールに向かって走りながら地下室に通じる階段のドアと壁に銃弾を浴《あ》びせ、ドアを蹴破《けやぶ》ると階段下に向けて数発撃った。

全弾を撃ち尽くした浩志はグロックのマガジンを交換し、地下に通じる階段を下りた。階段下にガスマスクを装着した男が頭を下に仰向《あおむ》けに倒れている。浩志の銃弾は、男の首と眉間に当たった。胸にも二発当たっているが、ボディアーマーを着ていたのだ。男の傍にサプレッサーを取り付けたＭ４が落ちている。しかも、暗視スコープが取り付けてあった。

浩志は男から血で汚れたガスマスクを外して装着し、ベルトポーチから予備のマガジンを抜き取ってＭ４を拾うと、階段を下りて地下の廊下に入る。

廊下の奥にガスマスクをした男が二人立っていた。男たちは一瞬首を傾げると、慌ててＭ４を構える。だが、いち早く浩志は、男たちの頭部を銃撃した。彼らは階段で倒した男と同じ格好をしているので、一目で敵と分かったのだが、相手は逆に浩志がガスマスクをしていたために、敵味方の判断が瞬時にできなかったのだ。

手前の部屋のドアを開けてみると、戦闘服を着た三人の男が、口から泡を吹いて倒れている。ＤＧＳＥの特殊作戦チームのメンバーだろう。Ｍ４が傍らに置いてあるので、待機しているところを襲われたらしい。念のために脈を取ったが、三人とも死んでいた。出入口近くに小さなボンベが落ちていたので、猛毒を撒《ま》かれたようだ。

隣りの部屋にはベッドの上で、二人の隊員が死んでいる。仮眠中だったらしい。

「こちら、リベンジャー。ガゼル、応答せよ」

――こちら、ガゼル、どうぞ。

フーリエが無線に答えた。

「地下のチームは全滅だ。毒ガスで地下は汚染された。絶対近付くな」

浩志は淡々と報告した。仲間全員が無線をモニターしている。間違っても地下室に入らないようにするためだ。

――りょ、了解。

フーリエの声が裏返っている。

――リベンジャー、応答願います。こちらヘリボーイ、敵が敷地に侵入しました。

「玄関に近づけるな。ハリケーン、応答せよ」

――こちらハリケーン。

「その場に待機。監視カメラで敵の動きを報告しろ」

――了解。

「ヤンキース、キャットは脱出できそうか？」

キャットとは、ムーアのコードネームである。

——まだ、自力で歩くことは難しいようです。いざとなれば、私が担《かつ》いで脱出します。

「脱出のタイミングは、知らせる。頼んだぞ」

無線で指示を出しながら浩志は廊下の奥に進み、地下通路に入った。二十メートルほど進むと鉄製のドアに突き当たる。ドア横に暗証番号を入れるためのセキュリティキーパッドがあった。

「ガゼル、応答せよ。地下のドアの暗証番号は？」

——4628です。

「了解」

浩志は教えられた番号を入力し、解錠《かいじょう》したドアの外に出た。直径一メートルほどの竪《たて》穴《あな》に鉄製の梯子がある。三メートルほど上に天井があり、潜水艦のハッチのような出入口があった。背後のドアを閉じて、ガスマスクを外した。ドアの横に内部と同じキーパッドがある。侵入者は暗証番号を知っていたらしい。DGSIに内通者がいる可能性があるということだ。

M4を肩に担いだ浩志は、梯子に手を掛けた。

三

浩志はハッチを開けて外に這い出し、茂みに囲まれた場所に出た。十数メートル南側にセーフハウスに隣接した駐車場がある。地下トンネルを抜けて車で脱出することを想定しているらしい。

気温は五度ほどだが、森の冷気が体感温度を下げる。

茂みからセーフハウスの屋根が見える。東に二十五メートルほどの位置である。

激しい銃撃音。

セーフハウスの西側で銃撃戦がはじまったようだ。

「こちらリベンジャー、ヘリボーイ、状況報告！」

浩志は銃を構えて茂みの中から周囲を窺《うかが》った。敵は東のトンネルから三人の潜入チームを投入し、西から別のチームを侵入させたらしい。内部と外部の攻撃を同時にするつもりだったようだ。だが、もし、浩志なら正面から攻撃をして敵を引きつけ、その隙に内部のチームで敵を叩《たた》く作戦を取る。ほかにも敵のチームがいる可能性はあるのだ。

——侵入者を迎撃中。任せてください。

田中は余裕で答えた。先制攻撃したので、有利なはずだ。おそらく、すでに二、三人は倒しているのだろう。

——こちら、ハリケーン。正面、北の方角から五名の敵、接近中。

村瀬からの無線が飛び込んできた。浩志の読みは当たった。だが、建物内部の侵入者は倒しているので、すでに敵の作戦は崩れているはずだ。

「リベンジャー、了解。対処する」

浩志は茂みから抜け出し、五十メートルほど東の方角に進んでから北に向かった。三十メートル進んだところで浩志は大木の後ろに隠れた。数十メートル先に、武装した五人の兵士を発見したのだ。

一人の男が長い筒状の武器を肩に担ぐと、片膝《ひざ》を突いた。筒状の武器は、携行対戦車弾ＡＴ４である。砲身にライフリングがない滑腔《かっこう》式無反動砲で、弾頭口径は84ミリだ。

「まずい！　ＡＴ４、ＡＴ４！」

無線機で叫んだ浩志は、ＡＴ４を担いでいる男をＭ４で狙撃した。

男の頭部に銃弾が命中。だが、同時にＡＴ４の発射口が炎を上げた。

発射された対戦車弾はセーフハウスの一階倉庫に命中し、爆発した。田中とフーリエの攻撃の阻止が目的だったに違いない。敵は侵入作戦が失敗した場合に備えて、ＡＴ４を用意してきたのだろう。

無数の銃弾が、浩志が隠れている木の幹に跳ねた。

ＡＴ４の男を狙撃したために場所を特定されたらしい。男たちは暗視ゴーグルを装着している。周囲の熱源を探ったのだろう。

浩志は地面に伏せて茂みの隙間から敵兵の一人を狙撃すると、急いで後退し、屋敷の東にある深い森に紛《まぎ》れた。暗視ゴーグルを装着すれば、視野が狭くなる。彼らの視野の外に素早く出ることだ。浩志は夜目《よめ》が利《き》く。月明かりで敵の姿を捉《とら》えることはできる。仲間は誰も外にいないため、人影はすべて敵と判断して撃てばいいのだ。

――こちら、ヘリボーイ、ガゼル負傷。

対戦車弾でフーリエが負傷したらしい。

――こちら、ヤンキース。状況は？

マリアノが無線に割り込んできた。

――ガゼルが右足を負傷した。出血が酷《ひど》い。

――止血帯を使うんだ。

――今やっている。

田中は怒鳴《どな》り返した。そうとう焦《あせ》っているようだ。それだけ出血が酷いらしい。止血帯を使うほどの出血をしているのなら、自力で歩くことは不可能だろう。マリアノが治療のために田中らがいる一階の倉庫に行く他ない。

「こちら、リベンジャー。ヤンキースは、ヘリボーイと合流、ガゼルを頼む。ハリケーンは、キャットを保護」

浩志は移動しながら無線で指示をし、敵を確認した。残る三人の敵は浩志を追って、森に侵入してきた。

——ヤンキース、了解。

——ハリケーン、了解、キャットを保護します。

二人から連絡が入る。

浩志は三時の方向の茂みから抜け出た男の眉間を撃ち抜くと、急いで倒した男の位置まで走り、男の暗視ゴーグルを奪って頭に装着した。これで、敵は浩志と仲間の区別がつかなくなるだろう。

セーフハウスの西側では、まだ銃撃が続いている。マリアノがフーリエの治療に入ることで田中は攻撃に専念できているはずだ。

数メートル先に新たな男が現れた。浩志は迷うことなく男の眉間を撃ち抜く。男は浩志を目視したはずだが、警戒している様子はなかった。

背後で木の枝が何かに当たる音がした。

咄嗟《とっさ》に身を屈《かが》めた浩志の頭上を、銃弾が唸《うな》りを上げて飛んでいく。振り向きざまにM4を連射し、斜《なな》め横の茂みに転がり込んだ。

背後に敵がいたはずだが、振り返った瞬間に消えていた。

匍匐《ほふく》前進で木の陰に隠れる。敵は残り一人だが、闘い慣れているようだ。紛争地での実戦経験があるに違いない。

浩志は暗視ゴーグルを外してM4を背中に掛けると、グロックを抜いた。近接戦ならアサルトカービンよりも、グロックの方が扱いやすい。ゴーグルも邪魔になるだけだ。

敵の気配を探るべく無線のスイッチを切った浩志は、耳を澄ませて神経を集中させた。古民家での銃撃戦は終わっている。仲間が勝ったと信じているが、敵の侵入を許して仲間が殺害されたとしても、残る目の前の敵を倒さなければ、駆けつけることもできない。

「しまった！」

浩志は地面に伏せた。途端に背後の木の幹に銃弾が集中し、砕け散る。

敵の気配を感じることができなかった。遠方から狙《ねら》われていると感じたので、伏せたのだ。長年の勘が、考えるよりも体を動かした。

敵は離れた場所に移動していたのだ。近接戦を嫌って、距離を取ったらしい。だが、茂みで遮《さえぎ》られるために、暗視ゴーグルでも浩志を正確に捉えていないようだ。

グロックをホルスターに差し込み、M4を握った。狙撃された浩志の位置と、背後の木に当たった銃弾の軌跡を辿れば、敵は北東の方角から撃ってきたことになる。

「そういうことか」

浩志は低い姿勢になり、北に向かって走った。敵の銃撃はない。

やがて森を抜けて道路に出た。

数十メートル先に二台の車が停まっている。シトロエンのSUV、C5である。その内の一台のライトが点灯し、走り出した。浩志を銃撃していた男が、乗っているに違いない。男が最後に北東の方角から撃ってきたのは、もちろん浩志を殺すためであるが、外したとしても足止めになると考えたのだろう。というのも、仲間がセーフハウスの制圧に成功していたのなら応援を頼むか、あるいは仲間がいる屋敷の方角に移動したはずだからだ。

男は無線で呼びかけても誰も答えないために、全滅したことを悟《さと》り、一人で脱出したのだろう。

浩志はM4を構えると暗視スコープを覗き、遠ざかる車の運転席を狙ってトリガーを引いた。距離は二百十メートルから二百五十メートル、銃弾は運転席のヘッドレストに命中した。

「なにっ！」

続けて二発を撃ち込んだ。だが、車は猛スピードで走り去った。男は浩志が追ってくることを予測し、座席に潜り込むように座って運転していたに違いない。

「くそっ！」

舌打ちをした浩志は、銃を下ろした。

四

浩志はセーフハウスに全速で戻りながら、無線機のスイッチを入れた。

敵の気配を探るのに無線機を切っていたため、十分近く仲間と連絡が取れていない。もっとも、浩志と連絡が取れなくても、心配する仲間はいないだろう。

「リベンジャーだ。外の敵はクリアした。報告してくれ」

仲間の誰が無事かも分からないため、全員に呼びかけた。

——ヤンキースです。こちらもクリアしました。ただ、問題発生です。キャットが行方不明です。

「何！　どういうことだ」

——私のミスです。負傷者を診《み》るために彼女を一人にしてしまいました。ハリケーンが部屋に駆けつけた時点で、彼女はすでに脱出用の避難梯子を使って逃亡していたのです。というか、ドアノブに椅子が立てかけられていたため、すぐに入れなかったそうです。彼と交代で部屋を空《あ》けるべきでした。

村瀬は反対側の部屋とはいえ、すぐに駆けつけたはずだ。ムーアはマリアノがいなくなり村瀬が駆けつけるまでの数十秒の間に椅子でドアを固定し、ドアが破られる前に部屋から脱出したことになる。

「彼女は、脱出の機会を狙っていたんだな」

――まんまと騙《だま》されました。彼女は私が思っている以上に回復していたのでしょう。医師としての腕に自信がなくなりましたよ。

マリアノの溜息《ためいき》が聞こえてきた。実際に彼女は熱を出していた。それに具合が悪い振りをしていれば、医師の免許を持つ彼が騙されても仕方がないことである。

「分かった。ガゼルはどうなっている？」

――倉庫で手術中です。大腿部《だいたいぶ》に木片が刺さっていましたが、動脈は傷ついていないので、木片を摘出し、縫合《ほうごう》手術だけですみます。ヘリボーイも頭部と左肩をガラス片で負傷していますので、この後、処置します。私とハリケーンは、無傷です。なお、ハリケーンは、キャットの捜索をしています。

田中は負傷しているのにもかかわらず、フーリエの救護をしていたらしい。

「今そっちに行く」

浩志はセーフハウスの倉庫に駆けつけた。

マリアノはフーリエの処置を終え、田中の肩の傷を縫合しているところである。

倉庫の片隅で横になっていたフーリエは、浩志に気付き体を起こした。

「私も含めてＤＧＳＥの認識が甘かった。選《え》りすぐりの特殊作戦チームが、簡単に全滅させられるとは、想像すらできなかった」

フーリエは壁にもたれかかり、項垂《うなだ》れた。

「認識が甘かったのは、敵も同じだろう。一人の女を殺すのに、十二人も犠牲にしている。つまり、それほど、女が重要な存在なのか、あるいは、機密情報を持っているかのどちらかだろう」

浩志はマリアノが田中の傷口を縫合する手際を見ながら言った。田中も爆風で怪我《けが》をしたようだが、離脱するほどではなさそうだ。対戦車弾の直撃を受けなかったのは、幸いだった。おそらく、浩志の銃弾の方が一瞬早く射撃手の頭部に命中したのだろう。射撃手は狙撃された衝撃でトリガーを引いたが、狙いが外れたに違いない。

「応援を呼びました。一時間後に到着予定です」

フーリエはペットボトルの水を飲みながら言った。警護の人員だけでなく、家の内外に転がっている死体を処理する職員を呼んだのだろう。地元警察に知られることなく、死体を密《ひそ》かに搬出し、処理する必要がある。

「ここは、頼んだぞ。俺は女を捜す」

浩志は倉庫を出ると、三階のムーアが使っていた部屋に入った。闇雲《やみくも》に暗闇の中を探すのではなく、まずは現場検証である。

ドアは村瀬が蹴破ったのだろう。蝶番《ちょうつがい》が壊れて外れかかっており、ドアに立てかけてあったと思われる椅子が窓際に転がっている。村瀬は相当焦っていたに違いない。

窓には脱出用の梯子が掛けてあった。ステップがアルミ製で幅は四十センチほどと、コンパクトなサイズのものである。

浩志はM4を窓際に立て掛けると、梯子に足を掛けた。実際に下りてみると、屋根が邪魔で窓の下からまっすぐに提げられないため、梯子の一番下が地上から二メートル近く離れていた。梯子の長さが足りなくなっているのだ。

地上に下りた浩志は首を傾げると、ポケットからLEDライトを出して壁を照らした。

「やはり、そうか」

浩志は小さく頷いた。壁に血の跡が付いている。

不安定な梯子を下りるには、バランスを取るため手足の力を要し、しかも最後は飛び降りなければならない。ムーアは傷口の縫合はしてあるものの、塞がっているわけではないため、出血しているようだ。飛び降りた際に激痛が走り、思わず傷口を押さえた手に血が付着したに違いない。しばらく、壁に手を突いて休んでいたのだろう。壁の血の跡が物語っている。

また、彼女は走ることもできないはずだ。歩いて移動するとすれば、分速八十メートル以下だろう。彼女が脱出したのは十八分ほど前である。三階から二分で下りることができたとしても、せいぜい十六分、半径千二百八十メートルの範囲内に彼女はまだいるはずだ。

浩志は腕時計で時間を確認した。午後十時二十八分になっている。徒歩での移動には限界はあるが、近くの街までなら行けるだろう。だが、バスが運行されている街は、さらに遠い。どこかで夜を明かす必要があるが、負傷している彼女が夜の冷気に耐えられるとは思えない。とすれば、路上駐車している車を盗むのが手っ取り早いという結論に達する。もっとも、鍵のない車を始動させる技術が彼女にあればの話だが。

「こちら、リベンジャー。ハリケーン、応答せよ」

浩志はセーフハウスの壁伝いに東に進んだ。

——ハリケーンです。どうぞ。

「現在位置を教えてくれ」

——セーフハウスの北西六百メートルの村道にいます。彼女が銃撃中に脱出するとしたら南側の森を抜けて街に向かうと思ったからです。実際、南側の森の木に血痕を発見しました。

村瀬はなかなか捜査官に向いているようだ。敵はセーフハウスの西、北、東の三方向から侵入してきた。というのも、建物の南側には裏口はなく侵入できないからだ。ムーアは銃撃戦を避けて南側の森を迂回《うかい》し、村道を北西に向かって移動したのだろう。というのも、街の中心部はセーフハウスから西北二キロの位置にあるからだ。

「いい読みだ。そのまま街に向かってくれ。途中で拾う」

浩志は建物の東側に出ると、駐車場に停めてあるシトロエンC４に乗り込んだ。

五

午後十時四十分、シトロエンC４に乗った浩志は、街灯もない村道を北西に向かっていた。

数十メートル先の道端に男のシルエットが浮かぶ。

浩志が速度を落とすと、男は手を振って見せた。M４は持っていない。万が一にも一般人に見られたら通報されてしまうので、セーフハウスの外での携帯は禁じているのだ。

「ありがとうございます」

車を停めると、村瀬が助手席に乗り込んできた。セーフハウスから一・六キロほどの地点である。

「ムーアは、おそらく村道は歩かないだろう。追手を避けるために迂回しながら街に入るはずだ」

浩志は車を出しながら言った。

「それじゃ、私は、彼女を途中で追い越した可能性があるのですね」

眉《まゆ》を吊り上げ、村瀬は舌打ちをした。

「あくまでも可能性の問題だ。ムーアは脱出した際に傷口が開いて出血している。どこかで休んでいるかもしれない。街から脱出するのにバスを使う可能性も考えたが、近くのバス停の位置は、セーフハウスから三・五キロの地点にあった。休まずに行ったとしても彼女の足では時間が掛かる。それにバスの始発は午前九時半だ。それを待たずに脱出するには、ヒッチハイクをするか、車を盗むほかないだろう」

「それじゃ、街の入口付近で待ち伏せした方がよさそうですね」

村瀬は左の掌《てのひら》を右拳で叩いた。

「先回りして、街の状況を調べて待ち伏せすればいい。無闇に動いても時間の無駄だ。それは怪我人の彼女にとっても同じことだろう」

「なるほど」

「うん？」

浩志は車のスピードを落とすと、路肩に停めてライトを消した。道路は右に大きくカーブしており、対向車線は対照的に左にカーブしている。ラウンドアバウトになっているのだ。その先のシャルトラージュ通りを進めば、街の中心部に出られる。

「どうしたんですか？」

村瀬が首を捻《ひね》っている。周囲に民家らしきものはあるが、車は見当たらない。ガレージに停めてあるのだろう。

「あれをみろ」

浩志は車を降りて後方に立っている看板を指差した。白い直方体の看板の上部にシトロエンと記されている。

「郊外の自動車販売店ですか」

車を降りた村瀬が頷いている。

右手の少し窪《くぼ》地《ち》になっている場所に円筒形のガラス張りの洒落《しゃれ》た建物があった。ショールームのようだ。

「ここから街の中心部までは、一・八キロある。このラウンドアバウトが街の入口なのだろう。反対側には大きなスーパーマーケットもあるようだ。それにこの街は裕福《ゆうふく》らしい。一戸建てが多いな」

浩志はスマートフォンで地図アプリを立ち上げて調べると、渋い表情になった。自動車販売店の開店時間は午前八時、スーパーマーケットは午前八時半に開店する。自動車販売店のショールームには何台もの車があるはずだが、店内に侵入する必要があった。また、夜が明けてから車を盗むのは、リスクがある。

「路上駐車している車は期待できそうにないということですね。とすれば、開店前の自動車販売店か、夜が明けてからスーパーマーケットの買い物客の車を盗む手もありますね」

村瀬もスマートフォンで調べた。

「待てよ。もっといい場所があるぞ」

浩志は車に乗り込んだ。

「修理工場ですね」

助手席に座った村瀬が笑みを浮かべた。彼も地図アプリを見て気が付いたらしい。地図上で、百メートル先に自動車修理・整備店があるのだ。

ラウンドアバウトを右に曲がり、その次の小さなラウンドアバウトで今度は左に曲がると、フェンスに囲まれた自動車修理・整備店があった。

敷地内に十台以上の車が置かれている。修理中の車や整備が完了した車が置かれているのだろう。出入口は蛇腹《じゃばら》式の門が閉じられている。フェンスの高さは一・二メートルほどで、どこからでも簡単に侵入することが可能だ。

整備店の隣りにカー用品店がある。この界隈《かいわい》は郊外型の自動車関連の店が集まっているらしい。

浩志はカー用品店の建物の陰に車を停めた。路上駐車している車がないため、目立つからだ。

「ここで気長に待てばいいんですね。私が見張っています。体を休めてください」

村瀬は助手席のドアを開けながら浩志を気遣《きづか》った。

「長く待つ必要はないはずだ。外気は五度を切っている。長時間外にいれば、体力は消耗するだけだ。負傷した彼女が体温を奪われれば、死ぬ」

浩志も車から降りた。

六

午後十一時、モルターニュ＝オー＝ペルシュ郊外。

浩志はカー用品店の屋上から自動車修理・整備店を見下ろしていた。

気温は三度まで下がっている。この場所に来てからまだ十五分ほど経過したに過ぎないが、すでに体の芯から冷え切っていた。屋上だけに風が吹き抜けるのだ。刑事時代は寒空の下で何時間見張ろうが平気だったが、今と違ってあの頃は何よりも若かった。

さすがに五十歳を過ぎてから何かと行動に支障をきたす。瞬発力はまだあるが、持久力は減った。筋力は維持しているつもりだが、体力の衰えは否《いな》めない。そのため、忍耐力も以前よりは落ちる。それを精神力で補っているに過ぎない。この場所で見張るのは、せいぜいあと一時間が限界だろう。いや、それも持ちそうにない。凍えた手では、トリガーも引けなくなるからだ。

村瀬はカー用品店の近くにあるラウンドアバウトの中央の茂みに隠れている。街路樹がちょっとした森のように茂っており、身を隠すのにちょうどいいのだ。彼の場所からは自動車修理・整備店の南側が見える。浩志は反対の北側から見張っていた。

——質問してもいいですか？

村瀬から無線が入った。

「どうした？」

いつものように二人ともブルートゥースイヤホンを使っている。

——単純な質問ですが、彼女はどうして逃げたのでしょうか？

彼も軍人だけに敵が現れるまで、辛抱強く待てるはずだが、彼女の逃走の原因が腑《ふ》に落ちないのだろう。浩志らは二度にわたって、彼女の命を救っている。セーフハウスの襲撃もいれれば、三度だ。パリの病院で彼女は、協力する姿勢を見せていた。にもかかわらず、逃亡したのはなぜか気になるようだ。

「恐怖心が最大の理由だろう。フランスの情報機関が所有するセーフハウスが、襲撃されたのだからな」

セーフハウスへは尾行の有無を確認した上で来ている。それが一日ともたずに襲われたのだ。彼女が恐れるのも無理はない。だが、彼女が逃走できたのは、隙があればいつでも逃げ出せるように準備をしていたからである。とすれば、襲撃時の恐怖心はきっかけに過ぎないのかもしれない。

——銃撃戦は、誰でも怖いですからね。

村瀬の声が低いトーンになった。納得していないのだろう。

「俺にもよく分からない。彼女は組織を裏切り、追われる身だ。我々に頼るほかないはずだが、……待てよ」

浩志の脳裏にベッドで横になっているムーアの姿が浮かび、その傍《かたわ》らで看病しているマリアノの顔を次いで思い出した。

病院で彼女の尋問《じんもん》は三度行っている。三度目の尋問で彼女は非協力的だったが、単に疲れのせいだと思っていた。だが、何か理由があったのかもしれない。マリアノに彼女のことを聞く必要があるようだ。

――こちらハリケーン、応答願います。

二十分ほどして、村瀬から声を潜《ひそ》めるように小声で無線が入った。

「リベンジャーだ」

――何者かが、道路を横切りました。彼女のようです。拘束《こうそく》しましょうか？

「一人で対処するな。俺も行く。どっちに向かっている？」

浩志の位置からは確認できなかった。

――狙い通り、自動車修理・整備店です。

「了解。彼女の後を尾《つ》けろ。俺が前から迎える」

浩志は建物の裏側に回り、数メートル下の芝生《しばふ》の上に飛び降りた。カー用品店は勾配《こうばい》のある場所に建てられており、平屋の建物は十メートルほどの高さがあるが、裏側は斜面に埋もれるように建てられている。そのため、屋上からの高低差があまりないのだ。

芝生の坂を下り、カー用品店の角から隣接する自動車修理・整備店を見た。暗いので顔は確認できないが、女性らしき人影が近付いてくる。

浩志は販売店の陰から飛び出すと、グロックを抜いて女の前に立った。ムーアである。

「動くな！」

グロックを抜いた浩志は、銃口を彼女に向けた。

両眼を見開いたムーアは、逃げ出そうと踵《きびす》を返した。

「両手を上げろ！」

駆け寄ってきた村瀬が、銃を構えた。

「俺たちに協力するのか、死にたいのか、選べ」

浩志は銃口を上げて照準を彼女の眉間に定め、伸ばしていた右人差し指をトリガーに掛けた。

「わっ、分かったわ。分かったから撃たないで！」

ムーアは慌てて両手を上げた。浩志の殺意は充分に伝わったらしい。

「手錠を掛けろ」

浩志は銃を構えたまま左手でポケットから手錠を出し、村瀬に投げた。

手錠を受け取った村瀬は銃を腰のホルスターに収めると、ムーアの右手首にすばやく手錠を掛け、腕を腰の辺りまで引き下げると間髪《かんはつ》を容《い》れずに左手首にも手錠を掛けた。手錠の扱いが実にうまい。海上自衛隊の精鋭部隊である特別警備隊員だっただけに、現役時代に逮捕術の厳しい訓練を受けたのだろう。

「車まで、連行します。歩け！」

村瀬は彼女の左腕を摑《つか》むと、前に押しやった。セーフハウスから逃亡できるほどの体力があるのなら遠慮する必要はないのだ。そもそも、彼女は証人ではあるが、犯罪者の仲間であることに変わりはない。

冷気を切り裂《さ》く音。

村瀬とムーアが折り重なるように倒れた。

「なっ！」

浩志は瞬時に身を屈めると、頭上を抜けた銃弾が背後の道路で跳《は》ねた。咄嗟に近くの街路樹の後ろに隠れ、五十メートル後方に向けて発砲した。浩志の位置からマズルフラッシュが見えたのだ。

「村瀬、動くな！」

銃撃しながら浩志は叫んだ。

ムーアと一緒に倒れた村瀬は狙撃された彼女の止血をしようと、必死に右手を動かしている。彼女が首を撃たれて貫通した銃弾が、村瀬の右肩に当たったのだ。銃声は聞こえなかった。サプレッサーを取り付けてあるアサルトライフルで銃撃されたらしい。狙撃者の気配が消えた。犯人はシトロエンC5で逃走した男に違いない。逃げたと見せかけて、こちらの様子を窺っていたのだろう。

「村瀬、マリアノを呼ぶんだ！」

浩志は負傷した二人に駆け寄り、ムーアの傷が重篤と判断すると、彼女の首をポケットから出したバンダナで押さえた。おびただしい血である。頸動脈《けいどうみやく》を損傷しているようだ。

「了解！」

村瀬は肩を押さえながら体を起こし、スマートフォンで電話をかけはじめた。

「……8……3・7」

ムーアが荒い呼吸をしながらも懸命に何か話している。

「聞こえない。はっきり言ってくれ」

浩志は彼女の口元に耳を近付けた。

「……8・4……3・7、……クロノス……」

ムーアの声が突然途絶《とだ》え、呼吸音も消えた。

「くそっ！」

彼女の脈を調べた浩志は、舌打ちをした。

ＣＩＡ

一

フランクフルト、ノイ・バーンホフ・ホテル、午後十一時四十分。

野球帽を被《かぶ》った柊真は、監視カメラを避けながらホテルの地下駐車場に入り、アウディＡ４の背後に立った。

アウディＡ４は、監視をしているアレン・アーノルドとトニー・ウィリアムスの二人の米国人が使っている車である。尾行の目眩《めくらま》しなのかもしれないが、これまでの調査で彼らはベンツＶ２６０とアウディＡ４を交互に使用していることが分かった。

パリからフランクフルトに来た彼らは、マインタワーに入っているサウスロップ・グランド社に出入りしている。彼らはサウスロップ・グランド社だけでなくウエスト・キャピタル社のＩＤを持っていたが、奇妙なことにアーノルドはマービン・ウッズ、ウィリアムスはジム・ジョンソンという別名の空軍のIDも隠し持っていた。

空軍のIDを友恵に調べさせたところ、二人とも在欧州米空軍傘下《さんか》の第三空軍に所属している少尉で、イラク、アフガニスタン、シリアなどの紛争地で任務をこなしてきたベテランパイロットであった。

柊真はアウディA4のトランクの鍵をピッキングツールで開けて担《かつ》いでいたバックパックを積み込むと、自らトランクに乗り込んだ。トランクリッドの鍵が閉まらないように細工し、ドアを慎重に閉じた。車のキーシリンダーの解錠は難易度が高いが、柊真はGCPで学んでいる。敵地で足を確保するために他人の車を盗むという想定であるが、まさかその技術が活《い》かされるとは思っていなかった。

米国人の二人の尾行をしても、結果的にセキュリティの高い建物に入られてはどうすることもできなかった。そのため、思い切って彼らが使う車に忍び込んだのだ。

男たちは午後八時にマインタワーのサウスロップ・グランド社のフランクフルト支社からホテルに戻っている。順番から言えば今度使うとしたらベンツではなく、アウディA4のはずである。彼らが次に出かけるのがいつになるのかは分からないが、ホテルの警備員が手薄になる時刻を見計らって行動を起こした。

アーノルドらが動くのは翌朝かもしれないが、真夜中にいなくなることもあったので窮屈《きゅうくつ》は承知で挑戦してみることにしたのだ。持参したバックパックには、グロック17C

と携帯食料、水、それに携帯トイレが入っている。また、ワットに渡されたグロック26は、予備の銃として左足首の内側に巻きつけたサポーターに差し込んであった。

バックパックを枕がわりに頭の下に置くと、膝《ひざ》を折り曲げて体の向きを変える。身長一八三センチ、七十六キロ、無駄な肉は一切つけていないが、かなり窮屈である。

気を紛《まぎ》らわすためもあるが、長期戦に備えて体力を温存すべくポケットからチョコバーを出して齧《かじ》り付いた。柊真の指名手配はEUでは取り消されているので、顔を隠す必要はなくなった。だが、敵に見つかる恐れはあるため、レストランに入ることはなく、スーパーで買い物をしている。

フランスと同様にドイツの大都市にはたまに二十四時間営業のスーパーマーケットはあるが、コンビニエンスストアは存在しない。似たような店という意味では、米国のようにガソリンスタンド内にある雑貨店ぐらいだ。もっともEU圏に共通することであるが、労働条件が厳しく、深夜営業を規制されているからだ。

「……………！」

柊真はトランクの奥に体を寄せた。ドアの施錠《せじよう》が開けられる電子音がしたからだ。ドアが開閉する音が響いた。例の二人が車に乗り込んだらしい。トランクに乗り込んでまだ十分ほど経過したに過ぎないが、タイミングがよかったようだ。

エンジンが掛かり、車が動き出した。柊真は食べかけのチョコバーを頬張《ほおば》ると、腕を組んで目を閉じた。マインタワーに行くのなら、数分の我慢である。

「うん？」

しばらく車に揺られた柊真は首を捻《ひね》った。スマートフォンを出して時刻を確認する。零時を過ぎていた。二十分以上車は走っているのだ。しかも高速道路に入ったらしく、かなりのスピードで走っていた。

スマートフォンの地図アプリを立ち上げると、アウトバーンの5号線上を南西に向かって走っており、すでにフランクフルトの郊外に出ている。方角的にはフランスであり、またパリに戻るのかもしれない。この数日間アーノルドとウィリアムスは、フランクフルトから離れることはなかったので、新たな行動に出たらしい。思い切ってトランクに隠れた甲斐《かい》があったというものだ。

吉と出るか凶と出るかは、分からない。軍人としてはありえない行動であり、捜査官としても失格であろう。だが、捜査に劇的変化を求めるのなら、無謀とも言える行動をしなければならないと思っている。

「ふう」

大きく息を吐いた柊真は、スマートフォンを仕舞《しま》うと再び目を閉じた。

フォルクスワーゲンのクラフターが、柊真が乗り込んだアウディA４の二百メートル後方を走っている。

ハンドルを加藤が握り、ワットが助手席に座っていた。辰也と宮坂と瀬川は後部座席に収まっている。

加藤はダッシュボードの上に載せてあるスマートフォンの地図を、時折確認しながら運転していた。地図上の赤い点が、アウトバーンの5号線を高速で移動している。ワットが柊真に渡した新しいパスポートに埋め込まれたGPSチップの信号だ。

ワットらは柊真の捜査は尊重しているものの、陰ながらサポートするには彼の所在地をいつも把握していなければならないからである。

「クロノス？　ムーアがそう言ったのか？」

スマートフォンを耳に当てているワットが首を捻った。

――どうした？　何か心当たりでもあるのか？

電話の相手は浩志である。モルターニュ＝オー＝ペルシュのセーフハウスが武装集団に襲撃されたことと、保護していたムーアが脱走して殺害されたという報告を聞いていたのだ。場所が離れているため、互いに状況に変化があった場合はすぐに連絡をし、情報の共有化を図ることになっている。

「俺が現役時代にあった極秘作戦の名前と同じだから、引っ掛かっただけだ。もっとも、クロノスは、ギリシャ神話の神の名前だ。同じ名前なんてどこにでもあるさ。それより、

「田中と村瀬は大丈夫か？」

苦笑したワットは、尋ねた。浩志からは二人は負傷したとだけ聞かされたに過ぎない。

もっとも、重傷なら詳しく教えてくれるはずだ。

――田中は擦《かす》り傷程度だが、村瀬は右肩に銃弾が残っている。これから、マリアノが摘出する。手術が終わり次第、俺たちはパリに戻るつもりだ。

「右肩か。銃は、当分撃てそうにないな」

――タフな男だから、離脱はしないと言うだろうな。

「タフじゃないやつが、うちのメンバーにいるのか？」

――それもそうだ。また、報告する。

通話が切られた。珍しく浩志が笑っていたようだ。襲撃されてかなり過酷な状況に陥《おちい》ったはずだが、浩志はいつものように淡々としていた。それでも仲間が無事だったので内心ほっとしているのだろう。

「それにしても、クロノスか。嫌な名前だ」

呟《つぶや》いたワットは、渋い表情になった。

二

午前一時二十八分、柊真が乗り込んだアウディA4は、ようやく停止した。

「トランクの中は何が入っていますか？」

検問でも受けているらしい。ドイツ語ではなく、英語である。アーノルドらが、米国籍のパスポートか他のIDを提示したので、英語で対応しているのだろうか。

「何もない。まさか、調べるつもりなのか？」

咎《とが》めるように答えたのは、アーノルドのようだ。

「最近テロ騒ぎで、トランクも調べるように命令されています」

「俺たちが将校だと知って、そう言っているのか？」

ウィリアムスは喧嘩《けんか》腰の口調である。

柊真はポケットから三センチ弱の小型ピッキングツールを出すと、口の中に隠した。検問をしているのが警察官ならトランクを開けて見つかった場合、そうとう気まずいことになるだろう。ツールは逮捕されて手錠を掛けられた場合に自分で外すためのもので、いわば保険のようなものである。前回、パリの警察署に勾留《こうりゅう》された際の教訓を生かして、自分で手錠専用のツールを作成したのだ。

「いえ、失礼しました。少尉」

相手は警察官ではない。軍人のようだ。警察官は軍人の階級だけで呼ばないだろう。

柊真はスマートフォンを出し、位置を確認すると苦笑しつつ頷《うなず》いた。ドイツ南西部にあるラムシュタイン米空軍基地である。警察の検問ではなく、基地のゲートで認証を受けているらしい。

アーノルドもウィリアムスも、空軍のパイロットらしい。少なくとも本物の空軍のＩＤを持っていた。米空軍基地に来たとしても不思議ではないのだ。むしろ、私服でパリやフランクフルトにいる方がおかしなことである。任務に戻ったのかもしれない。

車が動き出した。ウィリアムスの剣幕に警備兵が恐れをなして通過を許可したようだ。

数分後、車は再び停車した。おそらく兵舎にでも到着したのだろう。

車のドアが閉まる音が響き、静かになった。午前一時半になっている。この時間に基地で活動している者は、空軍基地でもあまりいないはずだ。

三分ほど待った柊真は、内側から止めておいた金具を外し、トランクリッドを音を立てないようにゆっくりと開けた。鼻先も見えないような暗闇である。見上げても星空も見えない。暗闇に目が慣れてくると、屋内にいることが分かった。大きな倉庫の中に車は停めてあるらしい。

柊真は手探りでバックパックを担ぐと、用心深くトランクから下りた。屋内だろうとどこから光が漏《も》れるか分からないため、ハンドライトを点《つ》けることはできない。一時間以上狭い空間にいたために筋肉が強張《こわば》っている。

「………！」

眉《まゆ》を吊り上げた柊真は腰を屈《かが》めて、足首のグロック26を抜いた。

四方に人の気配がするのだ。微《かす》かな息遣《づか》いが聞こえる。むろん常人が聞き分けられるようなものではないが、柊真には分かるのだ。

「フリーズ！」

突然ライトが浴《あ》びせられた。

左手をかざしながら柊真は周囲を見た。

数メートル離れたところに五人の兵士が、等間隔でM４を構えている。彼らの足音は聞こえなかった。車は彼らが待ち構えているところに停められたようだ。

「銃を捨てろ！」

中央に立っている兵士が声を張り上げた。

柊真はグロックを床に置くと、両手を上げて立ち上がった。トランクに忍び込んだとはいえ、期せずして米軍基地に不法侵入したことになるのだ。逮捕は免《まぬか》れない。

「動くな！」

背中越しに怒鳴《どな》り声。

背後にも数人の気配を感じていたので驚くことはないが、これだけの兵士に囲まれていることをトランクの中から探るのは不可能だった。ウィリアムスらは柊真がトランクに忍び込んだことを知っていたようだ。車に盗難防止のセンサーが仕掛けてあり、それで察知したのだろうか。柊真がトランクに入って、十分ほどでウィリアムスらが車に乗ったのはタイミングがよかったわけではないらしい。

振り返ると、五人の兵士が銃を構えている。駆け寄ってきた兵士にバックパックをむしり取られて手錠を掛けられた。兵士は、バックパックを前方の中央にいる兵士に渡した。

「サプレッサー付きのグロックか」

男は鼻先で笑った。米軍基地へ武器を所持した上に不法侵入となれば、かなりの重罪になる。テロリストだと嫌疑を掛けられても、仕方がないだろう。

「ボディチェックをしろ」

柊真のバックパックを調べ終えた指揮官らしき男が命じた。

背後から乱暴にボディチェックを受け、ポケットのスマートフォンを取り上げられた。

「他に武器は所持しておりません」

ボディチェックをした兵士が答えた。

「連れて行け」

指揮官が、顎《あご》を横に振った。

ガツンと鈍《にぶ》い音とともに後頭部に衝撃を受ける。

柊真は膝から崩れ、意識を失った。

「どういうことだ？」

クラフターの後部座席に座るワットは、スマートフォンの追跡アプリを見て首を捻った。

柊真の所持するパスポートから発せられるGPS信号を追ってきたのだが、信号はラムシュタイン米空軍基地の中で突如消えたのだ。彼に限らずリベンジャーズの一員なら、パスポートは偽造パスポートとともに体に密着させる特殊なベルトポーチに隠し持つことになっている。信号の位置は間違いなく、柊真の現在位置を示すはずだ。

ワットらが乗っている車は、基地の西ゲートから六百メートル手前のラウンドアバウトの路肩に停めている。

「柊真は米国人を追って、基地内に入ったのか？」

助手席の辰也も自分のスマートフォンを見て首を傾《かし》げている。真夜中で車の通行量が少ないため、目視の尾行ではなく、四百メートルほどの距離を取り、追跡アプリで示されるGPS信号を頼りにここまで来た。柊真がどういった状態で基地に入ったのか、確認ができなかったのだ。

「米国人を尾行したところで、許可証もなく民間人は基地には入れない。それに、柊真に電話を掛けても、電源が切られているらしく通じない。米軍関係者に拉致《らち》されたと考えるべきだろうな」

ワットは溜息《ためいき》を吐《つ》きながら答えた。

「拉致だって！　なんとかならないのか？」

振り返った辰也はワットに迫った。ワットは未だに米軍の幹部だけでなく、国防総省にも知人を多く持つからだ。

三列目の座席に座る宮坂と瀬川も、二人の会話を固唾《かたず》を呑んで見守っている。

「基地への入場許可を、基地司令に取ることは可能だろう。だが、何て説明する？　米軍関係者に仲間が拉致されたらしいので、捜索させてくださいとでも言うのか？」

渋い表情のワットは、肩を竦《すく》めた。

「そっ、それは……」

口ごもった辰也は、首を左右に振った。

「まずは、浩志に報告する」

ワットはスマートフォンで浩志に電話を掛けて手短に状況を報告し、通話を切った。

「藤堂さんは、何て？」

辰也が待ちかねた様子で尋ねた。

「パリに一旦戻り、装備を整えて合流するそうだ。ペルシュをもうすぐ出発するらしい。とはいえ、合流できるのは、今日の昼近くになるだろう」

ワットは腕時計を見ながら答えた。

「そうだな。しかし、合流する前に我々にできることはないのか」

辰也は苛立《いらだ》ち気味に言った。

「どのみち、こんな真夜中じゃ、入場許可は下りない。だが、浩志が加藤を使えと言ってきたぞ」

ワットは運転席の加藤を見た。

「そうくると、思っていました」

にやりとした加藤は、車から降りると、基地に向かって走り去った。彼は超人的な身体能力と五感を最大限に生かす厳しい訓練の末、〝トレーサーマン〟と呼ばれる追跡と潜入のプロになった男だ。彼なら米軍基地に潜入するのは、簡単なことである。

「あの男にとって、戦場の敵陣地だろうと、米軍基地だろうと関係がないようだな」

加藤の後ろ姿を見つめていたワットは苦笑した。

「GPSで位置はだいたい分かっている。加藤ならすぐに見つけるかもな」

辰也が大きく頷いた。

三

パリ、モスク通りのアパルトマン、午前四時。

三十分ほど前にペルシュから戻った浩志らは、作戦司令室で装備を整えている。マリアノが村瀬の肩から弾丸を摘出したら、すぐにペルシュを出発するはずだった。だが、DGSEの要請を受けたDGSIの部隊がセーフハウスの周辺道路を封鎖したため、二時間近く足止めをくらった。

というのも、たまたま近くを通りかかった住民が銃撃音や爆発音を聞きつけて警察に通報したために、DGSIの大掛かりな訓練が行われていることにして警察が現場に入れなくしたからだ。だが、要所で道路封鎖されたため、外に出ることもできなくなった。仕方なく浩志らは、フーリエが呼んだDGSEの職員が現場処理に当たるのを眺めているほかなかった。

ムーアの死体は現場からセーフハウスに運び込んだので、DGSEの職員に引き渡している。彼女は死ぬ間際に「8・4・3・7、クロノス」という意味不明な言葉を残した。浩志に何か託したかったのだろう。だが、彼女の持ち物からは何も出てこなかった。そこで浩志は、検視をするべく彼女を裸にし、念入りに調べた。すると、ムーアの左太腿《ふともも》に皮冑と見分けがつかない特殊なテープが貼り付けられていることを発見し、それを剝《は》がして中から小さな鍵を取り出している。

この鍵のことを知っているのは、今のところ彼女の体を一緒に調べたマリアノだけである。仲間には機会を見て彼女の死に際の言葉と鍵について話すつもりだが、フーリエはもちろんDGSE関係者に教えるつもりはない。セーフハウスの極秘のトンネルから侵入されて襲撃されたのは、DGSEかDGSIのいずれかから情報漏れがあったと考えるほかなく、もはやフランスの情報機関も信頼できないからである。

だが、ムーアの居場所が敵に知られたのは、彼女の体に極小のGPSチップがインプラントされていたからであった。マリアノと一緒に彼女の体を調べるうちに、偶然肩口にチップが埋め込まれているのを発見したのだ。おそらく彼女はそれを知らなかったのだろう。知っていれば、脱走しなかったはずだ。

狙撃されて死を悟《さと》ったムーアが、浩志に何を託したかったのかは、リベンジャーズで極秘に調べるつもりだ。だが、今、早急にすべきことは、ワットと合流し、拉致されたと思われる柊真の所在を確認することである。状況を把握してから、彼を救出するかどうか決めるつもりだ。敵の本拠地を探すため、大胆にも故意に拉致された可能性もあり、本人が望まないのに手を貸すべきではないからである。

ポケットのスマートフォンが振動しはじめた。

画面を見ると、電話番号が非通知になっている。傭兵代理店からの電話でないことは確かだ。代理店からの電話は友恵が考案したプログラムを通して掛けられるので、四桁の特殊な数字が表示されるからだ。もっとも基本的に番号を表示させて電話を掛けてくる者は、仕事柄ほとんどないので非通知でも電話に応答しなければならない。

「はい」

いつものように抑揚もなく電話に出る。

——今取り込み中かね。

渋い男の声である。

「どうして、そう思う？」

頰をぴくりとさせた浩志は尋ねた。

電話の相手は、ＣＩＡ高官の片倉誠治《せいじ》である。妻である美香と彼女の兄で内閣情報調査室の特別分析官である片倉啓吾の実の父であり、形式的には義理の父になるのだが、互いに意識することはない。

これまで誠治を通じて極秘にＣＩＡの任務をしたこともある。また、彼から情報の提供を受けて助かったこともあった。だが、ＣＩＡには何度も煮え湯を飲まされた経験があるため、彼を毛嫌いするわけではないが生理的に受け付けないのだ。

——ある情報筋から、ペルシュで事件に巻き込まれたと聞いたからだ。

〝ある情報筋〟というのは、おそらくDGSEのことだろう。

「問題でもあるのか？」

――忙しいとは思うが、打ち合わせがしたい。私もパリにいる。

「六時間以内に出発するつもりだ。そもそも俺の位置を知っているのか？」

誠治は浩志がパリにいることを知った上で聞いているはずだ。彼はCIAの幹部だけにNSA（米国家安全保障局）をはじめとした様々なセキュリティレベルが高い情報へのアクセス権を有している。そのため、本気になれば、浩志の居所など地球の果てまで追うことができるのだ。

――宿泊先を知っているだけだ。

「すぐに打ち合わせができるのなら、いいだろう」

溜息混じりに答えたが、有力な情報が得られるかもしれないという期待もある。

――サン＝ペテルスブール通りの交差点角に停まっている黒いバンだ。

「分かった」

浩志は近くでグロックの予備のマガジンに銃弾を込めている田中をちらりと見て部屋を出た。田中とは視線が合っているので、電話を掛けていた浩志が何か用があってのことだと分かっている。仲間とは十年以上の付き合いがあるため、特に説明の必要はないのだ。

アパルトマンを出てモスク通りを東に進み、サン＝ペテルスブール通りとの交差点に出た。交差点角にフランスで大手スーパーマーケットである〝モノプリ〟が経営するコンビニエンスストア〝モノップ〟の前にベンツの大型バンであるV220が停車している。

交差点は歪《いびつ》な七差路になっており、〝モノップ〟以外にも店はあるが、この時間に開店している店はまだない。

浩志がV220の脇に立つと、後部ドアが開いた。後部座席が向かい合わせになっており、奥の席に誠治が座っている。

「突然呼び出してすまない」

誠治は表情もなく言った。他人のことは言えないが、相変わらず感情が読めない男である。それに挙動に一寸の隙もない。それだけ長年諜報《ちょうほう》の世界で生きてきたということなのだろう。

「お偉方が出てくるようなことか？」

彼から突然呼び出されることは、はじめてではない。だが、必ずと言ってもいいほど、そのあとで面倒なことに巻き込まれる。誠治はCIAで重要なポストに就《つ》いており、現場の人間でないにもかかわらず、直に会うときはよほどの理由がある。そのため、彼と接触すると、国際的な犯罪とかかわることになるケースが多いのだ。

「手短にすます。乗ってくれ」

浩志の皮肉に笑みも浮かべずに誠治は手招きをした。

周囲を再度確認した浩志は、無言で乗り込んだ。

四

午前四時十分、サン＝ペテルスブール通り。

浩志はベンツV220の後部座席に座り、斜《なな》め向かいに座る誠治を見据えていた。

「一昨日《おととい》パリで情報機関の国際的な会議があった。昨日帰るはずだったのだが、リンジー・ムーアが発見されたという情報を摑《つか》んだ。そこで、身柄を引き取るべくフランスの情報機関にアポイントを取ったのだが、残念なことに殺害されたという情報を得た。そのため、かかわっていた君に事情を聞くべく、直接会うことにしたのだ」

誠治は挨拶《あいさつ》も抜きで、本題に入った。

彼女が殺されたのは数時間前だが、DGSEの本部に報告されたのは、二、三時間前のはずである。誠治はDGSEのパイプを使い、ムーア死亡の情報を手に入れ、浩志を捜したのだろう。こんな時間にというよりは、彼は休まずに働き続けた末に浩志に辿り着いたに違いない。

「ムーアは、元警官らしいが、どんな犯罪にかかわっていたのだ？」

浩志は小さく頷くと尋ねた。誠治の要件はやはりという気がしたからだ。

「彼女は犯罪者ではない。ＣＩＡのエージェントだ」

誠治は沈痛な表情で話し始めた。

ムーアは麻薬取締課の優秀な潜入捜査官だったが、麻薬組織に深く入り込む必要上、やむなく金を受け取ったらしい。捜査上の行為だったのだが、同僚に密告されて収賄《しゅうわい》の疑いを掛けられ、容疑が不十分なまま逮捕された。有能な彼女への妬《ねた》みがあったようだ。刑が確定すれば、十年は刑務所暮らしになる。そこで、ＣＩＡは彼女に司法取引を持ちかけ、検察に告訴を取り下げさせる代わりにヨーロッパで活動するエージェントとして引き抜いたらしい。

「ＣＩＡのエージェントなら、どうして俺たちから逃げた？　そもそも何の捜査をしていたのだ？」

首を傾げた浩志は尋ねた。

「彼女は米軍も絡《から》む犯罪組織の捜査をしていた。だが、その過程で不備があり、半年ほど彼女からの連絡が途絶えていたのだ。彼女は、我々に引き渡されるのを恐れたのかもしれない」

「絡んでいるのは米軍だけか？　フランスの警察や情報機関も関係していないのか？」

「なぜ、そう思う？」

誠治は否定もせずに質問で返してきた。

「京介がイラクで殺害された。それがきっかけで、俺たちは、今ここにいる。捜査の過程でフランスの警察官に柊真は命を狙われた。また、ペルシュでの襲撃は、情報機関からの情報漏洩《ろうえい》が原因に違いない」

浩志は京介の狙撃犯を追う柊真を、仲間がサポートする形で捜査しているいきさつをかいつまんで話した。

「金で悪に手を染める者は、どこにでもいる。警察や情報機関も例外ではない」

誠治は苦笑を浮かべたが、何か腹に一物あるような感じがする。情報を小出しにするつもりか、浩志の情報だけ得ようとしているのだろう。

「アフガニスタンで日本の捜査官とNCIS（米海軍犯罪捜査局）による潜入捜査が行われ、米軍の麻薬組織の実態が解明されたと聞いている。その捜査に京介がかかわっていたらしい。彼を狙撃したのは、ISILのスナイパーらしいが、米軍内の犯罪組織の残党がかかわっていると俺は思っている。もっとも、敵は米軍だけでなく、フランスの情報機関にもモグラを送り込んでいるはずだ。違うか？」

これまでの事件の流れを考えると、すべて裏で繋《つな》がっているような気がする。そうでなければ、辻褄《つじつま》が合わない。

「君をCIAにリクルートしたいと常々思っているが、さすがだな。NCISは米軍将校を逮捕し、アフガニスタンの麻薬組織を壊滅させたと得意になっているようだが、とあるグローバルな犯罪組織の一角を崩したに過ぎないようだ。その組織の一員が報復のために、君の仲間を殺したのだろう」

誠治は溜息を漏らして言った。少しは答える気になったらしい。

「去年、AL（アメリカン・リバティ）を壊滅させた。だが、今回、ALの一部だった〝サウスロップ・グランド社〟が絡んでいると聞く。ALは復活したのか？」

柊真がフランクフルトまで追跡した二人の男が、サウスロップ・グランド社と関係していることは、友恵を介して報告されている。また、柊真は大胆にも彼らの宿泊している部屋に忍び込み、パソコンのデータを盗み出した。データの解析は、友恵が行っているが、今のところ、特に怪《あや》しいものはないらしい。だが、彼女のことなので何か発見するかもしれない。

「サウスロップ・グランド社の新たな動きも知っているのか。ALもグローバル犯罪組織の一部だったらしい。我々もサウスロップ・グランド社のトップを逮捕し、完膚《かんぷ》無きまでALを叩《たた》きのめしたと思っていた。だが、今年になってALは新たな動きを見せている。我々が首謀者と思っていたドレイクは、我々の組織でいえば、支部長程度の人間だったようだ。新たにCEOに就いた男は、ALとは関係していないようだ。ということは、外部にALの上部組織があり、そこからサウスロップ・グランド社内のALの残党を動かしているらしい」

誠治は険《けわ》しい表情になった。

「まだ、CIAにモグラはいるのか?」

浩志らリベンジャーズは、昨年CIAと協力して作戦を遂行したが、CIAの内通者のせいでかなり痛い目に遭っている。

「多分、大丈夫だとは思う。昨年は、副局長をはじめ、ALに寝返った職員のせいで、CIAは屋台骨を揺るがすような騒ぎになった。おかげで全職員がポリグラフ(嘘発見器)を定期検診とともに受けることになっている。職員の信頼関係が損なわれたため、未だに誰もが疑心暗鬼に陥っているというお粗末な状態だ」

誠治は苦笑して見せた。長年勤めていた副長官が裏切り者だっただけに、CIAの被《こうむ》った損害は大きいのだろう。

「その犯罪組織の名前は分かっていないのか?」

浩志は苛立ち気味に尋ねた。時間がないということもあるが、誠治があえて答えないようにしている気がするからだ。

「実は、我々も把握していない。敵がCIAにモグラを送り込んだように、我々も同じことをしている。だが、敵のガードは堅く、潜入捜査官は、これまで四名も殺されてしまった。ムーアはその点、怪しまれずにかなり深く敵の懐《ふところ》に入っていたようだ。だが、やはり殺されてしまったのだ。彼女は組織の一員であるファイセル・アブドゥラと恋仲になり、一緒に組織から抜け出すつもりだったらしい。我々は、ムーアとファイセルを保護し、情報を引き出すつもりだった。だが、半年もの間、彼女は我々との連絡を断ち、ファイセルと行動を共にしていたようだ。正直言って、彼女が裏切り者なのかどうか、今となっては分からない」

誠治は深い溜息を漏らした。

「ムーアは、麻薬捜査官のときと同じように、連絡を断ち、潜入に徹したんじゃないのか？」

彼女はファイセルと男と女の関係だったかもしれないが、それも偽装だった可能性もある。潜入のプロならそれぐらいやるだろう。彼女はその関係を利用して、組織に深く入り込んだとも考えられる。

彼女の死に際の姿が目に浮かぶ。何かを必死に伝えようとしていた。浩志は彼女の瞳の奥に、強い意思を見た気がする。

「かもしれない。だからこそ、彼女の最期を知りたいのだ。死に際の彼女に接触したのは、リベンジャーズのはずだ。何か彼女から聞いていないか？」

誠治は身を乗り出して尋ねた。

「彼女は、クロノスという言葉を言い残した」

あえて、数字を口にしなかった。浩志を信じたからこそ、彼女は死に際に言い残したはずだ。謎の解明は、彼女の意思を継《つ》ぐことになる。鍵のことも教えるつもりはない。

「クロノス……」

誠治は唸《うな》るように呟いた。

五

ラムシュタイン米空軍基地、午前八時。

米空軍基地としてはヨーロッパ最大の規模があり、緑豊かな森に囲まれた敷地内は滑走路や兵舎などの軍事施設だけでなく、レストランやデパートやスーパーマーケットなどの商業施設やボウリング場やゴルフ場やグラウンドなどの体育施設、それに学校や教会まで備えており、一つの街として機能していた。その規模は、近隣のラムシュタイン＝ミーゼンバッハやラントシュトゥールなどの街よりもはるかに大きく充実している。

基地の北側は住居エリアで、中央部は森が東西に延びており、その南が商業エリアで、南半分は軍の施設と滑走路である。

商業エリアから少し離れた場所にリサイクルショップがあった。巨大な倉庫のような建物の中には、日用雑貨から家電製品まで様々な中古品が、所狭しと棚に並べてある。基地には量販店がいくつかあるためなんでも揃《そろ》うのだが、リサイクルショップは、破格値で購入できるとあって、傷や不具合が少々あっても気にならない客に好評である。

リサイクルショップと北側にある森の間には、店舗の半分ほどのサイズの倉庫があり、その中にこの店専用の修理工場とバックヤードと事務所があった。

倉庫の片隅にある三十平米ほどのプレハブの事務所に、手錠を掛けられた柊真が椅子に縛《しば》り付けられている。この倉庫は、店舗関係者のみ立ち入りが許されているため、人目に触れることはない。

また、柊真が乗り込んでいたアウディA4は、事務所の反対側の倉庫の壁際に停められていた。未明にトランクから出た彼が、銃を構えた兵士に拘束《こうそく》されたのは、この倉庫だったのだ。

「……？」

ふと目を覚ました柊真は、顔をしかめた。後頭部に鈍い痛みを覚えたのだ。

「むっ！」

体の自由が利《き》かないことに気付く。

柊真は窓もない部屋の片隅に置かれた椅子に後ろ手に手錠を掛けられ、ロープで背もたれに、脚も椅子の脚に縛り付けられている。

反対側の壁際にはノートPCを載せた机が、三つ並んでいる。また、右手にある出入口の反対側には、スチールロッカーがあった。殺風景で生活感がなく事務所のようであるが、この部屋が基地の敷地内にある建物かどうかまでは判断できない。

――ここはどこだ？　どうなっているんだ！

後頭部の痛みを振り払うかのように頭を振った柊真は、冷静さを取り戻すために天井をじっと見つめた。脳裏に眩《まぶ》しい光を浴びた光景が浮かぶ。

――そうだ。トランクから出たところで、複数の兵士に取り囲まれたんだ。

手錠を掛けられたところまでは覚えている。だが、記憶はそこで途切れた。後頭部の痛みからして殴られて気絶したようだ。おそらく頭部への打撃により意識を失い、脳震盪《のうしんとう》による記憶障害を起こしたのだろう。

逮捕して手錠を掛けたにもかかわらず、柊真の後頭部を殴りつける理由はなんだったのか。答えは、椅子に縛り付けられていることと関係するのだろう。基地への不法侵入と武器携帯の現行犯で空軍の憲兵隊に逮捕されたものと思っていたが、違うらしい。憲兵隊なら基地の留置場に収容するはずだ。

「八時か……」

柊真は正面の壁に掛けてある時計を見て呟き、はっとした。口の中に隠していた小型のピッキングツールがないのだ。気絶している間に吐き出したのかもしれない。周囲を探すと、足元に落ちていた。気絶していても口の中の異物が気になったのだろう。とはいえ、手足が縛られているので拾うこともできない。

しかもまずいことに腰の上に巻きつけてあったベルトポーチの感触がない。気絶している間によほど念入りに身体検査をされたらしい。

出入口のドアが開き、中年の制服姿の兵士が入ってきた。

「ようやく目覚めたか。正直言って、二度と目を覚ますことはないかもしれないと心配していたよ」

男はPCデスクの椅子を引っ張り出し、柊真の前に置くと座った。

柊真は男を観察した。階級章は少佐である。気さくに話しかけて来るのは、油断させようとしているのだろう。尋問《じんもん》の基本的な手口だ。

「私はイーノス・グライビス、当基地の司令部将校だ。武器を所持し、不法侵入した君に猿轡《さるぐつわ》をしないのは、好意的に扱っているからだ。質問に素直に答えてくれれば、手荒な真似をするつもりはない。君の目的は何か教えてくれ」

グライビスは、足を組むとポケットから電子タバコを取り出し、吸い始めた。銘柄は何か分からないが、微かにミントの香りがする。

「私を地元の警察か、空軍憲兵隊に引き渡してもらえますか」

柊真は背筋を伸ばして言った。

「私は司令部将校として、君の取り調べをしている。その後で憲兵隊に引き渡すつもりだ。慌《あわ》てることはないだろう。それにこの建物は、倉庫の中にあるから音が外部に漏れる心配はない。しかもジャミング装置で我々の通信機器以外の周波数は、すべてブロックしてあるから安心なのだ」

グライビスは首を左右に振って笑った。

「私は二人の殺人犯の追跡中に、不可抗力でこの基地に侵入したのです。逮捕は不当です」

柊真は淡々と言った。この男の要求に素直に応じるつもりはない。

「殺人犯の追跡で、トランクに隠れていたというのか？」

グライビスは噴き出した。確かに稚拙《ちせつ》な作戦だったと、柊真自身も自らの無謀さに驚いている。

「マービン・ウッズ少尉、それにジム・ジョンソン少尉の二名です。二人ともこの基地に勤務しているはずです。違いますか？」

柊真は冷たい視線でグライビスを見た。

「……リベンジャーズは、彼らのことをどこまで調べたんだ？」

グライビスの眉が吊り上がった。二人を知っており、彼らの犯罪を知っているような口ぶりである。しかも、柊真がリベンジャーズの一員ということも把握していた。正規の尋問でないと言っているようなものだ。

「十一月二十七日、パリで、ウッズ少尉がファイセル・アブドゥラを射殺しました。ジョンソン少尉は、その場に居合わせたので、共犯ということになります」

柊真はわざと上官に報告するように丁寧に答えた。

「二人とも、先月から基地から一歩も外出していない。誰かと勘違いしているんじゃないのかね」

グライビスは肩を竦めて見せた。

「殺害した瞬間を私は、撮影しています。証拠のムービーを見ますか？　少佐」

柊真は鼻先で笑った。

「なっ！」

顔を真っ赤にしたグライビスは立ち上がると、スチールロッカーから段ボール箱を取り出し、中から柊真のスマートフォンを出した。柊真の私物をまとめて収めてあるようだ。グライビスは縛られている柊真の親指をスマートフォンに当て、指紋認証でロックを解除した。撮影した映像を見るつもりらしい。

「なんてことだ」

殺人の証拠となるビデオを確認したのかグライビスは舌打ちをすると、スマートフォンを床に叩きつけ、靴で踏みつけて壊した。

「無駄だ。映像は、仲間に転送してある。ウッズらはまんまと俺をここに案内したんだ。おまえも殺人犯の仲間ということになるんだぞ。おまえは終わりだ」

口調を荒らげた柊真は、にやりと笑った。

「黙れ！」

グライビスは強烈な右パンチを柊真に叩き込んだ。

「くっ」

柊真は椅子ごと倒されて仰向《あおむ》けになった。

六

午前九時半、浩志がハンドルを握るフォルクスワーゲン・クラフターは、アウトバーン6号線のラムシュタインの出口を下りて一般道に出ると北に向かった。

助手席に田中、それに後部座席でマリアノが眠っている。マリアノは負傷者の手術や治療で疲れていたようなので仮眠を取らせている。

また、負傷した村瀬と鮫沼はパリの作戦司令室の手伝いをさせるという名目で、残してきた。二人ともタフなだけに任務から離脱するのを拒《こば》んでいたからで、怪我《けが》の治療を優先させたのだ。

浩志は午前五時半にパリを出発し、四百五十キロを休まずに走破した。郊外の道は整備されており、アクセルを踏み込めるので長距離も気にならない。

アウトバーンの出口から二キロほど林道を走り、最初のラウンドアバウトを抜けてラントシュテューラー通りに出ると、可愛《かわい》らしい一戸建ての家が並ぶ街並みになった。ラムシュタイン＝ミーゼンバッハに入ったのだ。

さらに四百メートルほど進み、交差点角にレストランがある三差路を右折し、次の交差点近くにあるロッジのような小さなホテルの駐車場に入った。

ホテルエントランスの横にある木製のデッキに置かれたテーブルで、ワットと辰也がコーヒーを飲んでいる。宮坂と瀬川が、クラフターから降りてきた。車の中で待機していたようだ。

柊真を追ってラムシュタイン入りしていたワットらは、このホテルに二時間ほど前にチェックインしていた。ここから、基地の西ゲートまでは一・六キロほどの距離で、待機するには都合がいいのだ。

「意外に早かったな」

車から降りると、ワットは右手を軽く振ってみせた。

「加藤はまだ潜入しているのか？」

浩志は両手を大きく伸ばして運転で強張った筋肉をほぐすと、ワットの向かいの席に座った。

柊真が携帯しているパスポートのGPS信号は、彼が基地に入った数分後には、消えていた。それが何を意味するかは分かっていない。GPS信号が妨害されているのかもしれないし、チップが破壊された可能性も考えられる。そのため、柊真の位置が特定できなくなったのだ。

「これを見てくれ」

ワットは手元にあったタブレットPCをテーブルの上に置いた。

画面はラムシュタイン米軍基地の衛星写真であるが、建物の三分の一が赤と緑で色分けされている。

「これは？」

浩志は首を傾げた。

「基地に潜入している加藤が、確認を終えた施設を緑、セキュリティのために完全に確認できなかった施設を赤で色分けをしている。潜入して七時間以上経つが、さすがに広いだけにあの加藤でさえ三分の一がやっとらしい」

ワットは気難しい顔をしているが、緊張している様子はない。加藤を全面的に信じているからだろう。

「この基地に知り合いはいないのか？」

「知人はいないが、国防総省の友人から基地司令官を紹介してもらった。入場許可証はすでに取得してある。だが、バグラム空軍基地の副司令官が米軍麻薬組織の幹部だったことを思い出したんだ。俺たちが基地に潜入することで、柊真の命を脅《おびや》かす可能性があるのなら、下手に動かない方がいいんじゃないのか？」

ワットは渋い表情になった。彼は情報漏れを危惧《きぐ》しているのだ。

京介はアフガニスタンのバグラム空軍基地に潜入捜査をする特別捜査班の朝倉峻暉の護衛と通訳を兼ねて雇われていた。朝倉と行動を共にすることで、京介も自《おの》ずと捜査にかかわっていたのだ。捜査は難航し、二人はタリバンに拉致されて拷問《ごうもん》までされている。京介らは隙を見てからくも敵のアジトからの脱出に成功したのだが、二人が拉致されたのは情報が漏れていたからで、捜査の結果、基地の副司令官が内通者だと判明した。彼は部下を使ってタリバンと裏取引をし、麻薬を買い付けていたことを隠蔽《いんぺい》するため捜査を妨害していたのだ。

「確かにな。相手はグローバル犯罪組織らしい。この基地にも組織のメンバーがいるのだろう。ところで、ＣＩＡからあらたな情報を得た」

浩志は誠治の名前は出さずに情報をかいつまんで教えた。

「クロノスか」

ワットは首を傾げた。クロノスというのは誠治ではなく、ムーアから得た情報である。誠治は何か思い当たる節があったようだが、調査してから報告すると言って詳しくは語らなかった。

「やっぱり気になるのか？」

浩志は腕組みをして考え込んでいるワットに尋ねた。

「関係はないと思うが、クロノスは俺がまだデルタフォースの現役時代に、他のチームに与えられた作戦名と同じなんだ。アフガニスタンの作戦だったらしいが、内容はまったく知らない。気になるのは、作戦に参加したチームが、任務完了後に忽然《こつぜん》と消えてしまったことだ。当時は極秘扱いになっていたために、上官に質問することも許されなかった」

ワットは遠くを見るような目で答えた。

「アフガニスタンか、確かに気になるな」

浩志が頷くと、ワットは耳元のブルートゥースイヤホンに指を当てた。無線を聞いているようだ。

「加藤から連絡が入った。ＡＢコミッサリーを確認できたらしい」

ワットはそう言うと、タブレットＰＣの衛星写真の建物を指先でなぞって緑色の線で囲った。ＡＢコミッサリーとは、基地内の大型スーパーマーケットである。

「おまえとマリアノの二人だったら、基地に入っても怪しまれないだろう。いざとなれば、加藤をいつでも回収できるようにしてくれ。俺たちは、ここで待機する」

浩志はタブレットＰＣの画面を見ながら言った。加藤を心配しているのではない。彼なら潜入と同じく、基地から簡単に脱出することもできるだろう。だが、もし、加藤が柊真を発見した場合、基地内にワットを送り込んでおいた方が脱出は容易である。

「そうだな。俺とマリアノは、未だに米軍の外部教官としての資格を持っている。この基地の訓練教官と交流をするのも意義がありそうだな」

ニヤリと笑ったワットは立ち上がり、車から降りてきたマリアノに手招きをした。

「頼んだぞ」

浩志はワットの肩を叩いて送り出した。

模擬市街地

一

　午前十時四十分、マリアノが運転するフォルクスワーゲン・クラフターが、ラムシュタイン米空軍基地の西ゲートの前で停まった。

　ゲートボックスから出てきた警備兵が、運転席を覗《のぞ》き込んだ。

「ＩＤを拝見します」

　警備兵の要求にマリアノは、ＩＤカードを提示した。米陸軍から支給されたカードで、基地のゲートのスキャナーで読み取れるように認証のバーコードが入っている。ワットとマリアノは米陸軍を退官した後に特殊部隊の教官として、米軍と契約したのだ。

「ありがとうございます」

　マリアノのＩＤカードをバーコードリーダーで読み取った警備兵は、ワットのカードも読み取ると、二人にカードを返してゲートを開けた。

「どこに行きますか？」

マリアノは速度を上げずにゆっくりと進む。ゲートから延びる片側二車線の道路は、基地中央の商業エリアまで続く。

「俺たちは、入場許可を得たに過ぎない。下手に嗅《か》ぎ回ると怪《あや》しまれる。観光客のように入場制限がない場所で時間を潰《つぶ》し、待機しよう。とはいえ、まだ、十一時前じゃなあ、久しぶりに〝チリーズ〟に行きたかったが」

ワットは頭を掻《か》いた。〝チリーズ・グリル＆バー〟のことである。ラムシュタイン米軍基地は、中東への玄関口とも言える基地なので、二人ともよく知っているのだ。

「大抵のレストランは、午前十一時オープンですからね。腹減っているんですか？　コミュニティー・センターならもう営業していますよ」

コミュニティー・センターは軍のデパートのことである。民間のデパートのように様々な商品の販売だけでなく、レストランや映画館やスポーツラウンジまである。

「それは、ナイスアイデアだ。〝カレッジ〟で迷彩服を買って、そのあと、〝ポパイズ〟でチキンを食わないか」

〝カレッジ（勇気）〟は、小物も販売しているミリタリー衣料を扱う洒落《しゃれ》た店だ。〝ポパイズ〟は、米国で有名なチキンの店〝ポパイズ・ルイジアナ・キッチン〟のことで、その他にも米国本土から様々なレストランが基地に出店している。

「結局、食べるんですか。相変わらず緊張感がない人ですね」

苦笑したマリアノは滑走路エリアを過ぎて次の三差路を右折し、古い戦闘機がモニュメントになっているラウンドアバウトで右に曲がると、コミュニティー・センターの駐車場に車を停めた。まだ早い時間だが日曜日ということもあり、そこそこの台数の車が停めてある。

「そういえば、コミュニティー・センターのダンキンドーナッツは、朝早くから営業しているな。先にドーナッツを食って、時間を潰すか」

車を降りたワットは、嬉しそうに言った。

「勘弁してくださいよ。そこまで演技しなくたって、誰も怪しみませんから。それよりもアウトドア用品でも見に行きませんか。少し時間を潰して、どこかのホテルにチェックインしましょう」

マリアノは溜息《ためいき》を漏《も》らした。基地内には駐屯《ちゆうとん》している兵士の家族が泊まることができるホテルが、いくつかある。部屋を借りれば、待機するのに都合がいいのだ。

「分かった。ドーナッツは我慢するが、チキンは譲らないぞ」

ワットは首を振って見せた。

「あなたは、子供ですか。分かりました。私はコーヒーを飲みますから、付き合いますよ。まったく」

マリアノは首を左右に振った。

――こちらトレーサーマン、ピッカリ、応答願います。

加藤からの無線連絡が入った。

「こちらピッカリ、どうぞ」

さりげなくスマートフォンを出したワットは、電話をしている振りをしながら無線に答えた。どこに監視の目があるか分からないため、周囲の通行人に紛《まぎ》れるような自然な行動をしているのだ。

――現在位置は、商業エリアの北側にあるリサイクルショップです。この店が胡散臭《うさんくさ》いです。

「どう胡散臭いんだ?」

ワットは近くを通りかかった迷彩戦闘服の兵士が押すベビーカーの赤ん坊に、手を振りながら尋ねた。

――店舗となっている建物の北側に倉庫があるのですが、その前に黒塗りのベンツV220が二台停まっており、八人の武装した兵士がたむろしています。店舗関係者しか入れない場所なので、変です。

加藤は物陰に隠れて報告をしているらしい。

「空軍の兵士か？」

ワットは車に戻り、助手席のドアを開けた。マリアノはすでに運転席に座っている。

――〝ＵＣＰ〟ではなく、空軍の迷彩戦闘服を着ています。

〝ＵＣＰ〟とは、ユニバーサル・カモフラージュ・パターンのことで、陸軍が採用している迷彩のデジタルパターンのことである。

「軍の施設でない場所に武装兵というのは、変だな。監視を続けてくれ。俺たちも近くに行く」

ワットは助手席に乗り込むと、無線で浩志を呼び出した。

マリアノは車を出した。直線距離で六百メートルほど北にあり、車で二、三分の距離である。

「リベンジャー、トレーサーマンの無線を聞いたか？」

――聞いた。装備を整えて、待機する。

浩志から間髪《かんはつ》を容《い》れずに返答がきた。作戦中の無線は基本的に全員がモニターすることになっているのだ。

――こちらトレーサーマン、頭に袋を被《かぶ》せられた男が、二人の兵士に連れられて倉庫から出てきました。

――こちらリベンジャー、ターゲットか？

ターゲットとは柊真のことである。

——背格好《せかっこう》は似ていますが、袋を被せられているので、確認できません。男は手錠を掛けられています。しかも、軍服ではなく、ジーンズを穿《は》いています。

加藤は小声で話しているが、興奮しているのか、声のトーンが高い。

「こちら、ピッカリ、リサイクルショップの駐車場に入った。トレーサーマン、撤収せよ」

リサイクルショップの駐車場に入ったところで、ワットは加藤を呼び寄せた。

待つこともなく加藤がリサイクルショップの裏側から現れ、急ぎ足で車の後部座席に乗り込んだ。

「ご苦労さん」

ワットは振り返って加藤を労《ねぎら》った。

「袋を被せられた男は、二台目の車に乗せられました」

加藤は報告をすると、眉間《みけん》に皺《しわ》を寄せて溜息を漏らした。柊真と確認できなかったのが悔《くや》しいのだろう。

「出てきました」

マリアノはそう言うと、運転席に潜り込むように頭を下げた。同時にワットと加藤も頭を低くする。

リサイクルショップの奥の倉庫脇から出てきた二台のベンツV220が、二十メートルほど先を横切っていく。

——こちらリベンジャー。ターゲットの信号が移動しているのを確認した。どうなっている？

浩志からの無線が入った。

「本当か！」

ワットは慌《あわ》ててスマートフォンの追跡アプリを立ち上げた。

アプリの地図上の基地に赤い点が点滅しながら、西南方向に移動している。柊真の携帯しているパスポートのGPS信号が復活したようだ。

「本当だ。また信号をキャッチしている。目の前のV220からだ。これから尾行する」

ワットは右拳《こぶし》を握りしめた。

二

午後一時二十分、アウトバーン5号線を疾走《しっそう》していた二台のフォルクスワーゲン・クラフターは、フランクフルト郊外のサービスエリアに入った。

二台の車は駐車場の一番端に並んで停められ、それぞれの助手席から浩志とワットが降りた。ワットと同時に後部座席から出た加藤が、北に向かって駆けて行く。偵察に出かけたのだ。

他の仲間も車を降りると、あらかじめ用意しておいた携行缶で軽油を補給しはじめた。車には武器や弾薬や食料だけでなく、燃料も積んでいる。

「目的地はフランクフルトかと思ったが、あっさりと通り過ぎたな」

ワットはタブレットPCを片手にチョコバーを食べながら言った。

「ここでサービスエリアに寄るということは、まだ先が長いということだな」

浩志は加藤が走り去った北の方角を見つめている。

拉致《らち》されたと思われる柊真はベンツV220に乗せられ、東ゲートからラムシュタイン米軍基地を出た。二台のベンツには武装した空軍兵士が八名乗っている。彼らは護衛として乗り込んでいるのだろう。リベンジャーズが柊真を奪回するために襲撃するのを警戒しているに違いない。

浩志は待機していた辰也、宮坂、瀬川、田中らと共にクラフターに乗り込んでアウトバーンでワットらと合流し、V220を追ってきた。

ちなみに友恵に基地のサーバーをハッキングさせ、ゲートを通過した際の監視カメラの映像を調べさせたが、V220の窓には遮光《しゃこう》フィルムが貼り付けてあったので、内部の様子は分からなかった。また、友恵はゲートボックスの退出記録もチェックしたのだが、記載もされていなかったようだ。

Ｖ２２０の退出時に立ち会った警備兵も敵の仲間なのか、あるいは車に階級が高い将校が乗っていたのかのどちらかだろう。

――こちらトレーサーマンです。二台のＶ２２０は、給油しています。ターゲットの確認はできません。一台目の車から二人の男が出てきました。

加藤からの無線連絡が入った。

二台のベンツはサービスエリアの駐車場を通り過ぎたので、施設の端にあるガソリンスタンドに向かったことは予測できた。加藤は柊真が確認できるか念のために見張っているのだ。

浩志らは追跡アプリの信号で二台のベンツを追っているので、尾行に気付かれる心配はない。ベンツの兵士らは後ろを気にすることなく給油していることだろう。だからといって、民間人がいるような場所で彼らを襲撃できないことがなんとも歯がゆい。

――二人の男が、レストラン棟に向かいました。

「了解。引き続き監視を頼む」

浩志は無線連絡を終えると、ワットが見ているタブレットＰＣを覗き込んだ。画面にはドイツ全域の地図が表示されている。

「このサービスエリアにいるということは、目的地がボンやケルンという可能性は消えたな。このままアウトバーンを進めば、4号線と7号線にぶつかる。まだ行き先は分からないが、ドイツ北部のいずれかの都市に向かうのだろう」

ワットは地図で目的地の予測をしていたのだ。

浩志は振動するスマートフォンを出した。画面を見ると、〝0102〟と数字が並んでいる。友恵からの電話である。番号の履歴を残さずに表示させているのだ。最近の彼女は〝2〟という数字が気に入っているらしく、組み合わせは毎回変わるのだが〝2〟は必ず入る。

――柊真さんは、大丈夫ですか！

いきなり友恵は尋ねてきた。彼女には、柊真が乗せられている可能性があるとして、二台のベンツを軍事衛星でロックオンするように依頼していた。彼女は軍事衛星でベンツの動きをリアルタイムで追っているために、停車したことが気になったのだろう。

「まだ、本人の確認はできていない。ベンツは給油しているところだ。これから最低でも数時間は走り続けるだろう。5号線ということを考えれば、ベルリン方面という可能性が高い。ドイツ北部で米軍の関係施設はないか、念のために調べておいてくれ」

浩志は柊真を移送する敵の意図を測りかねていた。ドイツにある米軍の基地はかつての西ドイツに集中している。東ドイツだった北部には基地はないはずだ。

――柊真さんを絶対、助けてください。

友恵は悲痛な声を上げた。

「分かっている。俺たちに任せろ」

通話を切った浩志は、短く息を吐いた。


給油中のベンツから降りた二人の戦闘服の男は、サービスエリアのレストラン棟に入った。一人は四十代前半で小型のアタッシェケースを提《さ》げており、もう一人は三十代半ばで若く、右頰《ほお》に直径五、六センチの火傷痕《やけどあと》がある。

日曜日とあって家族連れも多いため、武器を携帯していなくても戦闘服姿は目立つ。だが、通り過ぎる人々は、二人を奇異な目で見ることはない。国民性なのか戦闘服に対して、アレルギーがないのであろう。

レストラン棟は、二百五十席あるレストランエリアの他にもお土産《みやげ》コーナーやバーガーキングもあり、東名高速道路の海老名《えびな》サービスエリアほどではないが、内容は充実している。

男たちはバーガーキングの前を通り過ぎると、土産物にも目もくれずに通路の奥へと進んだ。

「予約しておいた、グライビスだ」

通路の奥にある小さなデスクで作業をしている従業員にグライビスは声を掛けた。

「どうぞ。手前の部屋です」

従業員は流暢《りゆうちよう》な英語で答えた。

「ダンケシェン」

にやりとしたグライビスは、頬に火傷痕がある男を伴い部屋に入った。部屋はビジネス用に貸し出されているリトリートルームで、二十平米ほどのシンプルな部屋に会議テーブルと八つの椅子、それにホワイトボードが常設されている。

グライビスが洒落た丸いガラス窓を背に座ると、若い男は対面の席に座った。

「エリーヌは処分したか？　ギャラガー」

グライビスは電子タバコを出し、吸い始めた。

「眉間に一発ぶち込んで、死体はセーヌ川に捨てました。あの女が病院でしくじったせいで、私が尻拭《ぬぐ》いをする羽目《はめ》になりましたからね。おかげで部隊は全滅ですよ」

ギャラガーと呼ばれた男は忌々《いまいま》しげに答えた。彼が殺したのはルブラン中央病院で看護師になりすまし、カンデラを毒殺した女のことらしい。また、ギャラガーはモルターニュ＝オー＝ペルシュのセーフハウスを襲撃した部隊を指揮し、ムーアを殺害した兵士でもある。

「まあ、そう言うな。仇《かたき》は取らせてやる。そのために準備もした」

グライビスは低い声で笑った。

「やつらは、誘いに乗ってきますかね？」

「若造のパスポートに仕込んであった極小のＧＰＳチップの信号を辿って仲間がやって来るはずだ」

若造とは柊真のことのようだ。

「しかし、誘い出すと言っても演習場ですよ。やつらにとっては、自殺行為だ」

ギャラガーは首を左右に振った。

「彼らは、世界一の傭兵特殊部隊だという自負があるはずだ。仲間を助けるために必ずやって来る。そのために生かしておいたのだ。もっとも夜明けまでに顔を見せなかったら、小僧を殺すまでだ」

グライビスは電子タバコのミント臭い息を吐き出して笑った。

「なるほど、確かにやつらの戦い方は並じゃありませんからね。存分に相手をしてやりましょう。ただし、仇と言われてしまうと語弊があります。私を動かすものは、復讐心ではありませんからね」

ギャラガーは鼻から息を吐いた。

「分かっている。私はネイビーシールズのエリートだった君を高く評価しているんだ」

グライビスはアタッシェケースからノートＰＣを出してテーブルに載せると、送金システムを立ち上げた。

「世の中、金ですから」

ギャラガーは頷《うなず》いてみせた。

「前金で五万ドル払おう。残りは成功報酬だ。リベンジャーズを殲滅《せんめつ》させたら、五十万ドル振り込むつもりだ」

数字キーを叩《たた》いたグライビスは、最後にエンターキーを叩いた。

「その五十万ドルは、必ず手にしますよ」

五万ドルの入金をスマートフォンで確認したギャラガーは、口を歪《ゆが》めて笑った。

三

午後二時五十分、フランクフルト郊外のサービスエリアから百二十キロ地点。

二台のフォルクスワーゲン・クラフターは、アウトバーン7号線を走っている。数分前にアウトバーンの5号線は7号線と合流しており、道なりに北に進んでいた。

サービスエリアで待機している間にチーム分けをしている。浩志はAチームで、辰也、宮坂、田中、Bチームはワット、マリアノ、瀬川、加藤の四人ずつである。

アウトバーンは日曜日のためか渋滞というほどでもないが、車の量が多いのでスピードを出すことができない。もっとも、二台のベンツを目視で尾行していないため、ゆっくり走っていた方が気は楽である。

「うん？」

スマートフォンで追跡アプリを見ていた浩志は、首を捻《ひね》った。

７号線は一キロ先のキルヒハイムで４号線と分岐する。ベルリン方面なら４号線に入らなければならない。だが、追跡しているＧＰＳ信号が４号線ではなく、そのまま７号線を北上したのだ。

「目的地は、ベルリンじゃないんですか」

運転している辰也も首を傾《かし》げている。彼もダッシュボードの上にホルダーで固定してある自分のスマートフォンを見ていた。

「７号線を北に向かうのなら、ハノーファーかあるいは、ハンブルクかもしれないな。もともと、北部と東部には米軍基地はない。やつらの目的地は米軍施設じゃなかったことは確かだな」

浩志は追跡アプリの地図を縮小し、７号線の行方を追ってみた。友恵にも念のために調べさせたが、北部に米軍施設はなかったのだ。

二台のベンツに分乗した武装兵が、軍用車に乗らないのはおかしいと思ったが、彼らの目的地は米軍施設でないことはこれで明らかである。

「とにかく付いて行くほかありませんね」

辰也は口をへの字に曲げた。

二時間後、二台のベンツは7号線から外れた。

7号線はキルヒハイムから百八十キロほど北のビンダーで北西に大きくカーブし、ハノーファーを経由してハンブルクに向かうのだが、二台のベンツはビンダーの分岐で北東に向かう39号線に入ったのだ。

「今さら、ベルリンに向かうんですかね?」

辰也は困惑した表情で首を振った。方角的にはベルリンがこの先にある。

時刻は午後四時五十分、すでに日は暮れてライトを点灯させて走行していた。

「分からない。今さらベルリンに行く理由も思いつかない」

浩志は首を傾げた。

——俺だ。嫌な予感がする。

いつになくワットが低い声で無線を使ってきた。

「嫌な予感? 何か心当たりでもあるのか?」

——実は、現役時代、訓練でラムシュタインからこのルートを通ったことを思い出したんだ。ずいぶん昔の話だがな。

「訓練?」

——ここから百四十キロ北東に位置するレッツリンゲンに、ドイツ連邦軍の陸軍戦闘訓練センターがある。コルビッツ＝レッツリンガー・ハイデの広大な演習場の中にあるんだが、訓練センターには射撃場がある。それに演習場にはアフガニスタンやコソボの紛争地を再現した模擬市街地もあるんだ。フォートブラッグの訓練施設よりもスケールが大きい。しかも独軍との共同演習じゃなくても許可さえとれば、米軍が単独でも使用できるんだ。

フォートブラッグとはデルタフォースの本拠地で、ノースカロライナ州にある。極秘部隊の基地だけに公開されていないが、中東の市街地を模した訓練施設もあった。

「射撃場に模擬市街地か」

浩志は思わず唸《うな》った。

演習場だけに、銃撃があっても近隣からクレームがくることはないだろう。

——バルムンクが、もしレッツリンゲンに連れていかれるのなら……。

ワットは、言葉を切った。

バルムンクとは柊真のコードネームである。友恵が彼のために付けたコードネームで、本人も気に入っているらしい。バルムンクとは、ドイツの壮大な叙事詩〝ニーベルンゲンの歌〟に出てくる名剣である。主人公がバルムンクで宿敵を斬首《ざんしゅ》するというもので、復讐の剣とも言える。

友恵は復讐者の意味を持つリベンジャーという浩志の渾名《あだな》にあやかったようだ。とはいえ、ドイツの悲劇的な叙事詩から引用したのではなく、ゲーム好きの彼女のことなのでパソコンのゲームやコミックから拝借したに違いない。

「敵は、俺たちを誘っているということか」

浩志は眉《まゆ》を吊り上げた。

——バルムンクを人質にして、俺たちを待ち伏せている可能性がある。相手は武装した八人の兵士だ。人数的には問題ないが物陰に隠れていたら、やっかいだぞ。

ワットは声のトーンを上げた。

「なるほど、殲滅地帯か」

浩志は鼻から息を漏らすように笑った。

これまでも何度となく待ち伏せ攻撃を受けたことがある。だが、それを卑劣だとは思わない。戦争は殺し合いであり、待ち伏せは戦略上の一つの手段に過ぎないからだ。だが、人質を取るのは、別の問題である。

——それを知った上で、罠《わな》に足を踏み入れるのか？

「当たり前だ。だが、待ち伏せ攻撃と知った上で行くのなら、リベンジャーズとしてではなく、個人としての参加になる。Bチームの無線機をオープンにしてくれ」

浩志はワットに指示をした。移動中なので、無線機のスイッチを入れていたのは、浩志とワットだけであった。オープンにして全員に呼びかけるのだ。

——オーケー、話してくれ。一応な。

ワットが皮肉交じりに言った。

「バルムンクはドイツ軍の演習場に連れていかれる可能性が出てきた。おそらく敵は待ち伏せしているだろう。バルムンクの奪回は困難を伴う。むろん命の保証はない。これまでもそうだったが、作戦への参加は任意だ」

浩志は感情を込めることなく、仲間に伝えた。

「離脱するやつがいますかねえ」

ハンドルを握る辰也が、バックミラーを見て苦笑した。

浩志もつられてバックミラーを見ると、宮坂と田中が大げさに手を横に振っている。仲間の気持ちは分かっている。だが、リベンジャーズは、だれにも束縛されることなく自由意志で参加する傭兵部隊である。それだけに参加意志を確かめるのは、必要なのだ。

——いるわけがないだろう。

ワットの笑い声が聞こえる。

——十年以上の付き合いですよ。

瀬川の声だ。

——お約束ですね。

加藤の返事である。

――敵が待ち伏せの配置につく前に攻撃したい。

マリアノが珍しく積極的な意見を言ってきた。計画性のない稚拙《ちせつ》な攻撃は避けるべきだが、相手が身構える前の速攻は効果的である。

「分かった」

浩志は大きく頷いた。

四

午後六時五十分、浩志らが乗ったクラフターは、ザクセン＝アンハルト州のハルデンスレーベンという田舎《いなか》町を走っている。追尾している二台のベンツは三百メートル先を走行していた。

街の目抜き通りはシャッターが下ろされ閑散《かんさん》としているが、寂《さび》れているわけではなく、単純に閉店時間が過ぎたからだろう。

数分で町を通り抜け、街灯もない道に出た。暗いのでよく分からないが周囲は麦畑だろうか。遮《さえぎ》るものがなく、遠くにある家の明かりが見える。

浩志は車窓から見える暗闇《くらやみ》を漠然と眺めていた。心を鎮《しず》め、戦闘の準備をしているのだ。

　やがて車はトンネルのような林道に入った。

「いよいよですね」

　辰也はいつになく穏やかな口調である。彼も運転しながら心の準備はできているようだ。長年兵士として闘い抜いてきた者は、精神を統一して心拍数を落とし、五感を最大限に研《と》ぎすますことで戦闘に備えるものだ。

「そうだな」

　浩志はスマートフォンで現在位置を確認した。

　コルビッツ＝レッツリンガー・ハイデの大演習場は、南北に約二十キロ、東西に四キロから最大十二キロと南北に長く、さらに幅が三キロから七キロの深い森に囲まれている。また、その周囲は田園地帯のため、住宅はほとんどない。演習場で砲撃訓練や航空機を使った訓練も可能である。

　林道に入って四キロほど進んだところにある三差路で辰也は右に曲がった。二台のベンツはそのまま直進している。大演習場の入口は、十五キロ先のレッツリンゲンの陸軍戦闘訓練センターにあるからだ。ワットの読みは当たったらしい。

　陸軍戦闘訓練センターには、訓練が行われていないときもドイツ連邦軍の警備兵が常駐している。正面から浩志らが演習場に入ることはできないのだ。

午後七時五分、三差路から八キロほど東に進んだところで、二台のクラフターはライトを消して路肩に停められた。

全員車を降りて、黙々と装備を整える。

ボディアーマーを身につけ、ガンベルトを腰に巻き付けた。ボディアーマーの前に取り付けてある三つのマガジンポーチにM4のマガジンを差し込み、ガンベルトのホルスターにグロック17Cを、ベルトのマガジンポーチにグロックのマガジンを三本入れる。ホルスターと反対側に取り付けたベルトポーチには米軍と同じファストエイドキットとM67手榴弾《しゅりゅうだん》が入っており、予備の弾薬を入れた小型のタクティカルバックパックを背負った。

また、米軍特殊部隊仕様のヘッドセットを取り付けたファストヘルメットを被り、暗視スコープNVS14とサプレッサーを取り付けたM4を各自握りしめた。装備はデルタフォースと比べても見劣りしない。

準備を終えた浩志は、右耳に衛星携帯電話機とペアリングさせてあるブルートゥースイヤホンを入れて友恵に電話した。ちなみ無線機のイヤホンは左耳に挿《さ》してある。

「準備は整ったぞ」

――こちらも準備は終わっています。二台のベンツV220は、陸軍戦闘訓練センターの正面ゲートを通過し、演習場の東に向かっています。

友恵には戦闘時のバックアップを頼んである。彼女は軍事衛星の暗視モードで上空から監視活動してもらうのだ。敵兵の位置を知ることで、優位に立てるだろう。

「やつらは模擬市街地に向かっているぞ」

スマートフォンの追跡アプリを見ていたワットが、仲間に車に乗るように指示をした。

「出発！」

通話を終えた浩志は助手席に乗り込む。

二台のクラフターはライトを消したまま走り出し、路肩から外れて木立《こだち》を抜け、背の低いフェンスをなぎ倒して演習場に侵入した。

模擬市街地は侵入地点から十四キロ北に位置する。陸軍戦闘訓練センターからは北北東に六キロの地点で、敵の方が数分早く到着するだろう。

――こちらモッキンバード。二台のベンツが模擬市街地に到着し、八名の兵士が配置に付きました。衛星画像を送ります。

友恵からの連絡である。モッキンバードは、彼女のお気に入りのコードネームである。衛星携帯電話は、友恵からの通話が自動的に繋《つな》がるようにプログラムが改良されている。

「サンキュー」

通話を終えた浩志は、スマートフォンで送られてきた画像を見た。

模擬市街地は東西に長く、中央を貫《つらぬ》くセンターロードで二分されており、西側にコソボ、東側にアフガニスタンの市街地が再現されている。
敵はコソボエリアに陣地を構えたらしい。事前に取り寄せた図面によれば、コソボエリアにはコンクリート製の四階建ての建物や三階建てのアパートもあるようだ。どの建物の壁も砲撃を受けた風の穴が開いており、まるで紛争中のコソボの市街地に迷い込んだかのような錯覚を覚えるほどだ。

また、東側にあるアフガニスタンエリアには三階建ての建物もあるものの、日干《ひぼ》し煉瓦《れんが》で作ったように見せかけたコンクリート製の平屋が多いようだ。アフガニスタンの住宅街を模したデザインがされており、広場には屋台や露店も設置され、市場を再現してあるらしい。

「敵は、コソボエリアのほぼ中心にある四階建ての建物を占拠しているようだ。作戦通り、Bチームはエリアの西側、Aチームは東側から潜入する」

友恵から送られてきた衛星写真は赤外線に反応する九つの人影が、コソボエリアの中心にある建物に入るところである。八人の兵士と柊真と思われる人間の熱反応に違いない。

——こちらピッカリ、了解。

返事をしたワットの車がスピードを上げて追い越して行く。あらかじめ、図面を元に敵の配置を何パターンか想定して、二チームの作戦行動は決めてあった。

Aチームはアフガニスタンエリアに車を置いて、東側から進行する。Bチームは北の荒地を迂回してエリアの外に車を停車させ、コソボエリアの西側から徒歩で侵入することになっていた。

辰也はスピードを落とし、車の騒音を抑えながらアフガニスタンエリアに侵入し、センターロードの百五十メートル手前にある建物の脇に停めた。

四人の男たちは車を降りると、建物の壁沿いに並んだ。

——こちらモッキンバード、アフガンエリアで熱センサーが反応しました。建物の中に敵が隠れていたようです。注意してください。

敵はあらかじめ伏兵を用意していたらしい。

「位置と人数は？」

——六十メートルセンターロード寄り、現時点で二名です。そちらに移動しています。

「了解」

通話を終えた浩志は、ハンドシグナルで辰也と宮坂に建物を回り込んでセンターロード側から敵の背後に出るように指示をした。浩志と田中は正面で迎え撃つ。念のため辰也らと挟み撃ちにするのだ。正面から銃撃するのは簡単だが、それでは敵に侵入がばれてしまう。できれば、ナイフか素手で対処したいのだ。

後方から銃撃音。

——背後から銃撃されました。

辰也からの無線だ。

――大変です。アフガンエリアの敵が増えています。包囲されています！

友恵の絶叫がブルートゥースイヤホンに響いた。

五

迫り来る敵に備えて浩志と田中は車の陰に隠れた。

「こちらリベンジャー、ピッカリ、応答せよ」

――こちらピッカリ、こっちでも銃撃戦がはじまった。

ワットの声とともに銃撃音が聞こえる。

「こっちは、包囲された。ターゲットをBチームだけで救出できるか？」

――なんとかする。ターゲットを救出したら、そっちに向かう。

「無理するな。それは、こっちのセリフだ」

浩志は苦笑すると、近付いてくる二人の兵士の足を車の下から撃った。すかさず田中が車から身を乗り出し、足を撃たれてもがいている兵士に銃弾を浴《あ》びせる。

「援護してくれ」

田中の肩を叩いた浩志は建物の陰から飛び出し、銃弾を掻《か》い潜《くぐ》るように交差点を渡り、反対側の建物の陰に隠れていた兵士の頭を撃ち抜いた。田中にハンドシグナルでセンターロードと反対の東に進むように指示をする。一旦後退して辰也たちを襲っている敵の側面を突くのだ。

田中が十メートルほど進んで建物の陰に隠れると、浩志は交差点角から出て路地を東に進む。だが、田中の援護射撃があるにもかかわらず、足元に銃弾が跳《は》ねた。

浩志は建物の上から銃撃してきた兵士に銃弾を浴びせると、田中を追い越して路地裏に転がり込んだ。

「いったい何人いるんだ！」

舌打ちをした浩志は、Ｍ４のマガジンを交換した。

――アフガンエリアには確認できるだけで、十四人います。今画像を送りました。

タイミングよく、友恵から最新の敵の配置画像が送られてくる。

すでに四人倒したが、敵の包囲網の一角を潰したに過ぎないようだ。画像で敵の位置を確認した浩志はＭ４を肩に掛けると、建物の壁をよじ登って屋根の上に出た。

四十メートル離れた屋根の上に、銃撃している二人の兵士を発見した。辰也と宮坂を狙っているのだ。浩志はＭ４のスコープを覗き、二人の頭部を狙撃した。

「ヘリボーイ、東に進め。俺は上から援護する」

無線で指示をすると、浩志は屋根の上を走った。

並行して田中は道路を東に向かう。

次の交差点から敵が現れた。

田中は敵を銃撃すると、交差点を走り抜けて物陰に隠れた。

反対側の路地から敵兵が田中を目掛けて発砲してきた。

浩志は屋根から二メートル先にある建物に向かって跳躍し、路地に潜《ひそ》んでいた二人の兵士を空中で銃撃し、向かいの屋根に飛び移った。着地した浩志は振り返って路地を覗き込み、二人の兵士を倒したことを確認する。

「ヘリボーイ、次の角を右だ」

指示を出した浩志は、屋根伝いに今度は南に向かって走る。

銃弾が肩を掠《かす》めた。

振り向くと、二十メートル離れた屋根の上にいる兵士が銃撃してきた。

浩志は連射しながら屋根から路地裏に飛び下り、転がって受け身を取る。攻撃してきた兵士が屋根から転落するのを確認すると、立ち上がった。

「くっ！」

右足に激痛が走り、思わず跪《ひざまず》いた。着地に失敗したらしい。捻挫《ねんざ》したようだ。

「大丈夫ですか」

田中が駆けつけてきた。

「大したことはない。行くぞ」

浩志は足を引きずりながら銃撃が続いている路地の奥へと進んだ。

「くそっ！　前に進めないぞ！」

ワットは空《から》になったＭ４のマガジンを交換しながら舌打ちをした。

Ｂチームはコソボエリアの西側から侵入したのだが、敵が占拠している四階建てのビルの屋上に陣取った狙撃兵に行く手を阻《はば》まれているのだ。

「ワット、これを見てくれ」

傍らで銃撃していたマリアノが、スマートフォンの画面を指差した。友恵から送られてきた最新の衛星写真である。コソボエリアの外れに赤い線で丸く囲まれていた。友恵がチェックマークを付けて送ってきたらしい。

「給水塔か。敵もいないな。距離は？」

ワットはにやりとした。ターゲットから五百メートル前後北に位置する場所に給水塔があるのだ。

「距離は四百九十四メートル、狙撃兵の位置は地上十六メートル、給水塔の狙撃ポイントは地上二十四メートル、風速三メートル、湿度は四十八パーセント」

マリアノは淀《よど》みなく答えた。Ｍ４カービンの有効射程距離は五百メートルである。もっとも、射程内かどうかは腕にもよる。

「どうやって、観測したんだ」

ワットは両眼を見張った。マリアノが答えたのは、狙撃に必要なデータだからである。

「友恵がたった今、メールで画像データと一緒に送ってきたんだ」

マリアノが笑って見せた。友恵は軍事衛星でワットらの動きがないことに気付き、狙撃可能な場所を探したのだろう。

「加藤を連れて行け」

ワットはマリアノの背中を叩くと、敵が陣取っている建物に向けて援護射撃をした。数メートル離れた場所にいる瀬川も同時に援護射撃をはじめた。彼も狙撃兵の銃撃で身動きが取れないでいる。というか最初に狙撃されて動けないのだ。足元の石につまずいた瞬間に撃たれ、左のふくらはぎを銃弾が掠めたらしい。自ら止血帯で縛《しば》り上げているので、命に別状はないようだ。もっとも、つまずかなかったら、確実に死んでいただろう。

「マリアノ、頼んだぞ」

ワットは呟《つぶや》くと、M4のトリガーを引き続けた。

「くそったれ！　きりがないぞ！」

辰也は空になったマガジンを外すと、胸元のマガジンホルダーのマガジンと交換した。

四人の兵士を倒したが、敵の銃撃はいっこうに止《や》む気配はない。

予備のマガジンはすでに二本使っているため、これでホルダーの分はなくなる。まだタクティカルバックパックには三本残しているが、敵を殲滅する前に銃弾がなくなりそうだ。

浩志らと別行動を取るべく路地を南に向かっているところを銃撃され、二人は壁に穴の開いた建物に飛び込んだ。だが、激しい銃撃を受けて身動きが取れないのだ。

「うっ！」

隣りで銃撃していた宮坂が呻《うめ》き声を上げた。

「大丈夫か！」

辰也は銃撃しながら宮坂を見た。

「撃たれた」

宮坂は左肩を右手で押さえて倒れている。

「後ろに下がれ！」

「動けない。足も撃たれているんだ」

宮坂は荒い息をしながら答えた。

「逃げ込む前に撃たれていたのか」

銃撃を止めた辰也は、倒れている宮坂の奥襟《えり》を摑《つか》むと部屋の奥に引きずって移動した。

「一度に二発も食らうのは、新記録だ。俺に構わず、応戦しろ」

宮坂は笑って見せた。だが、右太腿《ふともも》からの出血が酷《ひど》い。

「足の止血をするぞ」

辰也は腰のポーチに入っているファストエイドの容器から止血帯を取り出し、宮坂の太腿に巻きつけた。止血帯のベルトを一気に締め付けた辰也は、ベルトを固定すると額《ひたい》に浮かんだ汗を手の甲で拭った。

激しい銃撃は続いている。

追跡していた八人だったはずの敵が、いつの間にか三倍近くに膨《ふく》れ上がっていたのだ。

「助かった。ありがとう」

宮坂は立ち上がろうとした。

「馬鹿野郎、休んでいろ」

辰也は宮坂の肩を押さえつけて座らせると、M4を摑んでガラスのない窓際の壁に身を寄せた。

無数の銃弾が撃ち込まれる。

「なめんなよ！」

叫んだ辰也は、敵に反撃した。

――爆弾グマ、伏せろ！

浩志の声だ。

辰也は咄嗟《とっさ》に床に伏せた。

激しい爆発。

手榴弾が使われたようだ。

散発的な銃声が続き、ほどなくして止んだ。

「クリア！」

田中の声が響いた。

「危なかったな。窓の外から手榴弾を投げ込まれるところだったんだぞ」

浩志が足を引きずりながら壁の穴から入ってきた。安全ピンを抜いて手榴弾を投げ込もうとした敵を、浩志が銃撃したようだ。

「そうだったんですか。助かりました」

辰也は頭に右手を当てると口を大きく開けた。壁を隔てて爆発したとはいえ、爆音のせいで鼓膜がおかしくなっているのだ。

「宮坂の状態は？」

奥の壁際にいる宮坂を浩志は気遣《きづか》った。

「とりあえず止血しましたので、動かなければ大丈夫でしょう」

辰也は口を開けて耳抜きをしながら答えた。

「宮坂、ここで待機。辰也、今度は、コソボだ」

浩志は辰也に手招きをすると、壁の穴から出て行った。

「紛争地ツアーだな、こりゃ」

苦笑いをした辰也は宮坂に軽く手を上げると、浩志に続いた。

六

「ピッカリ、報告してくれ。こっちはクリアした」

浩志は無線連絡をしながら、捻挫した足首をバンダナできつく縛って固定した。

——狙撃兵が四階建てのビルの屋上にいる。ヤンキースが処理するまで近づくな。

「了解。狙撃を合図に、当初の作戦通りに行けそうか？」

——大丈夫だ。

ワットは力強い声で返事をしてきた。

マリアノと加藤は給水塔の梯子《はしご》を上り、貯水タンクを支えるコンクリート製の台座に辿り着いた。

給水塔は鉄骨が組まれた塔の上にコンクリート製の台座があり、その上に煉瓦で作られた貯水タンクがある。むろんコソボの街にあった古い給水塔に似せて作ってあるだけで本物ではない。台座までの高さが二十四メートルあり、給水タンクは二メートルの高さがあるのだが、上部に上がる梯子は錆《さ》びて朽《く》ちているため使用することはできない。

「加藤、頼んだぞ」

マリアノは加藤に観測用暗視スコープを渡した。M4は狙撃銃としては心もとない。そのため、せめて着弾点の修正を行うべく、加藤に観測手をさせるのだ。

「了解」

観測用暗視スコープを手にした加藤は、台座の反対側に立つべく、給水タンクの裏側から回り込んだ。台座の足場は狭いので、マリアノと同じ場所に立てないのだ。

「何！」

加藤は両眼を見開いた。給水タンクの反対側に無線機が付けられた爆弾が仕掛けてあるのだ。

「爆弾だ。飛び下りろ！」

叫ぶと同時に加藤は、飛び下りた。

轟音《ごうおん》！

次の瞬間、給水タンクは爆発した。

「馬鹿が。ここより高い場所を放っておくはずがないだろう」

ギャラガーは、給水タンクを爆破させた起爆装置を足元に投げ捨てた。四階建てのビルの屋上から暗視双眼鏡で給水塔を監視していたのだ。

――今の爆発音はなんだ！

グライビスの怒鳴《どな》り声が、ギャラガーの無線機のイヤホンを震わせた。

「敵を始末しただけですよ。あなたの部下に命じてあらかじめ爆弾をセットさせておいたんです」

――夜間演習という名目で、ドイツ軍から借りているんだぞ。爆弾を使えば、怪しまれる。二度と使うな！

「了解」

ギャラガーは鼻先で笑うと、傍に置いてあるM２４０機関銃の銃身を叩いた。７・62ミリNATO弾を使用する長射程の汎用機関銃で、狙撃銃としても使用される。彼はワットのチームを狙撃していたのだ。

「潮時《しおどき》だな」

東の方角のアフガニスタンエリアを暗視双眼鏡で見たギャラガーは、溜息を漏らした。

つい先ほどまで激しい銃撃戦を繰り広げていたはずだが、いつの間にか静かになっている。グライビスはリベンジャーズがアフガニスタンエリアから潜入すると予測し、二十四名の部下に待ち伏せさせていた。だが、八名のリベンジャーズは二つのチームに分かれ、東西から攻撃を仕掛けてきたのだ。

グライビスの部下はたった四人を相手に銃撃戦を行っていた。常識的に考えれば、二十四名で包囲すれば、一分で勝負は決まる。だが、五分たっても銃撃は続き、グライビスの部下に死傷者が続出していた。リベンジャーズは、常軌を逸した戦闘力を持っているということだ。

ギャラガーもM240で西側から侵攻してきたチームを迎え撃った。だが、一発目を僅《わず》かに外した途端《とたん》、見事に連中は物陰に隠れて狙撃スコープから消え、反撃してきたのだ。アフガニスタンエリアは静かになったままである。それをグライビスの部下の勝利と判断できる保証はない。

「おい、おまえ。屋上の狙撃銃を任せる。俺はアフガンエリアを偵察してくる」

ギャラガーは屋上に通じる階段を下りながら、四階の窓から外を見張っていた兵士のM4を取り上げて階下に降りた。

宮坂は足を引きずりながら、階段を上っていた。

浩志からは待機を命じられていたのだが、仲間が闘っているのに一人で建物の中に隠れていることはできなかったのだ。自分にできることは、針の穴さえ狙《ねら》えるという狙撃の腕を活かすことである。宮坂はアフガニスタンエリアで一番高い三階建てのビルの屋上を目指した。

三階に到着し、錆びついた鉄の梯子を上り、やっとのおもいで屋上に辿り着いた。

「よし、いけるぞ」

宮坂は膝《ひざ》立ちになった。狙撃するのなら腹ばいになった方が安定するのだが、ターゲットは四階の屋上のためできないのだ。

コソボエリアで一番高い四階建てのビルがよく見える。アフガニスタンエリアには遮蔽《しゃへい》するような高い建物がないのだ。距離は四百二十メートル、風速四メートル、湿度は五十パーセント弱、M4でも問題なく狙うことはできる。

――こちらピッカリ、ヤンキース、どうなっている？

――リベンジャーだ。ピッカリ、状況を報告しろ。

――トレーサーマン、答えろ。

無線が錯綜《さくそう》している。給水塔が爆発したときに、加藤とマリアノが上っていたらしい。二人に何かあれば、敵を許すことはできない。

宮坂はスコープ調整しながら、ターゲットである建物の屋上でM240を構える兵士の頭部に照準を合わせた。

ゆっくりとした呼吸をし、息を止めるとトリガーを引いた。男はもんどり打って視界から消えた。

「くっ！」

怪我《けが》の痛みに耐えられず、思わず尻餅《しりもち》をついた。

「こちら針の穴、屋上の狙撃兵をクリア。繰り返す、狙撃兵をクリア」

宮坂は肩で息をしながらも無線で仲間に報告した。


浩志と辰也と田中は、センターロードのすぐ手前にある建物の陰で待機していた。

――こちら針の穴、屋上の狙撃兵をクリア。繰り返す、狙撃兵をクリア。

宮坂から無線連絡が入った。

「あいつ、勝手な真似《まね》を」

無線を聞いた辰也が苦笑している。

「こちらリベンジャー。Aチーム、突入する。Bチームは、トレーサーマンとヤンキースの安否を確認してくれ」

浩志はAチームだけで攻撃すべく、ワットらに無線を入れた。

――こちらトレーサーマン。私は大丈夫です。二人とも爆発の直前に給水タンクの台座から鉄塔の鉄骨に飛び降りたので、爆発の直撃は免《まぬか》れています。ただ、鉄塔から降りる途中でヤンキースは足を滑《すべ》らせて数メートルの高さから落ちてしまったのです。両足を負傷しましたが、命に別状はありません。

加藤から連絡が入った。

――こちらピッカリ。コマンド1も負傷している。Bチームは俺だけ参加する。予定通り、西側から攻める。指示してくれ。

ワットからの報告だが、瀬川も負傷しているらしい。

「こちらリベンジャー。突入！」

浩志は右手を前に出すと、痛む足でセンターロードに駆け出した。

午後八時、一時間半前にラムシュタイン米空軍基地を飛び立った輸送機C5、通称ギャラクシーがルーマニア上空を飛行していた。

行き先はアフガニスタンのバグラム空軍基地である。

貨物室にはアフガニスタンへの救援物資と米軍の補給物資が詰め込まれていた。赤い非常灯に照らされた機内に乗客の姿はない。

「……？」

柊真は寒さで目を覚ました。だが、周囲は真っ暗で何も見えない。

「ここは？」

頭に靄《もや》が掛かったように混濁《こんだく》している。

「そうだ。俺は……」

記憶の糸を手繰《たぐ》り寄せると、ラムシュタイン米空軍基地の倉庫のようなところで、男に麻酔薬を打たれたところまではなんとか思い出すことができた。

右手を伸ばして周囲を探ると、堅いものに囲まれている。手触りからして木製の箱に違いない。しかも飛行機のエンジン音が聞こえるということは、輸送機の貨物室に閉じ込められているようだ。

左手に違和感を覚える。掌《てのひら》が堅く閉じられているのだ。右手で左の指を一本ずつ伸ばしていくと、柊真が作ったピッキングツールが握られていた。

——そうか。思い出したぞ。

ラムシュタイン米空軍基地の倉庫で男を挑発し、わざと殴《なぐ》られて倒れ、床に落ちていたピッキングツールを拾ったのだ。落としてはいけないと、無意識に握りしめていたために筋肉が硬直していたらしい。

柊真は手探りで手錠の鍵穴にピッキングツールを差し込み、鍵を開けた。

「とりあえず、ここから出るか」

左足を踏ん張り、右の強烈な前蹴りで板をぶち抜いた。

木箱から這《は》い出した柊真は、機体を観察した。

「ギャラクシーか」

貨物室の天井の高さと奥行きで、柊真はこれが米軍最大の輸送機であることを理解した。C5ならおそらく高度一万メートルを飛んでいるはずだ。

「とすれば……」

柊真は通路を進んで後部ハッチに近い壁面にある棚のシートを外し、中からパラシュートとヘルメットに酸素マスクと酸素ボンベを取り出した。パラシュートのハーネスベルトを締めて装着するとヘルメットを被り、酸素マスクと酸素ボンベのホースをジョイントさせ、酸素が供給されているか確認する。空気が薄い高高度からはパラシュートだけでは降下できないのだ。

「これでよし」

柊真は最後にゴーグルをかけると、パラシュートの下の棚にある緊急装備のバッグを腰に巻きつけた。中には米軍の非常食とファストエイド、それに発煙筒《はつえんとう》が入っている。

装備を身につけた柊真は、壁面にある大きな赤いボタンを押した。途端にけたたましい警告音が貨物室に響き、減圧しながら後部ハッチが開きだす。

与圧されている機内から空気が外部に吸い出されていく。

「行くぞ！」

自ら号令をかけた柊真は、後部ハッチの先端まで駆け寄った。

エピローグ

パリ8区、モスク通りのアパルトマン、午後十時。

作戦司令室としている部屋で、浩志とワットは渋い表情で座っていた。

コルビッツ＝レッツリンガー・ハイデの模擬市街地での闘いから一夜明けている。宮坂が敵の狙撃兵を狙撃したことで、浩志らはコソボエリアにある四階建てのビルに突入し、敵を制圧した。

突入の際、抵抗した敵兵を四人殺害し、降伏した指揮官であるイーノス・グライビス少佐と彼の部下三人を確保している。だが肝心の柊真は、彼のパスポートは発見したものの、とうとう見つけることはできなかった。

敵は柊真のパスポートにGPSチップが仕込まれていることを知っており、浩志らを誘《おび》き寄せたようだ。彼らが立て籠《こ》もっていた建物には将校クラスも含めて七人の兵士の他に基地で頭から袋を被《かぶ》せられていた男と同じ服装の兵士が一人いた。

敵は仲間に私服を着せ、頭から袋を被せることで、柊真と見せかけていたらしい。突入時に敵兵が一人減っていたのは、浩志らを恐れて逃亡したためだろう。いずれにせよ、リベンジャーズは偽の柊真とGPS信号で、まんまと騙《だま》されたということだ。

浩志らはグライビスと三人の部下をパリまで護送し、作戦司令室に拘束《こうそく》していた。昨夜から代わる代わる尋問《じんもん》しているのだが、彼らは黙秘を続けている。ちなみにグライビスには、例の自殺用の奥歯が仕込まれていたので、事前にペンチで抜いた。

「まったく、しぶといですね」

尋問室としている寝室から、辰也が出てきた。拳《こぶし》に血が付いている。彼の血ではないだろう。

「あまり、手荒に扱うな。簡単に口を割るような連中じゃない。それにNSA（米国家安全保障局）に明日、引き渡すことになっている。その前に死なれても困るしな」

ワットが首を左右に振って見せた。彼の信頼できる国防総省の知人に通報したところ、NSAの職員が彼らの身柄を引き取ることになったのだ。グライビスは国家反逆罪に問われることになるだろう。

手元のスマートフォンに電話が掛かってきた。

――今、大丈夫か？

誠治からである。

「掛け直す」

　浩志は電話を切ると、アパルトマンからモスク通りに出た。足首の捻挫《ねんざ》はテーピングをしたので、痛みは走るが普通に歩くことはできる。歩道を歩きながら、誠治に電話を掛け直した。

「何か、進展はあったか？」

　浩志は柊真の行方を追うために、誠治にラムシュタイン空軍基地を極秘に調べるように依頼していたのだ。

　――いい情報かは分からないが、とりあえず聞いてくれ。ラムシュタイン空軍基地から昨日の夕方に離陸した輸送機の中に、グライビスが個人的にアフガニスタンに発送した荷物があることを発見した。大きさは、縦一・八メートル、幅と奥行きが一メートルとかなり大きな物だ。追跡調査をして、輸送機の目的地であるアフガニスタンのバグラム空軍基地を調べた。だが、輸送機にあったのは、破損した箱で積荷は紛失していたようだ。しかもおかしなことに、ルーマニア上空で、輸送機の後部ハッチが異常動作したという記録が残っている。これらの事実を繋《つな》ぎ合わせると自《おの》ずと答えは出そうだが、私は憶測で物を言いたくない。

「なるほど」

　浩志はにやりと笑った。

　――私にできることは、これぐらいだ。また、近々会って話そう。

電話は一方的に切れた。さすがＣＩＡの幹部、充分な情報である。

「そういうことか」

浩志は踵《きびす》を返して作戦司令室に戻ると、棚から八年もののターキーのボトルを出《だ》した。

「全員、グラスを持て」

「どうしたんだ？」

ワットが怪訝《けげん》そうな顔で立ち上がった。

「いいから、グラスを全員持て」

浩志が呼びかけると、ワット、辰也、田中、加藤、村瀬、中條、それに岩渕もグラスを手に取った。宮坂、瀬川、マリアノ、鮫沼の四人は入院中である。

「辰也、全員のグラスに酒を注《つ》いでくれ」

「はっ、はい」

辰也は首を傾《かし》げながら、ターキーのボトルを受け取り、仲間のグラスにバーボンをなみなみと注いだ。

「明日、撤収する」

浩志はグラスを掲《かか》げて、宣言した。

「訳が分からない」

ワットが肩を竦《すく》めて見せた。

「柊真は生きているようだ。自力で脱出したらしい」

浩志は誠治から聞かされた事実を教えた。

「パラシュートで脱出したのか」

ワットが破顔《はがん》した。

「通信手段を確保したら、連絡がくるだろう」

浩志は改めてグラスを掲げた。柊真に対しては心配をしていない。簡単に死ぬ男ではないのだ。

「俺に言わせろ。乾杯！」

ワットがグラスを高く上げると、仲間の歓声に包まれた。

この作品はフィクションであり、登場する人物および
団体はすべて実在するものといっさい関係ありません。

一〇〇字書評

切・り・取・り・線

傭兵の召還

購買動機（新聞、雑誌名を記入するか、あるいは○をつけてください）

□（　　　　　　　　　　　　　　　　）の広告を見て
□（　　　　　　　　　　　　　　　　）の書評を見て
□ 知人のすすめで　　　　　　□ タイトルに惹かれて
□ カバーが良かったから　　　□ 内容が面白そうだから
□ 好きな作家だから　　　　　□ 好きな分野の本だから

・最近、最も感銘を受けた作品名をお書き下さい

・あなたのお好きな作家名をお書き下さい

・その他、ご要望がありましたらお書き下さい

住所	〒				
氏名		職業		年齢	
Eメール	※携帯には配信できません		新刊情報等のメール配信を 希望する・しない		

この本の感想を、編集部までお寄せいただけたらありがたく存じます。今後の企画の参考にさせていただきます。Eメールでも結構です。

いただいた「一〇〇字書評」は、新聞・雑誌等に紹介させていただくことがあります。その場合はお礼として特製図書カードを差し上げます。

前ページの原稿用紙に書評をお書きの上、切り取り、左記までお送り下さい。宛先の住所は不要です。

なお、ご記入いただいたお名前、ご住所等は、書評紹介の事前了解、謝礼のお届けのためだけに利用し、そのほかの目的のために利用することはありません。

〒一〇一－八七〇一
祥伝社文庫編集長　坂口芳和
電話　〇三（三二六五）二〇八〇

祥伝社ホームページの「ブックレビュー」からも、書き込めます。

http://www.shodensha.co.jp/bookreview/

祥伝社文庫

傭兵《ようへい》の召還《しょうかん》　傭兵代理店《ようへいだいりてん》・改《かい》

令和 元 年 6 月 20 日　初版第 1 刷発行

著　者　渡辺裕之《わたなべひろゆき》
発行者　辻　浩明
発行所　祥伝社《しょうでんしゃ》
東京都千代田区神田神保町 3-3
〒 101-8701
電話　03（3265）2081（販売部）
電話　03（3265）2080（編集部）
電話　03（3265）3622（業務部）
http://www.shodensha.co.jp/
印刷所　萩原印刷
製本所　ナショナル製本
カバーフォーマットデザイン　芥 陽子

本書の無断複写は著作権法上での例外を除き禁じられています。また、代行業者など購入者以外の第三者による電子データ化及び電子書籍化は、たとえ個人や家庭内での利用でも著作権法違反です。
造本には十分注意しておりますが、万一、落丁・乱丁などの不良品がありましたら、「業務部」あてにお送り下さい。送料小社負担にてお取り替えいたします。ただし、古書店で購入されたものについてはお取り替え出来ません。

Printed in Japan ©2019, Hiroyuki Watanabe　ISBN978-4-396-34532-7 C0193

祥伝社文庫の好評既刊

渡辺裕之
傭兵代理店
「映像化されたら、必ず出演したい。比類なきアクション大作である」――同姓同名の俳優・渡辺裕之氏も激賞！

渡辺裕之
滅びの終曲　傭兵代理店
暗殺集団〝ヴォールグ〟を殲滅させるべく、モスクワへ！　襲いくる〝処刑人〟。藤堂の命運は⁉

渡辺裕之
新・傭兵代理店　復活の進撃
最強の男が還ってきた！　砂漠に消えた人質。途方に暮れる日本政府の前にあの男が……。待望の２ｎｄシーズン！

渡辺裕之
悪魔の大陸㊤　新・傭兵代理店
この戦場、必ず生き抜く――。藤堂に新たな依頼が。化学兵器の調査のため内戦熾烈なシリアへ潜入！

渡辺裕之
悪魔の大陸㊦　新・傭兵代理店
この弾丸、必ず撃ち抜く――。傭兵部隊は尖閣に消えた漁師を救い出すべく、悪謀張り巡らされた中国へ向け出動！

渡辺裕之
デスゲーム　新・傭兵代理店
最強の傭兵集団vs.卑劣なテロリスト。ヨルダンで捕まった藤堂に突きつけられた史上最悪の脅迫とは⁉

祥伝社文庫の好評既刊

渡辺裕之　**死の証人**　新・傭兵代理店

藤堂浩志、国際犯罪組織の殺し屋のターゲットに！　次々と仕掛けられる敵の罠に、たった一人で立ち向かう！

渡辺裕之　**欺瞞《ぎまん》のテロル**　新・傭兵代理店

川内《せんだい》原発のHPが乗っ取られた。そこにはISを意味する画像と共にCD《カウントダウン》の表示が！　藤堂、欧州、中東へ飛ぶ！

渡辺裕之　**殲滅《せんめつ》地帯**　新・傭兵代理店

北朝鮮の武器密輸工作を壊滅せよ！　ナミビアへ潜入した傭兵部隊を待ち受ける罠に、仲間が次々と戦線離脱……。

渡辺裕之　**凶悪の序章**㊤　新・傭兵代理店

任務前のリベンジャーズが、世界各地で同時に襲撃される。だがこれは〝凶悪の序章〟でしかなかった――。

渡辺裕之　**凶悪の序章**㊦　新・傭兵代理店

アメリカへ飛んだリベンジャーズ。そして〝9・11〟をも超える最悪の計画が明らかに。史上最強の敵に挑む！

渡辺裕之　**追撃の報酬**　新・傭兵代理店

アフガニスタンでテロリストが少女を拉致！　張り巡らされた死の罠をかいくぐり、平和の象徴を奪還せよ！

〈祥伝社文庫　今月の新刊〉

中山七里
ヒポクラテスの憂鬱
その遺体は本当に自然死か？〈コレクター〉を名乗る者の書き込みで法医学教室は大混乱。

渡辺裕之
傭兵の召還　傭兵代理店・改
リベンジャーズの一員が殺された――その鍵を握るテロリストを追跡せよ！　新章開幕！

井上荒野
赤へ
第二十九回柴田錬三郎賞受賞作。ふいに立ちのぼる「死」の気配を描いた十の物語。

乾　ルカ
花が咲くとき
小学校最後の夏休み。老人そして旅先での多くの出会いが少年の心を解く。至高の感動作。

佐藤青南
市立ノアの方舟　崖っぷち動物園の挑戦
素人園長とヘンクツ飼育員が園の存続をかけて立ち上がる、真っ直ぐ熱いお仕事小説！

結城充考
捜査一課殺人班イルマ　**オーバードライヴ**
警視庁vs.暴走女刑事イルマvs.毒殺師「蜘蛛」。狂気の殺人計画から少年を守れるか⁉

西村京太郎
火の国から愛と憎しみをこめて
ＪＲ最南端の駅で三田村刑事が狙撃された！　発端は女優殺人。十津川、最強の敵に激突！

梓林太郎
安芸広島　水の都の殺人
私は母殺しの罪で服役しました――冤罪を訴える女性の無実を証すため、茶屋は広島へ。

有馬美季子
はないちもんめ　夏の黒猫
川開きに賑わう両国で、大の大人が神隠し⁉　料理屋〈はないちもんめ〉にまたも難事件が。

喜安幸夫
闇奉行　切腹の日
将軍御用の金塊が奪われた――その責を負った盟友を、切腹の期日までに救えるか。

香納諒一
約束　K・S・Pアナザー
すべて失った男、どん底の少年、悪徳刑事。三つの発火点が歌舞伎町の腐臭に引火した！